尺寸

千里远景，如在尺寸之间。

万卷如雪

祝勇谈散文

祝勇 著

中国工人出版社

自序：我的散文阅读史

一

回想起来，我写散文已经有三十多年了。我这三十多年的散文写作史，同时也是散文阅读史。可以说，我对散文写作的热情，很大程度上是阅读赐予的。正是那些个性十足、卓尔不群、才华横溢的散文滋养我、怂恿我、鼓励我，让我跃跃欲试，在写作这条路上不断地走下去。本书包含了我三十余年从事散文写作的心得体会，更收纳了这三十多年的阅读光阴。当然，它们只是部分，而不可能是全部。正如所有的文字，都只能收纳生命的吉光片羽。

像大多数人一样，我的散文阅读史，是从语文课本里的规定性阅读开始的。课本里的散文，以范本的面目出现，完美，庄严，凛然，美则美矣，但这些来自不同年代、背景各异的散文在经过了教学大纲定性、定量的分析、过滤之后，散文本身应有的丰富性、多义性、神秘性统统消失了，所有人都必须有一样的理解，所有问题都有众口一词的回答，原本美轮美奂的文章从此变得面目可憎。从一个“过来人”的角度回看，这不仅误导了阅读者，也构成了对文本本身的伤害。

在我看来，那种教条的、灌输式的阅读不叫阅读，真正的阅读是自主性的，是从生命本体的欲求出发的，是与个人的内心情感、人生体验相结合的。我们的内心里盘旋着各种声音，但我们不知如何去诉说，于是我们求助于阅读，我们从别人的文字里找寻自己内心的声音，甚至借助他们的文字抵达了自己未知的世界。文学是干什么的？文学就是用来表达我们的心声、慰藉我们的情感、安顿我们的灵魂的。除了文学，世上没有什么其他的“学”愿意管这些事情。因此说文学是人之学，是生命之学，是灵魂之学。我们于是发现文字的世界是那么的深邃瑰丽、玄幻浩大，于是我可以对好的文字生出无限的崇拜之情。在这个世界上没有什么事物是让我崇拜的，只有好的文字让我崇拜。

二

我对散文的真正热爱，在走出校门以后才真正开始。至少在我看来，只有脱离了那些教条化的教学大纲，我们才能真正地发现散文之美。所以在我的写作史与阅读史上，发生了一件神奇的事情，就是在从学校毕业以后的许多年间，我又重读了韩愈，重读了鲁迅，重读了许多已经“学习”过的散文经典之作。从前的“学习”，不是让我对他们熟悉，而是让我对他们感到陌生，不是让我靠近，而是让我远离。在以后的岁月里，我不断地进行着“重读”，我在一次次的“重读”里遇见了庄子、司马迁、韩愈、柳宗元、鲁迅、老舍……他们不只是词语、概念，而是生命，是活人。他们在文字里活着，他们的文字闪烁着生命的智慧与灵光。

我由衷地理解，伴随着我们的内心伸向更加广大深远的世界，我们“重读”的欲求是多么的强大，因为有那么多好的作品，在我们的应试岁月里被消耗掉了，我们必须把它们一一捡拾回来。因此我由衷理解一位北大学长在一本书的序言里写下的话：

“二十六岁的那一年我突然生出一种强烈而神秘的要重读中国古书的愿望。或许是人走过青春、走向而立都会有那种寻找立命根基和精神皈依的需要，或许是在经历了一场青春动难之后人会对遥远而古老的文字产生亲近感，或许是猝然面对一个多变而陌生的时代人会本能地要从祖先的传统中寻找应对的力量和智慧；反正这一年我读古书读得很投入，在北京西郊的一处偏僻地方闭门谢客。《尚书》中的征战与《史记》中的杀戮，《诗经》里的爱情和唐诗里的痛苦，这些曾经在我的祖国也即我的土地上发生过的一切都自然而真切地成为我生命历程的一部分。……在结束这一年封闭式阅读的时候我感到自己终于完成了对中国的归化，终于唤醒了作为这个东方种族的一环，延续并且更新这个种族的自觉。”①

三

假如说从前的经典让我有了些许底气，许多当代的写作者，

① 李书磊：《重读经典》，第 2—3 页，北京：中国广播电视出版社，1997 年版。

尤其是同代人所写的散文，则让我真正地感到触动。不知道从什么时候开始，应该是20世纪90年代吧，我“发现”了它们，从众多的文字里捕捉到它们，发现了它们的迥异的特质：苇岸、钟鸣、张锐锋、宁肯、于坚、庞培……那些被许多“主流”批评家看不惯的、认为它们是标新立异的写作者，既让我感到惊艳和诧异，也感到亲切和温暖。我意识到，一种崭新的散文潮流正在暗自涌动。它不是教条的、学生腔甚至娘娘腔的，而是更加神奇、勇敢、饱满、复杂、多义、迷幻、充满想象力的。我知道，散文这种文体，不是教科书里的标本，它还活着，还在吐故纳新。它活着的标志，正在于这些写作者不约而同地表现出强大的创造力。他们的写作，让我看见了在他们之前没有呈现过的散文样貌，这就是散文的活力所在，也是散文的魅力所在。

我明确地体会到，同代人的写作，为散文赋予了新的可能性。我看到了这种可能性，也从他们身上，验证了我自身写作的价值。我们在前人作品的养育下成长，但这并不意味着我们要因循前人。不同的书写者处于不同的时空中，有着不同的精神体验，也寻找着不同的表达方式。在我看来，文学史不只是过去时，更是正在进行时。文学史是不断生成的，我们正在经历着，甚至是创造着文学史。唯有如此，文学才能阔步向前。

四

其实我们写作的过程，也是相互寻找的过程。“新散文”从一开始就不是一个团伙，而是彼此认同的价值。我们在写作中寻找自己的语言，也寻找着自己的伙伴，就像寻找失散多年的兄弟。我三十多年的散文写作史，大部分时间是与他们在一起的，准确说，是与他们的文字在一起，因为读到这些文字时，我并不认识他们。我“发现”了他们的散文，并对自己的“眼光”沾沾自喜。当然，这“发现”不是发现新大陆，可以惠及全人类，它只是个人意义上的，对别人可能完全无用，却让我在翻开他们的著作时，心头生出几分窃喜。对我来说，这已经足够了。我很庆幸，在我的写作和阅读生涯中，能与这样卓越的文字相遇。后来，我把这些作品编成书，比如为春风文艺出版社主编了许多年的散文年选，还有系列读物《布老虎散文》等，试图与更多的人分享，就有了这本书里长长短短的读后感。

收在本书中的文字，前前后后跨越了二三十年，其实是一部个人化的散文阅读史。关于古代的部分，我收入另一本书中，名字叫《国学笔记》。关于鲁迅以来现当代散文的阅读体会，我写进了本书的《值得一读的散文五十九篇》。更多的，则是有关“新散文”写作群体的评述，我认为那是中国当代散文最强韧、最富创造力的一股力量。我不敢说自己是一个优秀的文字鉴赏家，但我可以确认自己是一个认真的阅读者，我所写下的每一句心得体会都是认真负责的。我不会欺骗我的读者，就像我从来不会欺骗自己一样。

2021 年 3 月 6 日写于北京

目录

卷一　散文声色

散文：无法回避的革命[①]

一、问题：散文的价值由谁决定

严重阻碍着我们时代文学进展的，不是前方的荒漠与空无，而是身后的那些大多数人，特别是那些以大多数人为代表自居的庸人。庸人总是成批地产生出来，任何时代都如此；先锋却总是罕见的，任何时代也都如此。

这是一位思想者的话。我在此复述，是因为它完全道出了文学的真理（散文自然也不例外）。从这个真理出发，去认识文学的历史，很多事情就会一目了然，比如那些十分畅销、到处转载、被反复提到、极具知名度的作品，可能是很糟糕的作品。人文精神和俗世利益在当下差不多成了天然的死敌，文学也由此分出两个不同的方向——追求空间的覆盖和时间的绵延。

现在的情况是，文学史以及各种文学选本，不过是所谓

① 本文为《一个人的排行榜——1977—2002中国优秀散文》序言，沈阳：春风文艺出版社，2003年版。

“有反响的作品”的罗列，而真正保持着写作独立性的作品，可能被遮蔽。所谓“反响”，可能是由多种原因促成的，新闻事件、明星效应、流行时尚，都可能促成所谓的“反响”，而它们的文学含量，却少有人关心、少有人质疑。好的文学作品并不一定与世俗趣味合拍，也不一定能成为“轰动事件”，相反，它们可能是安静的，文学（包括散文）有它独立的价值体系，所谓有“反响”的作品很容易被时间淘汰，因此，根据“反响”来裁决文学的高下也是可笑的，写作者、评论家，甚至读者，都应当遵从文学的规律，应当回到文学的价值体系上。

二、体制：散文背后的手

散文领域几乎成了一个丧失了艺术标准的领域。散文表现出极强的依附性，也就是说，散文在本质上已经成了一种体制性文体，远离灵魂真实，套牢现实功用。这样，散文便成了一门手艺活儿，一个技术工种，根据订货组织生产，在政治的产供销体制中，看风使舵，反应灵活，具有变色龙的本性，它的价值也因之而日趋瓦解。

按照辞典的解释，体制一词有两层含义：一是指国家机关、企业、事业单位等的组织制度，二是指文体的格局、体裁，如五言诗的体制。本文只谈后者，指文体的格局，以及导致格局形成的系统因素。它看不见也摸不着，但有呼风唤雨的本领。具体说，大致包括：

权力体制

虽不能说形影不离，但散文与权力（政治）的关系十分暧昧。自秦汉始，至唐宋明清，散文一直有着极强的政治功用，政论策论、公文信札占绝对主流，即使“处江湖之远”的性情之作，也忘不了向庙堂暗送秋波。这样的传统一直延宕到20世纪后半叶。政治风云的变幻使散文写手们根据形势的变化，频频变脸，结果是他们只能出选集，而不能出全集，因为他们的许多文章是因时而变、前后矛盾的。

身份体制

文学界内部，也有它自己的“体制”。形形色色的名家、权威，构成一个看不见的小环境，把世俗权力带进文学领域。在许多人眼中，散文是一种没有难度的写作，所以，也成为权力者极易渗透的领域，并迅速把握了散文的话语霸权。米兰·昆德拉在小说《笑忘录》中曾经描述：“著书癖在人群中泛滥，其中有政治家、出租车司机、女售货员、女招待、家庭主妇、凶手、罪犯、妓女、警长、医生和病人。这向我表明，每一个人都是一个潜在的作家，没有谁例外，所有的人都有权利冲到大街上高声大喊：‘我们都是作家！’”这段话中，“作家”可以替换成“散文家”。女招待、家庭主妇自然无法构成话语霸权，但政治家、警长却能，此外再加上一些学者和名流们。“政治家散文”“艺术家散文”“学者散文”“教授散文”，业已成为散文领域的常用词，标示着身份的重要。有趣的是，在几种文学体裁中，这种身份只有在散文界才有效。你听说过“学者诗歌”或者“教授戏剧”吗？由于散文写作实际上是一种综合性写作，因而身份的复杂可能于写作有益，但在身份与作品之间并不能建立起等式关系。世俗世界（以及一切非文学领域）里的身份特权，显然不能在文学领域通用。

市场体制

哈姆雷特式的诘问用在当今作家的身上，那就是：“畅销还是不畅销，这是个问题。”每个作家在从事写作的时候，都不可能摆脱这个问题的缠绕。畅销，对作家的确构成一种深刻的诱惑，何况它还时常借用人民的名义。畅销与否固然并不能成为评判作品优劣的绝对尺度，但是，出于文学本身目的，还是追求市场回报率，仍然可以区分出写作品格的高下。因为文学，毕竟是一种特殊的行业，它对从业人员有着近乎苛刻的要求。

大众的审美趣味和阅读习惯无时无刻不在损害着散文，而且这种损害丝毫不亚于权力体制——在权力的操控下，不合规矩的作品可能受到批判；而在市场体制控制下，不媚时俗的作品根本就无法得以问世——它从根本上斩断了文学进步的渠道。一个无情的事实是，几乎所有畅销的散文在艺术上都不堪入目。散文同所有文学体裁一样，应具有某种超前性，一旦它被大多数人认同，它的超前性就不存在了，就成了大众文化的一部分。所以，吴亮曾说："大众习俗、趣味、道德和日常规范无疑是对想象的窒息，对创造的扼杀……它导致文学的工具论和服务论，而将文学最内在的本质——个人自由——掩盖起来，使它成为一种十足被动的东西，进而使所有读它和写它的人都成为一种被动的东西。"①

技术体制

所谓技术体制，是指散文陈旧的表述体制，特别是20世纪中叶以来形成的、与政治指令配套的表述体制。这个老掉牙的表述体制是政治化的，不是艺术化的，在小说、诗歌和戏剧的变革中早已风光不再，但在散文界却余威不减。我们将这种散文称为"体制散文"，或者"传统散文"，即以杨朔、秦牧、刘白羽等为代表的、在中学语文课本上成为范例的散文。因此，本文提到的"传统散文"，并非指以先秦诸子、唐宋散文、明清小品为代表的中国古典散文。"文学作为历史的神秘使然，那从最远的地方抵达我们生活的，必能带给我们更多的美丽奇迹。我承认，古老的文学肯定不是完美无缺，但我们仍不愿挑剔它，因为我们的内心已经建立起对往昔的信仰。在伟大的敬畏中，我们感到

① 吴亮：《真正的先锋一如既往》，原载《文学角》，1989年第1期。

荒凉的历史废墟上飘落下来的文字重力。”[①]

然而，在这种“对往昔的信仰”的映衬下，20 世纪下半叶所建立起来的散文美学范式是虚弱的。它将散文格式化，使曾经迸发的创造性受到贬抑，对致力于各种探索的写作者进行排斥和抵制。这种技术上的顽固与保守，本文还将在后面详加论述。

总之，这样的体制取消了散文进步的可能，成了平庸散文的庇护者，凡是得到体制包庇的散文，都畅通无阻，反之则寸步难行。北岛说：“卑鄙是卑鄙者的通行证，高尚是高尚者的墓志铭。”当高尚者深埋于墓地，卑鄙者却在世界上大行其道。在一次聚会上，梁小斌谈到这句诗时说：“用不着证明谁是卑鄙，只要知道谁在通行就行了，因为通行者，肯定是卑鄙者，不卑鄙，就不可能通行。”他一语击中了散文界的命门。

三、矛盾：写作实践对散文本质的背离

谈论“新散文”，首先需要回答一个问题——什么是散文？《现代汉语词典》在“散文”的条目下有两条释义：一、“指不讲究韵律的文章（区别于‘韵文’）”。二、“指除诗歌、戏剧、小说外的文学作品，包括杂文、随笔、特写等”。同样查阅“小

---

① 张锐锋：《我们的背后》，见《被炉火照彻——张锐锋自选集》，第2页，上海：上海文艺出版社，2001 年版。

说”“戏剧”“诗歌”诸条，我们不难发现，只有“散文”是通过“不是××”这样的句式来定义的。这很有趣。假设有人问：“张三是谁？”我们回答他：“张三不是李四。”这样的回答很精彩，它在逻辑上无懈可击，但恐怕连回答者自己都能体会这种永远的正确中所包含的滑稽色彩。我想起一位朋友的话：它只是将问题遮蔽起来，使问题变得更加深沉、冷峻；或者说，在我们试图远离问题的时候，问题比任何时候都更为饥渴地接近了我们，它似乎要将我们仅有的一点思考吞噬掉。

郁达夫说，中国向来没有“散文”之名，现在所用，是由翻译得来。但没有“散文”之名，未必等于没有“散文”之实。《现代汉语词典》的两层释义，刚好指出了“五四”以来白话散文的两个源头：一为与古代韵文相对应的古代散文，一为与戏剧、小说一同来自域外的西方散文，具体说，就是essays。是否把杂文、随笔、特写、墓志、策论、信札、日记等归入散文，是又一争论焦点。这些争论再次聚焦于外在形态而忽视了对本质的认识。显然，这些外在特征不能完成对散文的界定。

我认为，散文是一种依靠个人感觉和经验来展现时间和空间，并对夹杂其间的人（包括个人与群体）的状态、命运进行认识、判断、思考和言述的文体。它具有许多特性，比如表达直接，有无比开放的结构形式等，但如果要寻找永恒尺度的话，那就是它的审美性。无论借助怎样的外壳——杂文、随笔，还是信札，在美学标准之上的，就是散文，否则便不是。散文首先是门艺术，它反对语言单纯的通讯性质。那些仅有实用性、史料性等功能而不具备审美功能的文章，显然应排除在散文之外。

作为表达个性的工具，散文从一开始就与个体密切相连。也就是说，在构成散文的所有条件中，个体性是首要条件。个体性是自由的果，也是真实的因。林贤治说："散文对自由精神的依赖超过所有文体。"[①] 他还引用洪特堡的话来对散文和诗歌进行比较："诗歌只能够在生活的个别时刻和在精神的个别状态之下萌生，散文则时时处处陪伴着人，在人的精神活动的所有表现形式中出现。散文思想与每一感觉相维系。在一种语言里，散文利用自身的准确性、明晰性、灵活性、生动性以及和谐悦耳的语言，一方面能够从每一个角度出发充分自由地发展起来，另一方面则获得了一种精微的感觉，从而能够在每一个场合决定自由发展的适当程度。有了这样一种散文，精神就能够得到同样自由、从容和健康的发展。"[②] 昔日的散文经典在今天沦为反面教材，相当重要的原因是放弃了个人言说的原则而服从于公共话语，这种服从，瓦解了他们所有的美学努力。

谈论散文的个体性其实纯属多余，因为散文本质上是从生命本体出发的，无法脱离每一个个体而成为一种抽象的存在。像李敬泽在谈论个人写作时所说，"就是常识、是底线，从'人'和

---

① 林贤治：《五十年——对散文与自由的一种考察》，第147页，郑州：大象出版社，2000年版。

② 同上。

‘个人’在启蒙时代被发现以来，真正的写作就必然是‘个人写作’，你想不‘个人’都不行”。[①] 在梭罗的《瓦尔登湖》里，我们也能找到类似的话：“无论什么书都是第一人称在发言，我们却常常把这点给忘记了。”个人是与群体相互依存的，离开个人无所谓群体，也没有个人不与群体相通。但是这个话题被反复争论，是因为总有人企图将个人从群体中剔除出去，最终使群体、大众沦为空洞的词，而不再与任何一个具体的人发生联系，他们对于一些文学作品（包括散文）作出所谓“脱离大众”的指责是违反逻辑的，因为文学中的“个人”无不存在于“大众”之中。作品中充斥“群体”“大众”这些大词的时候，也是离真正的文学最远的时候。不论是对于散文，还是对于整个文学来说，这都是一种危险的倾向。

文学不是政治的代用品，在文学中，所谓“群体”是不确定的存在。法国思想家古斯塔夫·勒庞在《乌合之众》一书中曾经对群体人格进行分析批判，其中他谈到群体暗示的作用：

今天我们已经知道，通过不同的过程，个人可以被带入一种完全失去人格意识的状态，他对使自己失去人格意识的暗示者唯命是从，会做出一些同他的性格和习惯极为矛盾的举动。最为细致的观察似乎已经证实，长时间融入群体行动的个人，不久就会发现——或是因为在群体发挥催眠影响的作用下，或是由于

---

① 李敬泽：《纸现场》，第60页，北京：人民文学出版社，2000年版。

一些我们无从知道的原因——自己进入一种特殊状态，它类似于被催眠的人在催眠师的操纵下进入的迷幻状态。被催眠者的大脑活动被麻痹了，他变成了自己脊椎神经中受催眠师随意支配的一切无意识活动的奴隶。有意识的人格消失得无影无踪，意志和辨别力也不复存在。一切感情和思想都受着催眠的左右。

大体上说，心理群体中的个人也处在这种状态之中。他不再能够意识到自己的行为。他就像受到催眠的人一样，一些能力遭到了破坏，同时另一些能力却有可能得到极大的强化。在某种暗示的影响下，他会因为难以抗拒的冲动而采取某种行动。群体中的这种冲动，比被催眠者的冲动更难以抗拒，这是因为暗示对群体中的所有个人有着同样的作用，相互影响使其力量大增。在群体中，具备强大的个性、足以抵制那种暗示的个人寥寥无几，因此根本无法逆流而动。他们充其量只能因不同的暗示而改弦易辙。①

如果套用勒庞“意识人格”这个术语，那么散文无疑是“意识人格”的产物。而意识人格一旦消失，文学个性一旦泯灭，散文也就不复存在。

重新阅读最近25年（甚至整个20世纪下半叶）的散文作品，我发现寻找前文所说的“精英”并不是件容易的事。绝大多

① [法]古斯塔夫·勒庞：《乌合之众》，第21页，北京：中央编译出版社，2000年版。

数“作品”沦为散文史的库存，值得反复吟读的数量极少。究其原因，可能出于对各种体制的有意逢迎，也可能是一种集体无意识——因其深受群体人格的暗示和传染而丧失自我。而这些作品本身又构成整体人格，对新生的作品施加影响。当我们认识到了问题的关键所在，就能把优秀的作品和拙劣之作区别开来。

四、定数：体制散文的特征

对“体制散文”（“传统散文”）的阅读绝不是一件愉快的事，因为在这个过程中，我们体验到的是经验的重复。阅读数量的积累不仅使我们能很快发现“体制散文”的边界，而且能从杂芜的草丛中辨识那永恒的圆心——每个时代，都有一种主导性话语存在，如同一个专制的帝王，使散文的江山归于一统。我把这种主导性话语称为“元话语”或者“母话语”。话语级级衍生，形成一个话语体系。这些话语体系的产儿，全部携带着相同的遗传基因，既无多样性，又无互补性。它在某一时期内表现出极强的趋同性，而所谓的嬗变，实际上是与元话语的转变步调一致，充其量只是话题的横向转移，而并不体现为方法的进步。

如果我们阅读的是分类散文选本，诸如“山川风物卷”“感时咏志卷”什么的，散文的难堪就更加暴露无遗。形制的一致令人怀疑散文已经成为一种放弃了自觉追求的文体。在“文以载道”的传统下，“道”的一致势必要求“文”的统一。比如咏物抒情，总忘不了上纲上线、“主题升华”，由形而下上升到形而上的过渡已成为写作者的生理反应。倘说杜牧在《阿房宫赋》中，在一番华丽的铺陈之后，发几声诸如“灭六国者，六国也，非秦也；族秦者，秦也，非天下也”以及“秦人不暇自哀而后人哀之；后人哀之而不鉴之，亦使后人而复哀后人也”这类喟叹，还算顺理成章的话，范仲淹在对洞庭湖的精湛描写之后，上升到“先天下之忧而忧，后天下之乐而乐”，则多少有些矫情。我们似乎很难发现这与景物描写之间的内在关系。“至若春和景明，波澜不惊，上下天光，一碧万顷，沙鸥翔集，锦鳞游泳，岸芷汀兰，郁郁青青……”从今天的眼光看，没有那个高音的结尾，确实是一篇好文章；有了它，这篇文章就成了“烂尾工程”，堕入俗套，令我想起电影《庐山恋》里的张瑜、郭凯敏，热恋中不说“我爱你”而是高声大嗓地呼喊“I love my motherland！”崇高得令人生疑。

在前面精彩的段落中暗暗布下圈套，诱骗你走向预定的结局。这种祖传秘方在20世纪50年代以后（甚至到了世纪之末）还大行其道。比如在《荔枝蜜》中，作者杨朔讲到蜜蜂以及蜜蜂的寿命：“蜂王可以活三年，一只工蜂最多能活六个月”，而且“活到限数，自己就悄悄死在外边”，用不着人在蜂房外边打扫死蜜蜂，最后抖出“包袱”：“蜜蜂是在酿蜜，又是在酿造生活；不是为自己，而是在为人类酿造最甜的生活。蜜蜂是渺小的，蜜蜂却又多么高尚啊！”蜜蜂的思想觉悟并不可信，纯属主观臆造，在没有思想的蜜蜂和有思想的政治之间搭建逻辑关系，还真是一项技术难题，像杨朔这样的八级工，也只能是霸王硬上弓，应付了事。以至于在文末，当他转而将主题落在歌颂田野里的农民时，我怀疑他的意思是不是让农民们都像蜜蜂那样“活到限数，自己就悄悄死在外边”？作者与写作对象之间的关系，用董桥的话说，就是“同床异梦，人家无动于衷，自己欲罢不能，最后只好‘进行强奸’，硬来硬要，乱射一通”[①]。但是，很多年中，人们早已习惯于此，认为这就是散文，散文就该这样，只有这样才能发表、出书、上课本，并且像感冒一样流行起来，即使没有了快感，但名分在此，也只能安于现状。

孙郁把这种文体称为“样板戏体”[②]。它们数十年如一日，以谆谆教诲的方式树立了一种强大的样本。今天的散文家仍然普遍地依靠样本生活，尽管他们的主题已经发生了移动，但他们的表达仍然有着极强的一致性，而杂志和出版社的编辑趣味，以及大众的阅读趣味，则是成品的订购者。

如果把散文当成一种政治答卷，我想杨朔得到的应该是满分。可惜散文不是，在文学的尺度上，杨朔的表态无效。除杨朔外，不得不提到的另一本散文标本是余秋雨。余秋雨看似横空出世，使他暴得大名的系列散文《文化苦旅》也一度处于边缘

---

① 董桥：《强奸·翻译》，见《董桥文录》，第239页，成都：四川文艺出版社，1996年版。

② 孙郁：《近三十年的散文》，见《1978—2008中国优秀散文》，第7页，北京：现代出版社，2007年版。

位置，但是，不论其话语体系，还是叙述策略，都与体制散文无异，是体制散文的延伸。他的许多篇章，都在重复一个主题，就是权力系统对知识分子（士人）的挤压，看似尖锐，实际上没有任何独立性，因为他对历史人物的所有判断都是在重复已有的结论，在余秋雨的文章里，他们安全地保持着原有的身份，所不同者，不过是余秋雨煽情化的叙述策略更“高明”些罢了。

关于叙述策略，朱大可做过分析。余秋雨在《黄州突围》中写道：“贫瘠而愚昧的国土上，绳子捆扎着一个世界级的伟大诗人，一步步行进。苏东坡在示众。整个民族在丢人。”[①] 朱大可的评语是：“这是动辄上升到‘民族高度’进行煽情的范例。苏东坡遭到告发和逮捕，这首先与‘贫瘠’和‘愚昧’无关（他无非是险恶的官僚政治斗争的牺牲品而已），其次与‘民族’大义无关。试问：余文的‘民族’究竟是一个什么样的概念？是宋代的汉民族，还是今天的所谓‘中华民族’？苏的被捕究竟丢了谁的脸面？谁又在‘民族’之外进行了文化或道德注视？或者说，民族的‘脸面’又是怎样一种价值尺度？然而，毫无疑问的是，正是这一陈述所包含的道德力量，点燃了人们对‘差官’以及昏君的仇恨。同时，旧式文人的尊严，在这个叙述和阅读的时刻里获得了短暂的实现。”[②] 余秋雨的这段文字十分典型，这位戏剧

① 余秋雨：《黄州突围》，见余秋雨：《文化苦旅》，第123页，武汉：长江文艺出版社，2017 年版。

② 朱大可：《抹着文化口红游荡文坛》，见《十作家批判书》，西安：陕西师范大学出版社，1999 年版。

专家的富于“三突出”效果的叙述方法，在他的文字里一再呈现。而其“主题升华”的惯用招数，亦与杨朔模式没有本质区别。

余秋雨的大部分散文，如《莫高窟》《阳关雪》《柳侯祠》《都江堰》《三峡》《庐山》等，只是一些简单的游记而已，这样的游记(或曰文化散文)，前人早就写过，并非余秋雨开创。比如季羡林、黄裳等谈史说故的散文，气象风度，远非余秋雨可比。余秋雨的散文将刘白羽的旅行、秦牧的知识和杨朔的主题拔高合而为一，可以被认为是杨朔、秦牧、刘白羽散文的变体和延续，而不能视作散文的革命性进展。从这个意义上说，余氏散文只能满足“眼球经济”而不具有文学史的意义。

与余秋雨相比，另一位以历史为主题的作家王充闾的创作则呈现出另一种面貌。他的特异性表现得十分明显。《土囊吟》追寻北宋徽钦二帝“坐井观天”的逸闻，触及了神圣光环背后的猥琐和不堪，挖掘出人性中埋藏得最深的东西。他没有沿用已有的价值体系，在他的尺度上，历史人物不再是一副恒常的面孔，而是呈现出变数。文学的多义性，在他的散文中得到深刻的体现。

在历史散文这一分支中，张远山也是必须提到的。他的代表作《告别五千年》发表于千纪之末的 1999 年。在这篇散文中，他尝试了一种全新的表述方法：用空间指代时间。他用“五段论”(即上半身的头脑、胸膛、腹部和下半身的胯部、膝部)来对应中国历史的时间段落和文化层次，不仅带来阅读的新鲜感，而且显示了被结构化的人的觉醒。

散文的魅力，不在于万众归一，而恰在于它的不确定性，在于它无法重复的独特性和永无休止的创造力。它不是人人皈依的教义，而是纷纭的言说，是去向不一的行者。它的神秘性，有时连作者都难于把握。习惯了标准答案的人们也许会对此产生疑虑，吴亮曾经回答他们："此种'混乱'乃是形形色色文学工具主义时代趋于结束的一个标志，同时也是文学个体主义时代已经开始的一个预演。在它的上空，我们看到了一线文学界真正民主的曙光。"①

五、变数：新散文的可能

散文急切地需要一场革命。在革命中，所有的陈规陋习都应当打破，所有的陈词滥调都应当排除，所有的陈年老账都应当重新审视。既然没有任何一条法律对散文的样式进行规定，那么，所谓的篇幅短小、一事一议、咏物抒情、以小见大，就只能被认为是散文界的自我禁锢，或者别的什么界对散文的成见。尽管中国散文有着优秀的传统，尽管《岳阳楼记》对于范仲淹本人来说可能纯属"个人写作"，但是当它们成为仿制的样本，进步的可能就被取消，散文也就不可避免地成为一种没落的文体。

① 吴亮：《向先锋派致敬》，见《闲聊时代》，第61页，乌鲁木齐：新疆人民出版社，1997年版。

当诗歌、小说、戏剧先于散文进行自我解救，散文革命的急迫性就更加突出，而这种革命，首先应从拒绝样本、恢复文体的活力开始。

实际上，在主流之外，在多数人的关注之外，散文已在暗中发生了变化，那些庸俗的理论支柱，被一一抽取。当表面繁荣的散文在现实的多样性和灵魂的复杂性面前日益变得无能为力，新散文家则站在功利主义的反面，在幻想、技巧等领域进行实验并且创造奇迹。由于受到主流文学媒体和读者大众的抵制，他们的努力是一种冒险，但更是对散文的尊重。

这是在20世纪80年代思想解放的氛围中成长的一代人，有学者将他们称为“第四代人”(以区别于分别成长于1949年以前、20世纪50年代和“文化大革命”中的三代人)。这批80年代的“新生代”，在经历了校园文学的适应性训练之后(80年代曾经出现过许多“新生代”散文选本和丛书)，在90年代后半期表现出强健的散文创造力。散文的变化，已经不可避免。

1997年，云南《大家》杂志推出了一个新的栏目——“新散文”，人们第一次见到了这一称谓。此后，《人民文学》杂志也推出了一个同名栏目——后来改名为“新浪潮”。越来越多的新散文丛书和选本，也进入人们视野，其中包括苇岸主编的《蔚蓝色天空的黄金》(1995年)、《观照生命——存在者丛书》(1999年、2000年)，祝勇主编的《新锐文丛》(1996年)、《深呼吸散文丛书》(2001年)、《新散文九人集》(2003年)、《中国散文双年展：2002 — 2003》（2004 年），南帆、周晓枫主编的《7 个人的背叛》（2004 年），桂苓、刘琅主编的《中国散文档案》（第一编 8 卷，2006 年，第二编 12 卷，2009 年，除筱敏、王小妮、残雪、素素等外，其余皆为新散文作家）、《怀揣植物的人——新散文八人集》（2009 年）等，尤其通过春风文艺出版社定期出版的《布老虎散文》，读者们得到了前所未有的散文阅读体验。

与此同时，一个以“第四代人”为主的散文写作阵容也脱颖而出，他们包括：钟鸣、张锐锋、宁肯、庞培、于坚、苇岸、李敬泽、祝勇、杜丽、孟晖、马莉、蒋蓝、汗漫、赵柏田、敬文东、王开林、彭程、凸凹、韩春旭、洁尘、黑陶、雷平阳、王族、范晓波、谢宗玉、熊育群、格致、朝阳、周晓枫、狄马、玄武、苍耳、傅菲、江少宾、沈念、张宏杰、陈蔚文、马小淘、张悦然、江子、李晓君、赵荔红、姚雪雪、宋唯唯、塞壬、郑小琼、沈念、方希、安意如、安妮宝贝等。“新散文”也日益成为文坛关注的焦点，而此间兴起的“新文人随笔”，实际上是“新散文”的一个支脉。

需要指出的是，“新散文”不是一个流派，而是一种状态，它表明了新一代写作者不满于中国散文陈腐僵化的局面，主动寻求变革的强大冲动。它没有旗号，没有宣言，甚至在互不知情的情况下，各自进行着散文写作实验。从这个意义上说，“新散文”的出现，是文学发展的自然之果。

“新散文”与“传统散文”的区别主要体现在以下几个方

面——

长度

散文必须篇幅短小的戒律从何而来？古代散文篇幅不长，是因为书写工具的限制和古代汉语的精练所致。其实，即使在古代，长篇散文亦不乏其例，像散文史上常被提及的《史记》。既然诗歌有长诗，小说有长篇甚至多卷本长篇，散文为何不能写长？贾平凹较早地介入了长散文的写作。他写于20世纪80年代的《山地笔记》《商州初录》《商州再录》《商州三录》均达数万字，其中《商州初录》有8万字之多，相当于一个小长篇的规模。其他从事过长度实验的还有黄永玉的《这些忧郁的碎屑》（近6万字，1988年）、史铁生的《我与地坛》（近2万字，1989年）等。比较系统地进行长散文写作的是张锐锋，这位年轻的散文家在20世纪八九十年代之交连续写下一批三五万字的散文，如《月亮》《河流》《飞箭》《棋盘》等，除了入选个别的新生代选本，这批作品长期得不到发表，直到1995年在《作家》杂志上以专栏的形式刊出。此后，他又先后写下长篇散文《别人的宫殿》《沙上的神谕》《皱纹》《祖先的深度》等，是长篇散文的实验者。到目前为止，笔者见到的最长的散文，是钟鸣所写的《旁观者》上中下三卷本，百余万字，是多卷本长篇散文。长度并未对作品的艺术水准构成损害，验证了它从来不是判断作品质量的标准，以往一直在用尺寸来衡量重量，是计量单位出现了问题。长散文出现之初，散文权威们无不对其持讥讽态度，实际上他们对工具的错误使用更加荒唐。

虚构

所谓的真实性，长期成为散文不能越过的雷池。如果加入了虚构成分，作品的身份就很可疑，就会被分流到小说中去。也就是说，真实性先于艺术性被认定为散文的基础。这一原则在分出了散文与小说的界限的同时，却模糊了散文与报告文学、新闻特写的界限，因为报告文学、新闻特写同样需要真实，以真实作为文体的界限，显然是不可靠的。

他们所强调的真实，首先是不存在的，其次也是无法验证的。时间每分每秒都在改变着现实的局面，对于流逝的事物，我们如何证明它们的本来形态？记忆显然不能依赖。如果我们把记忆比作一个容器，它的四面充满了缺口和裂隙，它承载的内容随时可以溜走。当我们试图用忠诚来为记忆命名，它却在暗地里背叛我们。博尔赫斯曾经描写过一个具有超级记忆能力的人，他能够准确地复述他见过的每一道水纹，他的记忆能力滴水不漏，以至于他要回忆一天的事情，同样需要一天的时间。《纽约时报》图书奖有一部获奖小说，名叫《列宁格勒的圣母像》，作者是黛博拉·迪安，小说描写“二战”时期，俄罗斯爱尔米塔什博物馆讲解员玛丽娜与其他工作人员一起，为了保护藏品，撤下了博物馆展出的那些价值连城的名画，但她仍然每天带领着参观者，面对墙上那些空旷的画框，做细致的讲解，用记忆和语言还原那些展品，在想象中搭建了一座“记忆宫殿”。可惜这样的人，在现实中几乎不存在。我们也无须苛求每个散文写作者，有如此精准的现实复制能力。至于历史——如果私人的历史都无处安置，又有一个什么容器能够承载群体的历史？历史究竟是主观的还是客观的，这个问题复杂，姑且不论，但有一点可以肯定，落到纸页上的历史肯定是主观的。即使掌握着“确凿”的资料，却有更多未知的部分永远被埋藏在时间深处。

记忆不可依靠，那么历史存在于日记、书信、札记、史料这些物化的形态中吗？显然不是，那只是历史的影子，我们仍然无法触到历史真实的肉身（如果真有一个“历史”的话）。它们就像老谋深算的两面派，无时无刻不在要弄它们的伎俩。也许由于它们拥有诠释历史的垄断身份，因而作起伪来更加肆无忌惮。如果我们坚持把书信、日记等实用性文体也算作散文，那么散文的体制性弊端将暴露得更加明显，在特定时期内，甚至有人有意撰写表白自己政治觉悟的日记，豪言壮语层出不穷，可惜全部是虚构——因为它们全部是为别人预备的。胡适很早就知道自己的日记迟早要出版，于是记录得颇为“详备”，梁实秋说他：“最令我们惊异的是，除了私人记事之外，他每天剪贴报纸，包括各种新闻在内，因而篇幅多得惊人。”[1] 后来整理出版

---

① 梁实秋：《怀念胡适先生》，见《梁实秋散文》，第三集，第340页，北京：中国广播电视出版社，1989年版。

《胡适遗稿及秘藏书信》，竟达48巨册，日记成为作秀的道具。

我们企图依赖的历史或者记忆，充其量只是可证的历史和尚未遗忘的记忆，而不包括那些不可证的历史和已经丢失的记忆（暂且这么说吧，已经丢失，就不叫记忆了），那么它们就不是历史和记忆本身，而只是代用品，而且代用品与本体之间的关系也不是局部与整体的关系。残缺的部分可能刚好关乎事件的实质，它们的丢失可能直接改变了人们对事件的评判。即使是历史和记忆的残片，也不是一成不变的。今天可以证明的事件，证据明天就可能丢失；今天的记忆，明天就可能忘却，而过去仿佛从未存在过的历史证据和记忆片段，又可能浮现出来。于是，历史抑或记忆中的所谓“真实”，也是在不断变动当中的，昨天的“真实”就可能与今天的“真实”打架，今天的“真实”又可能与明天的“真实”过不去。散文将根基建立在“真实”上，显然是行不通的。事实上，散文界所坚持的所谓真实，本质上却只不过是组接、利用、想象，甚至虚构。连体制散文家们自己，也无法贯彻他们所奢求的“真实”。比如《海市》中说：“我不禁赞叹着说：‘你们的生活真像神仙啊，富足得很。’”如果不去注意饿殍遍野的现实，我们几乎要上杨朔的当。但杨朔本人，无疑对他作品的虚假成分心知肚明。扬言“真实”，实际上成了一个骗局。更普遍的事实是，散文家们在“真实”的旗号下回避真实，因为连他们自己也看破了所谓真实的不可验证性。

不仅历史和个人记忆并不可靠，连当下的“真实”也同样形迹可疑。我们的眼睛长在身体之上，它们的位置决定了我们既无法完整地了解自己，也无法完整地了解世界。人们所能看见的只是一些散碎的印象，然后通过思想活动对它们进行综合、整理、分析、判断。况且，眼睛也并非忠贞不贰，我们常为它们的貌似忠厚所蒙蔽。魔术师可以轻而易举地证明用眼睛观察事物的缺陷。所以，所谓“真实”永远是身体之外的事实，它们有时可能很近，但当我们伸出手，试图触摸它们的时候，它们就会远走高飞，溜得无影无踪。

如果我们把《背影》视为散文经典，谁能验证朱自清的父亲是否真的穿过铁道，爬上月台，买没买橘子？一位朋友曾经戏言：除了作者，可能只有车站的片儿警知道。那么，一篇散文的好坏，要由片儿警来裁决，岂不可笑至极？

小说与散文是否应当有一个边界？如果有，它又在哪里？小说里的故事可能基本“真实”，但它还是小说；散文中有虚构成分，但它依然是散文。小说与散文的分界显然并不在这里，而在于前者设置了一个事实现场，读者事先知道“事实”是无法在语言中复现的，因而并不对其“真实性”抱有期待，而只关注其叙述技巧，也就是说，只要故事吸引人，真假无足轻重；而散文则设置一个心灵现场，即使包含故事，也是为展现人们的灵魂现实服务的，散文家即使不是布道者起码也是倾谈者，读者对真实性抱有期待。作家的职业道德要求他们不能成为伪劣产品的生产者，据此我相信朱自清在《背影》中对父亲的爱是真挚的，这就够了，至于父亲买的是橘子还是苹果，多少钱一斤，批发价还是处理价，既无从证明，也无关紧要。因而，有必要将散文的“真实原则”更改为“真诚原则”。

文学与史学、考古学及其他科学的区别在于，文学对于“真实性”的鉴别不借助碳十四，而只凭情感与想象。体制散文奉行的所谓“真实原则”，意味着事实不仅存在而且只有一个，而作家也只能用一种方式来说话。对此，一位作家的回答是，我们随手就能捞起一大把可以代表事实世界的什物；它不需要想象力，它在我们的想象力之外、在我们的愿望之外或健康或病态地活着，直到可以预计的将来。

虚构的现象在散文写作中不可避免，包括那些标榜“真实”的写作者，但散文的虚构与小说的虚构不同，小说的虚构是整体性的，而散文的虚构，往往是细节性的，它不能捏造，而只能使叙事更加完善、更加真实。张锐锋认为，小说的虚构，具有整体虚构的性质，它营造了一个完全的虚构世界。这一世界有着自己的逻辑，自己的结构，以及自己的原则。它的一切看似真实的东西都服从于整体虚构的规则。而散文的虚构则不同，它的虚构服从于真实原则，是真实的附属物和补充部分。用一个比喻，就是，小说重新捏制了一个艺术陶罐，而散文则是对已有的不完整的陶器碎片的黏合和修复，一些残缺的部分，以虚构的东西修补，以便复原陶器的真实形状。新散文中采取了很多虚构的成分，以便弥补记忆中的残缺，虚构是一种对真实的还原手段，而不是以此取代真实。

巴尔加斯·略萨说："事件转化为语言的时候要经历一番深刻的变动。具体那个事实是一个，而描写这一事件的语言符号可以是无数个。"[①] 无论小说，还是散文，都要经历这样的变动，那就是虚构的过程："想象力为在我们有限制的现实和无节制的欲望之间不可避免的离异产生出一种灵敏的缓冲剂，即虚构。由于有了虚构，我们才更是人，才是别的什么，而又没失去自我。"当然，小说和散文，是两种不同的虚构，这一点上面已经说明，但它们又都是真实的，用略萨的话说，它们都属于"真实的不同体系"[②]。

叙事

传统的散文对叙事采取单一化原则，即只讲述一件事情，而且为了区别于小说的叙事，尽可能地简化一件事情的血肉，也很少细腻地描绘，只给出一个事件的轮廓，或是几个细节，然后将其指向某种情感，或者某种思想和道理。这种叙事法则，过滤了事实本身的丰富性，也弱化了散文的魅力。新散文在很多方面借鉴了小说的描绘手段，使它的真实感更强，更易于亲近我们的内心生活，但这并不意味着散文小说化。小说是将一个个

① [秘鲁]巴尔加斯·略萨：《谎言中的真实》，第72、73页，昆明：云南人民出版社，1997年版。

② [秘鲁]巴尔加斯·略萨：《谎言中的真实》，第74页，昆明：云南人民出版社，1997年版。

事件或故事摆在我们面前，散文则是探讨和描述我们内心的情感、经验以及由此衍生的一个个行为。它是许多主题和副题交织在一起行动，而不是事件或故事。行动是具有内在内容或思想的活动。从原则上讲，这是一种恢复了真相的思想活动，同时，它值得我们重新思考。由于这些行动中包含着思想，所以，如果说，散文是个人化的包含了情感和经验的思想史，而小说更近于由一个个事件组合起来的，并具有某种内在逻辑的历史。散文以内心为主体，事件只是用于内心的说明和渲染；小说则以事件为主体，人物的内心活动、思想活动，不过是事件原因的说明和解读方式罢了。正因为如此，散文中的种种事实，常常呈现为一个个片段，这些事实之间，如果抽去了内心的情感和思想，它们就失去了必然的联系，就像抽去了串接念珠的线，珠子就会散落一样，这些珠子本身并不相关。

材料

传统散文比较重视材料的重要性，也就是，这一材料本身具有重要象征意义和思想价值，必须用这样的材料来打造某种思想。比如说《白杨礼赞》，为了说明某种思想，借助于北方的白杨树的形象。这种手法，看似以小见大，简单，直接，显而易见，易于理解，但很容易使散文中的类比变得牵强附会，其美学价值也随之降低。明喻或者暗喻是常用手法。材料与主题间是一一对应关系。比如：梅，荔枝蜜等。

“新散文”则寻找一些更加具有辐射力的材料，这些事实材料，也许没有大的事件背景，却是个人经验和情感的结晶。这样，就可以突出人与世界、人与自己的种种微妙关系，在创作中发掘事实材料中的更为复杂、更为深邃的寓意。

比如蒋蓝的《死亡的字型演变史》：

死刑犯的名字都是提行另起式的，名字被黑体字标识出来，呆头呆脑的，就像是匿身于一个毫不起眼地域的居民，被火眼金睛发掘出来了，把他们集合起来，成为黄泉路上的一帮乌合之众。后面的宋体字是其斑斑劣迹。叙述是节制的，有档案语言的显著特征，以后果说话，以危害说话。体制最爱使用的形容词在这里几乎因为节制的原因被大幅度地裁除了，只剩下“丧心病狂”“民愤极大”“危害极大”“影响极坏”等，语焉不详，但阅读者明白，说到这个份儿上，已经找不到很恰当的词汇了，说明这个罪犯的行为已经越出了汉语既定词汇的圈定范围，罄竹难书嘛，想象的翅膀被打开了，接下来是阅读者自己空飞的时候了。我们应该注意到布告的下面，那是一个巨大的徽记和一个更大的毛笔画出的钩，均使用套红印刷。PS 的制版工艺是先进的，它套出的红色均匀而平稳，但是过于平稳，就像一个毫无起伏和变化的程序。比如，当那支毛笔以书法的笔触即将收笔时，就出现了某种“枯笔”的高超笔法，这就是说，这里的颜色应该逐渐变浅才符合毛笔的策略和技术。笔从血色深处返回，与刚才述说的名字隔行而望，而立。然后，一切就结束了。

读到这里，我们就明白，上面提到的那些名字的实体，已经在我们阅读之前几个小时被粉碎了。现在，他们之所以还以符号的形式存在着，成为字人，成为黑体字的脑袋和宋体字的身体，毫无光泽和立体感地被吊立在纸面，只能是配合纸质死亡的一种需要。几天以后，它们才被那些花花绿绿的广告纸淹没，入纸为安，直至彻底消失，无声无息。

…………

这就是说，使用宋体字铺排出来的事件，具有一种正式、尊严、无法遮蔽的意味，它的笔画具有刀的锋锐与熟铜般的韧性，它几乎是体现强力意志的一种文字，一种无须讲道理的载体，或者说，它摆渡的自然是真理，久而久之，连这种字体也成了权力的秘书。因此，凡是与之产生抵牾的思想，选择是如此的苛刻，要不然立即缴械投降，要不然立即被绞为齑粉。我进一步联想到我的学习课本，正文是要求学生识记、理解和运用的内容，一律采用宋体字，其中要求学生识记法律条款。楷体字部分是阅读课文，其功能是说明、补充、拓展正文的内容……在这样一种潜移默化的导向之下，我正在朝着成为绞肉机上的一颗螺丝钉的终极位置而茁壮成长。

那时的布告竟然有三个感叹号并置的使用手法，小一号铅字大小的感叹号的脑袋与身体是分家式的，这样一看就是一排被钢丝挂起来的人。浓厚的油墨使字体个个变得鲜活起来，水灵而油头粉面。估计是印得很急，油墨里加了过量的“燥油”以求速干，于是，字体裹挟着尚未全干的效果和训令，在纸上大面积地漫漶，并且立竿见影地营造出体制迅捷的钢铁手腕。记得我用手抚摩过这样的布告，手掌感到了它的坚硬感，它毫不光滑，容易让抚摩的动作产生巨大的摩擦系数，而且，弄得我一手黑。后来我进一步知道，铅墨的毒性是很大的。

…………

这样的布告要张贴很久，谁也不敢动一动。直到它们被风揭下来，揉软，扔出去，遍地乱滚，像一件破烂的尸衣，碎裂在昏暗的街头……当一阵狂风再次把它们抛向高处时，我似乎听到了黑字被肢裂的叫声。

如果说铅字时代的布告与激光照排时代有什么相同的话，那就是，它们好像都没有错别字。它们是正确的。唯一不正确的大概是掌握这些权力的少数人。比如，一个冤案终于平反了，但交给死者家属的平反通知书，一般都是稀稀疏疏的一张，字体是小五号宋体，你不用放大镜就几乎难以辨认这是自己亲人的某种缩小，以及体制谦逊的错误改正。

因此，每当我看到现在这些PS版印刷的布告时，除了觉得它们似乎更干净、字体边缘更锋利以外，我从来没有发现这些扁平的字体具有丝毫的活力。[①]

① 蒋蓝：《死亡的字型演变史》，原载《布老虎散文》，2003年秋之卷，沈阳：春风文艺出版社，2003年版。

散文并非不可以表现政治主题，只是它并非政治的附属物，它的题材空间是无限的，这无疑大大地拓展了散文的版图。曾任丹佛大学教授的谢善元先生在回忆当年在台湾东海大学聆听张佛泉先生主讲哲学概论时说，第一次见张教授，张什么话都不说，从灰色长袍里取出一只苹果放在讲台上，让所有学生花十分钟去详尽描述它。考验敏感性——区别作家与非作家的试金石。

对此，张锐锋曾经说过："文学就是文学材料学。选择什么样的文学材料，直接决定着文学的品质。有时，或者在更多的时候，文学的内在光辉是从材料中透露出来的。就像一个金匠打制雕镂的饰物，材料的光芒反衬着他的手艺的超凡脱俗，他的手艺同时借助材料的魅力显出价值，当然那材料的诱惑也使他掘出自己埋藏至深的生命情感的伟大积蓄。然而，他所奉献的，也许是最无用的事物。也许最无用的事物之中才真正包含着人与世界的天然联系，其中凝结了虚无的天启。"①

审美

体制散文简单地把审美理解为一种语言上的洁癖，日常场景中的事物都需进行语言消毒，这无疑又与他们对"真实"的苛求自相矛盾，因为这样的真空，在现实中并不存在。体制散文

① 张锐锋：《我问，我回答——我对散文的一些理解》，见《被炉火照彻——张锐锋自选集》，第 3 页，上海：上海文艺出版社，2001 年版。

大多与“崇高的情操”“文人话题”或者“人生情趣”有关，美则美矣，只是这种美，是一种塑料花，没有生命的活力。刘春《简史》的写法对散文界来说应是陌生的，它更像是个人的自然史，但它不是流水账，从每一个句子上都能看到血的光泽，表面上的无主题，反而使它呈现出多义性，其中有一段对乡村厕所的描写，更是触目惊心。首先，描述厕所，一向为优雅文学所回避，不屑，而且不敢；其次是刘春的描述方法：

农村的厕所其实就是公用的化粪池，人粪、猪牛的粪便都混在一块儿，这么多粪便集中在一块儿，不结块，反而显得挺稀的，这归功于蛆虫。粪便经过发酵、稀释浇到菜园子里，即使不怎么长了的菜株也晃着脑袋蹿一蹿。沼气发出致命的气味，只有最强壮的苍蝇才可以待得住，它们图的是随时享受“美味”。踏木板彻底朽掉了，黑漆漆的，如炭烤。野地里的茅房偶尔会有死婴浸泡在屎中，他们无分男女，五官精细，体积小得出奇，比妈妈从城里给我买的第一只布娃娃还要小，骨殖如一副粗筷子，脸上和四肢挂着挣扎过的痕迹。我低头看着他们，感到童年的无力和头晕。有一只死婴都瘦成了皮包骨，可是它依然保留着人的样貌。我记得它正好挂在树枝上，就好像一脚骑在生命的子午线上。那根树枝显然是人们有意为之的，位置那么恰好。[①]

---

① 刘春：《简史》，见《一个人的排行榜——1977—2002中国优秀散文》，第346页，沈阳：春风文艺出版社，2003年版。

如果有人试图考证这段文字的真实性，可以自便，但在我看来，没有灵魂的创痛和对人生的大悲悯，写不出这样的文字，甚至连虚构都做不到。这样的文字在作品中出现，没有令我感到丝毫的不洁，相反，它显示了文学的力度和魅力，一个年轻女作家散漫松弛的叙述，却触及了无比沉重的主题，她的低语比那些声嘶力竭的呼喊与号叫更加有力。它让我们感受到的，不是瞬间的锐痛，而是持久的钝痛，冯秋子对白音布朗山的描写，亦复如此。它们不属于体制，它只属于人。这样深沉的痛感，在洁净优雅的体制散文中是找不到的，即使找到，也是赝品。

生命在苦难中生长，也只有在苦难中才显示生命的顽强和美好。陀思妥耶夫斯基、鲁迅散文之价值，正因其对于灵魂人类苦难的揭示，因为揭示苦难，便等于揭示精神的耐力与生命的韧性。这非但不是一些人所指责的“审丑”，相反，它们恰恰是审美，是对生命尊严的敬重。

语感

绝大多数散文作家和读者都没有意识到，体制散文进行着一种词语的专制。夏济安先生说：“五四运动之后，中文的辞藻，染上闹剧式的夸张色彩，语意上总是趋于极端。”[①] 这种情形在近

---

① 夏济安：《鲁迅作品的黑暗面》，见《中华文学评论百年精华》，第287页，北京：人民文学出版社，2002年版。

五十年更成一种专制。在这种专制中，不仅词的语义（甚至引申意义）固定，比如“梅花”“圆月”的指意已被确定，而且彼此的搭配关系也早已固定。“祖国”一词一出现，它就会本能地去找“伟大”，而“母亲”一词，也只认识“慈祥”而对其他词汇视而不见。散文写作事先已经统一口径。词语之间的关系，全部是单线联系，而无法在一个更广阔的空间里自由组合，从而形成无穷无尽的意义世界。

每个词语都有着无比广阔的意义空间，而词语的排列组合，又使意义空间以几何级数剧增。然而，体制散文的语言，只利用了词语意义的一小部分，实际上是对词语资源的巨大浪费。散文形式的呆板，与语言的枯竭有很大关系。而新散文家们的艺术探索许多是从语言革新开始的。于坚说：“写作就是对词的伤害和治疗。你不可能消灭一个词，但你可能治疗它，伤害它，伤害读者对它的知道。”[①] 我的理解是，对词语更多地起到伤害作用的，显然是体制散文，它们紧紧地将词语束缚住，同时也极大地限制了散文的可能性；而“新散文”，则偏重于对词语活力的恢复，恢复词语的活力，就是恢复散文的活力。这种恢复，使词语经历了一个增值的过程。敬文东说：“要让写作者的词汇表中拥有一些让读者意想不到的、让读者不可能预先‘知’其要表达什么‘道’的词汇。但是，并没有什么专门只供散文写作的词

① 于坚：《三个词》，见《于坚集》，卷四，第244页，昆明：云南人民出版社，2004 年版。

汇，有的只是大家都在使用的公共词汇。”[①] 因而，散文语感的提升方法绝不在于生僻词语的运用，关键在于词义的开发和对组合方式的寻找，使语言走到“公共词汇的人迹罕至之处”。

在这方面，诗人有着明显的优势。周涛、欧阳江河、钟鸣、于坚、庞培等，原本都是诗人（现在也是），有人说他们的散文写作是另一种形式的诗歌写作，这至少说明了一个道理，在所有的文学体裁中，诗歌与散文的距离最近。他们在散文领域的成就完全可以使人们忽略他们原有的身份，在本书中，他们是否是诗人都无关紧要，重要的是他们是当今最优秀的散文家。

在一些专职散文家那里，语言探索的痕迹同样明显。且看张锐锋《古战场》中的一段文字：

> 公元前 4 世纪的道路是狭窄的，它可能使一切事物在道路上相遇。正是这一点，使庄子在凝视前方时，发现了一只骷髅。庄子勒住骏马，宝鞍向后倾斜。那一刻，世界如此之轻，他所能踩住的只有一双金属打制的马镫。[②]

先不谈这段文字连带出的虚构等问题，只谈语感。我们把名词提取出来——公元、道路、庄子、骷髅、骏马、宝鞍、世界、

---

① 敬文东：《让蒙面人说话或屏风中的声音》，未刊。

② 张锐锋：《古战场》，见《蝴蝶的翅膀》，第186页，北京：解放军文艺出版社，1999 年版。

金属、马镫。在短短的一百多字里，聚合了如此丰富的意象。这些在日常经验里无法归结在一起的词语交替呈现，如同蒙太奇的巧妙剪辑，无疑扩大了公元前4世纪狭窄道路的空间感，使它在时间深处无限延伸。说实在话，这样的语言在新散文中算不上典型，因为每个新散文家都在不同的方向上进行着自己的语言试验。表达的自由首先从词语的解放开始。

中国散文在20世纪的转变，表现出上述主要特征，然而以上变化主要是外壳的变化，而更深刻的变化在于——

立场

如果说散文需要一场革命，那么“新散文”家们的目标，便是宣告体制写作的终结。散文写作既离不开意识形态，也离不开市场经济，但它最离不开的却是人的立场，是文学自身。萨特说：“为了拯救文学，必须在我们的文学里表明立场，因为文学就其本质而言是表明立场。”作家不是圣人，也没有得到圣人的授权，因而既不需要受人训斥，也无须摆出一副教训人的嘴脸，把自己的意图、标准、判断强加于人，而应在宁静、深邃、孤独的诗意中，越过纷乱的历史和现实碎片，展现人类生存的复杂景象。

美国哈佛大学一位科学史和物理学教授霍尔顿在其名著《科学的想象》中创造了一个概念：主题氛围。如林贤治所说，这个概念对于理解文学创作同样适用。作家的笔受制于体制，从根本上说是受制于体制所带来的主题氛围，而技术层面上的表征，像上文提到的长度问题、真实性问题、审美趣味问题，以及语言问题等，无不与主题氛围有关。主题氛围要求散文表达“真、善、美”，起到宣传作用，那么散文必然要短小、真实、健康，而且浅白易懂，就像时下的商品广告那样。而这些要求，显然并不将散文置于一种独立的艺术门类里。作家变成服务员，而且必须根据顾客的要求提供五星级服务。那些顾客，原来叫“人民”，现在叫“市场”。

这样等于剥夺了文学的主权。“新散文”对体制约束的抗拒，和对自身立场的张扬，从主题的多样性中可以看出。真正意义上的散文，往往能够摆脱古斯塔夫·勒庞所说的群体暗示，游离于主题氛围之外。散文价值的实现，“不再以普遍的认同为其现实特征，恰恰相反，它是以拒绝为其现实特征。它不再仅仅有权说‘是’，而且更为经常地有权宣称‘不’”。[①] 无论是南帆对“枪”的多层次解析，还是欧阳江河对“纸手铐”的意义赋予，都清晰地透露了这样的信息：在新散文中，主题以及对主题的表达都不再受到限制。纸手铐的43个变奏，展现了意义解释的无限可能。周晓枫在《圣诞节的零点》中对上帝和魔鬼的评语，更在我们的常态认识之外：

---

① 吴亮：《拒绝的权利》，见《闲聊时代》，第61页，乌鲁木齐：新疆人民出版社，1997年版。

上帝作为完美主义者，我们实在难讨他的欢心。婴儿的身上印有胎记，圣徒的心里也难免闪现欲念。基督教义说，人生而有罪。恶是我们天生的遗传，啊，该拿我们可恨的天性怎么办？王小波屡被删除的碍眼诗句把我们一语揭露："走在寂静里，走在天上，而阴茎倒挂下来。"如果说我们是神的孩子，在上帝眼里，我们是最差的、最坏的，起码是需要改良的孩子——是不是对荣誉的期许使我们转身投靠魔鬼？

信徒们诅咒接近魔鬼的人，但接近魔鬼的人无惧，他们阐述了自己的独到见解，并对前者予以嘲讽：你们祈祷上帝，愿他老人家赐予好运和安宁，难道不是为了不劳而获？为什么人们不希望魔鬼的到来，归因于魔鬼经常带来鞭子和噩梦，带来无端的处罚，所以人们宁可在黑暗中孤身一人——所以，正是魔鬼以实际行动教育你要独立自主，奋发图强；而上帝口头上也这么说。

我想人类之所以受到诱惑，至少说明魔鬼的身上有魅力，手里有实惠。[①]

在"新散文"作家的价值天平上，上帝与魔鬼发生了身份置换——上帝因其对完美的苛求而变得不近人情，魔鬼则因其"调皮有趣"而"更具亲和力"。这让我想起《西游记》里的唐僧和猪八戒。唐僧不讨人喜欢，并不只因为他人妖不分，而是因为他一贯正确；猪八戒虽然又馋又懒又好色，更没有孙悟空的火眼

① 周晓枫：《圣诞节的零点》，原载《人民文学》，2001 年第 2 期。

金睛，却依旧讨人喜欢，正因为所有的“缺点”，不仅是猪之常情，更是人之常情，使他不仅有猪味儿，更有人味儿。

写作立场的回归，写作意识的解放，不仅使主题不再受限，而且，即使在同一篇作品中，也不一定必须有而且只有一个主题。从“新散文”作家的身上，我们看到了这样一个事实：既然绝对真实并不存在，或者说，真实并不是唯一的，那么，作家对于世界的认识，就不应该受到限制，每个作家及每部作品，只能构成世界的局部，这些局部可以无限多。欧阳江河在诗中说：“局部是最多的 / 比全体还多出一个。”这个立场，对体制散文“形散而神不散”的美学特质构成挑战。

所谓的“形散而神不散”，是指一篇散文必须围绕一个中心，不能有第二个中心，否则就像重婚一样有罪。但是，用多种素材来诠释一个中心，显然是一种浪费，而且，虽不构成重婚，却是名正言顺的一夫多妻制。以这种方式主导写作，势必导致在写作之前先确定中心，再根据中心选择材料的“主题先行”的误区，从而与散文的根本属性相抵触。

散文是精神和想象的乌托邦，散文写作更像一场灵魂的冒险，具有很强的不规则性和不可预见性，我们也可称之为一种游戏。散文将在这种冒险 / 游戏中达到自由的至境。否则，写作不仅成了在群体强制下的体力劳动，而且与世界的复杂性与人们认识世界的多重角度相违背。必须强调：作为一种艺术门类，散文完全可以无主题，也可以有多重主题，这样更有利于展现写作者对于世界的多角度注视，使其在写作中扮演更复杂也更重要的角色。

散文对外部自由和内部自由同时有着苛刻的要求，但最苛刻的，却是对自身写作立场的要求。对于每个作家来说，只有他自己是创作的介入者，其他人非请莫入。

六、先锋：能否赢得未来的读者

观念的滞后是中国散文的耻辱。如今的散文界积滞着“浅薄的桂冠和永远的夜郎”，“麻木的时尚，使我们连身边仅距一步的喧响充耳不闻”[①]。值得欣慰的是，“新散文”的探索早已开始而且正在进行，并呈现出不可逆的深入进程。“新散文”并不需要一个多么好听的命名，如同它们不需要一本正经的宣言、自作多情的诠释，以及各种形式的宠幸，那些对它们来说不仅奢侈而且浅薄，与散文的根本目标相抵触。主流的忽略反而使它们获得了某种自由。中国当代散文在缝隙里赢得了继续生长的契机。

体制散文的终结，使得散文的未来呈现出越来越强烈的不确定性，正是这种不确定性，为平淡无奇、濒于衰朽的散文领域设置了悬念。可以这样认为：实验不仅是散文的目标而且是散文生存并发展下去的动力依据，如唐晓渡所说，它是“人类通过

① 徐敬亚：《“中国诗坛1986现代诗群体大展”编后话》，原载《深圳青年报》，1986年10月24日。

语言进行的生生不息的精神实验”，与必然性相对，它创造着可能性。诗坛曾经提出过“pass 北岛”“打倒北岛”的口号，这应当说是北岛之幸，因为他所代表的先锋精神在以后的道路上得以贯彻。

诗人说，一切神秘中最大的神秘是命运。无论“新散文”将呈现什么样的面貌，也无论“未来”做出怎样的判断，我都坚信奇迹会发生，对于那些在不动声色中为体制散文挖墙脚的人，我都会致以由衷的敬意。

2002 年 10 月下旬至 11 月初

2009 年 12 月改

2014 年 1 月再改

“新散文”：困囿与突围

很多年前，“马桥风波”的时候，我曾应报纸之约，写过一篇《文化批评的游戏规则》。在那篇文章里，我表达了对建立文化批评游戏规则的渴望。没有规则的批评，比骂街更加不堪。在建立游戏规则方面，我援引了哈贝马斯在研究沟通行动理论时提出的三条原则，即一、真实性，陈述的内容必须真实；二、真诚性，不得企图欺骗听众；三、正当性，话语必须适合特定的语境中特定的规范。

2006 年 5 月 13 日《羊城晚报》以整版篇幅发表了陈剑晖的长文：《新散文：是散文的革命还是散文的毒药？》（下称陈文），提出“新散文究竟是散文的革命还是散文的毒药？”这个石破天惊的问题。这个看上去理直气壮的质问，令所有有过“文化大革命”大字报阅读经验的人都不会感到陌生——来势凶猛、危言耸听、泰山压顶、不容置辩。实际上，这一问句中，早已包含了斩钉截铁的答案。遗憾的是，作为欲加之罪，这一论点是以错误的论据为依据的，有违前面所说的真实、真诚和正当原则，因而，它不会引起我对于我所倡导的“新散文”的丝毫困惑，相反，倒使我对这一伪命题的制造者产生深深的忧虑。

一、“体制散文”与“超级模仿秀”

陈文把我命名为“‘新散文’的发起者、倡导者，也是‘新散文’最权威的发言人和阐发者”。这当然令我受宠若惊，但真实的情况是，任何一种文体，乃至任何一种艺术形式，只有在不断变革中，才能保持自身的活力。世界艺术史和文学史反复证明了这一点，在当代中国文学中，诗歌、小说和戏剧都为这种变革提供了成功的范例。我们不难发现北岛、舒婷的诗，莫言、马原、余华、格非、孙甘露的小说，牟森、孟京辉的戏剧，与陈列在他们面前的文学范本之间的巨大差距。与这些生动的文体变革相比，散文的局面则显得沉闷和滞后。

这种沉闷局面的产生，首先因为散文已经沦为一种“工具文化”，成为体现政治意图的最便捷的文体。写作的便利性，使散文成为政治意图和伦理意图的直接受害者，散文的艺术原则不幸地成为牺牲品。在《白杨礼赞》《荔枝蜜》之后，所有的散文，面对的都是同样的白杨、同样的荔枝、同样的荷塘、同样的故乡。人们用约定的目光观看世界，在这样的目光下，世界的多样性和文学的生动性悄然消失。创作已经被格式化，成为真正的“超级模仿秀”。

我提出“体制散文”的概念，主要针对上述现实。当然，赋予散文工具身份的，不仅仅是政治权力，还包括文学体制（即所谓的“文坛”）、商业体制等，它们不约而同地把散文当作传达自身意图的工具，所以，如前文所说，我将所谓的“体制”分为“权力体制”“文学体制”“市场体制”和“技术体制”，分别予以论述。陈文认为：“将文学的高低分为‘体制内’和‘体制外’显而易见是十分可笑荒谬的事情。因为体制的‘内’与‘外’并不能决定人性、道德水准的高低，同样不能保证文学的优劣。”显然，它所说的“体制”，与我所说的“体制”，并不是一回事。连概念都没弄明白就发表批评，除了说他勇气可嘉，我实在是不知说什么好了。

陈文批评“新散文”把“‘体制散文’作为划分散文优劣的分水岭：凡是体制内的散文必定是拙劣的；反之凡是体制外的散文自然都是优秀的。与此相联系，凡是欣赏喜欢‘体制散文’的都是庸人；凡是厌恶‘体制散文’的都是精英”。这“两个凡是”是陈剑晖虚构的，我的文章中并未发表过类似的高论。陈文还巧妙地虚构了我的很多“观点”。这些“观点”无法查证，我也概不负责。

二、“社会性”与“个体性”

“新散文”的第二项罪名是“个体性”。对此，陈文得出这样的结论：“它往往通过一个或几个生活细节的描写来释放某种情绪和对事物的感知，而根本不去考虑这种情绪的社会性。”

这一判断对于“新散文”而言无异于天外来物，丝毫与“新散文”的写作现实无关。与陈文的描述相反，“新散文”恰恰保持着对现实人生的机敏反应，保持着思想与人格的独立性，而粉饰太平，恰恰是“体制散文”的祖传秘方。底层视角、平民身份和人道主义精神，是许多“新散文”写作者的共同属性，比如张锐锋、于坚、庞培、朝阳、蒋蓝、格致等。张锐锋 2004 年为《十月》写的散文专栏《逆光像》，朝阳在同年为《人民文学》写的散文专栏《物证》，于坚的系列散文《都市记》《火车记》《治病记》《装修记》以及已经出版的、探讨全球化时代人类复杂心理图景的长篇散文《暗盒笔记》等，都是保持着冷静的现实视角的作品。作为一个在黄河边长大的作家，张锐锋在写作中从未改变过他对土地与人的关注。在《船头》一文中，张锐锋写道：

现在，老人的皱纹来自一条河流，在这条河流上的日日夜夜，都映照在上面，并成为这条河流的基本表情，这是一切表情都被抽取之后仍然剩下的绝对之物，因而其在暗淡的光线里才现出了金属的质。实际上，在这个有着拱顶的窑洞，不过意味着被取走的部分，最后，剩下了三样东西：皱纹、相框、铜瓢。皱纹属于河流，相框里的图像属于别人，铜瓢属于取自河流的水——它们都掩饰不住自己充满寓意的光泽，一个人，一条河，以及近似于虚拟的洞，在集聚光亮的过程中沉入更深的却是更加耀眼的暗。①

土地的现实蕴含着人的现实，只有在土地上跌倒、绝望过的人，才能写出如此庄严、沉雄的文字。张锐锋从河流与道路的暗示中发现时间、命运和历史。他至今仍然经常深入黄河边，倾听那些卑微又伟大的生命圣歌。

朝阳在他的专栏中触及了一个人们讳莫如深的主题：小姐。小姐这个词在当下的微妙含义，人们都心领神会。只有朝阳没有躲避，而是选择勇敢面对。他甚至把他的散文直接命名为《小姐》。作者是从童年伙伴玛芽开始，进入这段沉重的叙述的。作者表明："我喜欢用大地替代我生活的城市，当我使用大地的时候，我的内心中总是潮湿地生起一股无法遏制的柔情……大地总是诗意地传达着我内心的感情，它意味着没有污点的过去，意味着纯洁的精神生活，但是我知道，它已经永远不存在了。"② 童年的玛芽在地里挑草。当他再次见到玛芽的时候，她已经得了梅毒，并被赶出家门。"玛芽在村子外的麦草垛上睡了一夜，第二天一大早，她不见了。"③ 人性的目光否定了价值判断的斩钉截铁而凸显了世界的复杂性。社会对"小姐"同仇敌忾，但如果你认

① 张锐锋：《船头》，原载《十月》，2004 年第 4 期。

② 朝阳：《小姐》，原载《人民文学》，2004 年第 4 期。

③ 同上。

识她，了解她的命运，情况就可能不一样。前者是社会学的任务，而后者恰恰是文学的使命。朝阳这篇带有文明反思色彩的散文，提出了比标语口号更加深刻复杂、触及心灵的命题。

“新散文”中呈现了以往的散文中从未呈现过的社会现实，他们在各自的现实中挣扎、喘息、沦陷和崛起。李敬泽说过，20世纪90年代送给我们的一大礼物就是日常生活。我认为，“这使散文的话题被分散，经验越发难以重复，因而，散文的覆盖率在降低”。[①]一篇散文已经不能覆盖所有的生活。散文作为公共生活代言人的时代已经一去不返。散文寻求的是心有灵犀的共鸣而不是放之四海而皆准的政治教义。这要求写作者们用个性化的表达方式与其匹配。小说家莫言曾经精辟地指出：“二十多年来，尽管我的文学观念发生了很多变化，但有一点始终是我坚持的，那就是个性化的写作和作品的个性化。”“这样强调写作的个性化，似乎失之偏颇。但没有偏颇就没有文学，中庸和公允，不是我心目中好的写作者所应该保持的写作姿态。即使在社会生活中，中庸和公允，多数情况下也是骗人的招牌。趋同和从众，是人类的弱点，尤其是我们这些经过强制性集体训练的写作者，即使是念念不忘个性，但巨大的惯性还是会把我们推到集体洪流的边缘，使我们变成大合唱中的一个无足轻重的声音。”[②]规范即

---

① 祝勇：《编余琐记》，原载《布老虎散文》，2004年秋之卷，沈阳：春风文艺出版社，2004年版。

② 莫言：《文学个性化刍议》，原载《文艺研究》，2004年第4期。

模本，它让我们亦步亦趋，并且相对轻松地得到期望中的认可；但“滥竽充数”的寓言告诉我们，它是平庸者的乐园，创造者的牢狱。

三、“审美”与“审丑”

陈文对“新散文”做出如下假设：“比如传统散文《岳阳楼记》，范仲淹在对岳阳楼景物的抒写中，融进了‘先天下之忧而忧，后天下之乐而乐’的社会内涵。而换成一个‘新散文’作家来写，他笔下的岳阳楼可能是残破不堪、满目疮痍，说不定还有一些男女间的绯闻或性方面的暗示。”所谓的低级下流，是陈文为“新散文”指认的第三宗罪。遗憾的是，在“大胆地假设”之后，依旧没有“小心地求证”。于是，它的批判只能停留在假设的层面上。没有任何一个法庭能够根据假设来定罪，否则，连陈文作者本人，恐怕也早就恶贯满盈，万劫不复了。

因为描写过农村的厕所，刘春的《简史》被宣布为非法：“在一个有正常鉴别力的人眼中，这样的描述不仅使人恶心，而且也不是什么新鲜的货色。早在20世纪90年代初，在那些冠之以‘生活流’的诗中，我们便看到了大量关于粪便、鼻涕、初潮、月经、卫生纸之类的展示，但这些展示，除了在文学史上留下了一点空虚、无聊、丑恶的‘个性’的印记外，并没有给当代的诗歌增添一点什么。令人纳闷的是，我一直认为具有良好的文学素养和敏锐的艺术判断力的祝勇，居然会对这些恶俗的个性描写赞誉有加，甚至还认为‘没有灵魂的创痛和对人生的大悲悯，写不出这样的文字’。”

首先应当声明，遭到陈文鄙夷的“粪便、鼻涕、初潮、月经、卫生纸之类的展示”，仅就我个人阅读经验而言，尚未在“新散文”写作者中出现，以至于陈文也不得不将这项罪名归之于“20世纪90年代初那些冠之以‘生活流’的诗”。这些诗我未曾读过，是否存在不得而知，也与“新散文”无关，如此指桑骂槐，颇有张冠李戴之嫌，有失严肃。其次，具体到刘春的《简史》，陈文也是断章取义。显然，这种断章取义是有意为之的，可以误导读者先入为主，并轻而易举地将被批评者置于死地。

陈文将上述描写归入“粗鄙丑恶的生活现象的罗列”，遗憾的是，这些罗列同样出现于鲁迅、沈从文、茅盾、闻一多等文学巨匠的文本中。在《泥涂》《腐烂》等小说中，沈从文就曾写过泥泞、残羹剩饭和粪便。美国著名的沈从文研究专家金介甫（Jeffrey C. Kinkley）曾写道：“由于舍不得他的诗意笔调，他把这些东西写得很美”，“他写一个长满疥癣，不成人样的小孩子从垃圾堆上捡饭吃时，沈的人道主义心怀也使他把小孩写得非常有趣。”[①] 这些丝毫无损于沈从文小说整体上蓬勃健美的风格。即

① [美]金介甫：《沈从文传》，第170页，北京：时事出版社，1991年版。

使具有文字洁癖的人也无法否认加缪的《鼠疫》在文学史上的不朽价值。因为作者的写作出发点是纯洁和富于人道主义精神的。确如陈文作者所说，在他这个“有正常鉴别力的人眼中，这样的描述不仅使人恶心，而且也不是什么新鲜的货色”。不幸的是，根据他的观点，四大名著都应置于禁绝之列，因为《西游》写妖魔，《三国》《水浒》写暴力，《红楼》则写了性爱。鲁迅在论及《红楼梦》时指出：“就因读者的眼光而有种种：经学家看见《易》，道学家看见淫，才子看见缠绵，革命家看见排满，流言家看见宫闱秘事……”[①]那么，在严肃、丰富、清新、活泼的“新散文”中，仅仅注意到有关厕所的零星描述（并且不顾原作者的用意和作品的语境），批评者自身的品位就可想而知了。

四、存在与荒谬

我对散文的探索者们始终怀有深深的敬意。我在给蒋蓝的“布老虎散文奖”授奖辞里写道：“也许，（这份奖励）并不能给获得者带来足够的荣耀，但它自存在以来，就始终坚持严肃的文学立场，它必将属于那些不甘于散文界的陈腐局面，从而为我们重建散文信仰的人。真正的散文不需要辩解，它的存在依赖于一如既往的付出，有的时候甚至不计代价。它可能是遍体鳞伤

① 鲁迅：《〈绛洞花主〉小引》，见《鲁迅全集》，第八卷，第145页，北京：人民文学出版社，1982年版。

的斧子或者有豁口的刀，但它的尊严恰巧就存在于它的难堪里。优雅、得体、如鱼得水的生活注定不会属于散文领域里的冒险者们，但他们让我们苏醒，让我们在被脂肪堵塞的生活里，呼吸到另外一种空气。”[①]

“新散文”的写作者们对散文的期许，决定了他们从一开始就走上一条与世俗利益背道而驰的道路，因为在中国，在既定的规则中亦步亦趋很容易得到现实的犒赏，但他们放弃了，在取得最后的胜利之前，他们探索的身影注定不会得到多数人的喝彩，但最后的胜利是永远不存在的。一个典型的例子便是苇岸，他是最早进行散文探索的作家之一。“苇岸对世界的要求并不多。他住在乡下，对物质需求几乎降至最低——就像他所崇拜的梭罗；他吃素食，粗茶淡饭，朋友也不多；他的节俭甚至体现在他的创作上，他读得多而写得少，谨于言而慎于行”[②]。他一生只写了一本书：《大地上的事情》（他于 1999 年英年早逝，那时他的《二十四节气》还没有写完）。他观察并沉醉于大地中，日复一日地用镜头和文字记录大地的变化，他用干净的笔写下这样的文字：

3 月是远行者上路的日子，他们从 3 月出发，就像语言从表

---

① 祝勇：《编余琐记》，见《布老虎散文》，2005年春之卷，沈阳：春风文艺出版社，2005 年版。

② 祝勇：《与大地相同的心灵》，见《禁欲时期的爱情》，第129页，北京：中国文联出版社，1999 年版。

达出发，歌从欢乐出发。3月连羔羊也会大胆，世界温和，石头善良。3月的村庄像篮子，装满阳光，孩子们遍地奔跑，老人在墙根下走动。3月使人产生劳动的欲望，土地像待嫁的姑娘。3月，人们想得很远，前面有许许多多要做的事情。3月的人们满怀信心，仿佛远行者上路时那样。①

我曾说过，苇岸是物质时代的一个奇迹。他像圣徒一样面对写作，一直到死。他是“新散文”的一个标志性人物。我相信后来的许多“新散文”写作者都是在苇岸的3月里上路远行的。与文坛上那些风云人物相反，每个写作者都必须面对深邃的寂寞。与苇岸同时，张锐锋、庞培、于坚、钟鸣等，都开始他们艰辛的努力。正是这种生活赋予他们的文字以一种沉雄的力量，像利刃一样，穿透平庸的世俗生活。

朦胧诗潮兴起的年代，谢冕先生曾说：“强大而又自信的因袭力量，对这一新诗潮进行了不容思考的拒绝和排斥。”② 现在，“新散文”正在面对与他们同样的遭遇。阅读的不适与观念的保守将为散文的变革设置巨大的障碍，但这些障碍同时也是散文进步的土壤。培根说过：“一切生物的幼儿在最初的时候都不好看，一切变更也是如此，变更者时间之幼儿也……时间是转动不停

① 苇岸：《大地上的事情》，第30页，北京：中国对外翻译出版公司，1995年版。

② 谢冕：《历史将证明价值》，见《朦胧诗选》，第1页，沈阳：春风文艺出版社，1985年版。

的，所以固执旧习，其足以致乱与革新之举无异；而过于尊崇古昔将为今世所贻笑也。”散文以及散文的所有写作者都需要批评，但这批评必须建立在真实、真诚和正当的基础上，而攻击、谩骂，甚至妖魔化，都是真正的艺术所不能接受的。

本文重复了过去文章中的一些观点，那是因为陈文完全不顾这些基本的事实，这不仅是对这些散文探索者们的不尊重，更是对他们的侮辱。它试图通过对事实的遮蔽，导演一场不公平的论争，但这实际上只是一场荒谬的游戏。遗憾的是，它所施加的罪名都是虚拟的，所以，它的胜利，也只能是虚拟的，永不存在。

散文的新与变[①]

这次会议的邀请函，第一句话就写："新世纪以来，散文观念和疆域发生了很大变化，呈现出新的格局。"这告诉我们，散文的变化，早已是不争的事实。所谓"不争的事实"，意思就是变化本身已不需要争论。需要研究的，只是变在何处，以及为什么会产生这些变化。

当我们面对散文写作的时候，万不可持以"祖宗之法不可变"的心态。因为"祖宗之法"，本身就是变化之法，没有变化，就没有文学史。一部文学史，实际上就是一部文学风格演变史。假如李白与屈原一样，苏东坡与李白一样，文学史就不存在了。假如我们今天写作散文，像某些人所期望的，仍然是朱自清、冰心、杨朔、刘白羽散文的翻版，中国散文非但不能有光明的未来，反而只有死路一条。这并非否定前人的创作，而是提醒我们不要刻舟求剑，以不变应万变。写作的时空在变，写作的主体也在变，写作本身自然也不可能不变。佛教主张无常，辩证唯物主义认为运动和变化是一切事物存在的规律，都是在讲变化

① 本文为作者于2013年在中国作协全国散文创作会议上的发言。

的必然性。在这个世界上，唯有变是不变的，没有一个人能够抵挡世界的变化。当然，这个世界上也有恒久不变的价值，比如爱、美、亲情，但它们的内涵、形式也在变化。人类书写的载体，从青铜器、甲骨、竹简、纸张，到今天的信息高速公路，都已经变了几轮了，而载体的变化，也必将带来语言的变化，至少，我们不可能像孔子那样说话，也不可能写出韩愈那样的散文了。在这样的前提下，散文的变化不仅是正常的，而且是无法回避的。所以，我十年前写过的关于“新散文”的文章。我的很多观点，以往都说过或写过，在此，我只想谈一下散文的三点变化：

内涵变得复杂

散文写作的一个重大变化，就是变得复杂了——无论形式还是内容。原因是存在本身就是复杂的，充满矛盾和歧义。我们生命中的很多事件，很难用简单的对错、是非来判断，人生就是“摸着石头过河”，也许只有我们见上帝那一天，才知道自己做过的事，哪些是正确的，哪些是错误的。我们的生命中充满了矛盾、纠结、反复；而历史也有着相同的性质，因为历史是由无数个体的命运共同组成的。过去的散文，总是试图通过一个小故事，来讲明一个道理，这不是散文，是童话，是骗小孩子用的，在现实中，并不是所有问题都有答案的，有的问题，可能永远也没有答案。一个老师可以告诉一个小学生，谷粒和谷堆的区别是什么，但在现实中，二者的界限却很难划定。一粒谷子落在地上不能成为一个谷堆，两粒也不能，三粒也不能，那么，到底多少粒谷子可以成为一个谷堆？也许有人会说，一千粒谷粒可以形成一个谷堆，那么我会反问，为什么999粒不行？为什么1001粒不行？这就是著名的谷堆悖论，它表达出存在的复杂性。这个世界上没有任何一个概念、一个道理、一个公式能够将世界上的问题一揽子解决。

存在的复杂性，要求文学必须接受、呈现这种复杂性。伟大的作品，都是一片沧海，无法用一种蓝来定义，在它的内部，有无数种生物在生长、遨游。我推崇小说《白鹿原》，它的伟大，就在于它对复杂性的呈现。它所体现的历史的复杂性和人性的复杂性，在“十七年文学”中是不存在的。这是一部无法“总结”的作品，如果这部作品能够被一句话来“总结”，那陈忠实老爷子就白忙活了。出于同样的原因，20世纪90年代以后，特别是新世纪以来，散文也由简单走向了复杂，由童年走入成年。于是有了钟鸣的《旁观者》、于坚的《暗盒笔记》、张锐锋的《卡夫卡谜题》、刘亮程的《一个人的村庄》、蒋蓝的《极端植物笔记》、江子的《田园将芜》这样蓬勃浩荡的作品。这不是故弄玄虚，而是回归了世界的本质。它们也并非文字的游戏，而是语言的盛宴与狂欢。

任何一部杰出的作品，无不是一座语言的迷宫，充满悬念、暗示、转折，带给我们寻找的快乐。张锐锋笔下的卡夫卡，同样可以用来描述散文：

卡夫卡从来不用简单的方式表达自己对世界的感受，他喜欢委婉和优雅地用某一个故事来讲述。一些小说家曾经惊叹，故事已经讲完了。但是，卡夫卡发现每一个故事都不可能讲完，因为每一个即使是最简单的故事，也永远可以讲下去——它包含着不可穷尽的启示。从本质上说，每一个故事都是寓言，它给我们的结论不可能只有一个。你只要看到事实的一个侧面，它就必定存在另一个侧面。当你发现了一个隐蔽的侧面，你就会获得自己的另一个影子。卡夫卡之所以选择了如此复杂，甚至烦琐的方式，可能是他认为很多感受和思考，不可能被几个枯燥的概念说出，它不可能被概括，也不可能被简化。因而这是唯一适当的方式——它实际上被表现为一个个谜题，让我们在迷雾中穿行，小心地看着前面令人迷惑的一条条岔路。其中的一条，通往我们自己。[①]

有人说这类散文“读不懂”，这是因为他们习惯了线性思维，习惯了“1+1=2”的一目了然，对于文学来说，这不仅是懒惰，而且是不负责任。

---

① 张锐锋：《卡夫卡谜题》，第2页，北京：海豚出版社，2013年版。

语言变为“物质”

20世纪西方哲学有一个重大变化，就是“语言学转向”（the Linguistic Turn)。在西方早期现代哲学（Early Modern Philosophy）中，语言被看作思想的单纯工具。语言是“透明的”，有点像超市里的塑料包装袋，它只能呈现“商品”——也就是“思想”的价值，而它自己没有什么独立的价值，语言本身并没有获得自己独立的存在维度。这种情况在后期现代西方哲学 (Late Modern Western Philosophy) 和后现代西方哲学 (Postmodern Western Philosophy) 那里才发生变化，梅洛－庞蒂、利科这些哲学家开始致力于恢复语言自身的价值，于是，包括符号学在内的语言学应运而生。他们发现了语言的存在，认为它与人的生存可能性是联系在一起的。在他们那里，语言不再是思想的附属品，而是人的某种生存方式；它也不再是“透明的”，而是成了一种“物质”，有了自己的质感、密度和力量，甚至“对真实的东西都会产生其作用和影响”[①]。好比一件瓷瓶，它的价值不在于可以安插一束花，而是它本身就有审美价值。一件元青花瓷碗，我们不可能用它来盛米饭，它比米饭更贵重，是因为它有自己的价值。艺术品的美，是可以独立于它的实用价值的。我们发现了语言的

① 杨大春:《语言·身体·他者——当代法国哲学的三大主题》，第67页，北京：生活·读书·新知三联书店，2007年版。

价值，就像发现了青花瓷碗的美一样。这也是散文写作的一个重大变化。

我们在这里复习一下 20 世纪西方哲学史，丝毫没有拉大旗作虎皮的意思。但从这种回顾中，我们可以看到文学和哲学发生变化的某种内在的联系。有什么样的语言观念，就有什么样的散文。新世纪以来的许多散文写作者，尤其是“新散文”作家们，并没有先去进修一下西方哲学课，也不可能理论先行地从事创作，而更多地从生命的本体需要出发，寻找散文新的可能性。在传统的散文语言中，语言是“透明的”，“在它的语词和它的含义之间存在着完全的一一对应关系”[①]，因此这样的表达是简单的、静态的、没有弹性的。新世纪以来，尤其在“新散文”写作中，写作者们拒绝对思想的直接呈现，而是致力于恢复语言自身的价值，终于在语言与思想间建立了一种动态的关系，在传递既有含义的同时，不断地创造出新的含义，使整个作品变成一个层层繁衍、生生不息的活体，充满命运的神秘性、生命的律动感。

然而，如同语言现象学家一样，“新散文”的写作者们并不否定语言与思想的关系，只不过它们的关系，存在于一个互动的过程中。格致的《转身》、李娟的《冬牧场》、南子的《西域的美人时代》、周晓枫的《斑纹》、安妮宝贝的《素年锦时》、安意

---

① 杨大春:《语言·身体·他者——当代法国哲学的三大主题》，第67页，北京：生活·读书·新知三联书店，2007 年版。

如的《再见故宫》等，都不是以所谓“思想”的面孔出现的。作为女性散文家，她们似乎从来不愿，或者不屑表达思想，但她们是有思想的，她们的思想，藏在语言中，藏在她们静水深流的叙述中。就像后期现代西方哲学家们表述的那样，语言是“深埋于欲望、生命的本能冲动里”①。

真理是朴素的，或许正因如此，它才很难被发现。上述散文写作者，犹如巫师与侦探，或者《皇帝的新装》里的小男孩，直率地道明了她们的发现。

散文离不开思想，即使想离开也无法办到，因为在所有的文体中，只有散文是对“思”与“想”的直接表达。而所有的“思想”，都将从对生存经验的叙述中自然地产生。传统散文的语言寄生于所谓的“思想”，实际上是对“思想”的僵化的表达，最终戕害了思想。而“新散文”的语言恰恰在与思想形成一种互生关系，也为思想的生长提供了一种最佳的土壤。在梅洛－庞蒂看来，前者是“平庸的散文语言”，而后者则是“伟大的散文语言”②；而在我看来，前者是无机的，如同车间里的塑料，后者则是有机的，仿佛大地上的植物。散文的变化与20世纪西方哲学的变化不谋而合，这种相合或许纯属巧合，但也体现出文学发展的某些不可回避的规律。

① 洪汉鼎主编：《理解与解释》，第254页，北京：东方出版社，2001年版。

② 杨大春：《语言·身体·他者——当代法国哲学的三大主题》，第67页，北京：生活·读书·新知三联书店，2007年版。

文体变得开放

散文的虚构问题，一直在批评界争论不休。我过去文章里也谈过这个问题，本来不打算再谈，刚才刘亮程谈到了，我就再多说几句。亮程说他《一个人的村庄》里的“我”不是他自己，而是一个虚构的人物，这一点，我当初读他散文的时候没有想到。但是作为写作者，我完全理解他的做法，因为只有通过这个艺术化的“我”，才能为作者观察和描述整个村庄提供一个最佳的叙述视角，也才能更“真实”地表达他的生存体验。这种表面上的“虚构”，带来的却是实质上的真实。甚至可以说，越是“虚构”，就越是真实。

对于散文中的“虚构”，我们大可不必大惊小怪，睚眦必报。因为没有一部或一篇文学作品能够与虚构彻底划清界限，包括有些人推崇的《背影》《荔枝蜜》这些散文。一旦进入书写，虚构就已经产生了，因为任何书写都是有主观性的，这种主观性，就可以理解为虚构。从严格意义上说，任何文学作品都带有虚构的性质。虚构是文学的本质。卡夫卡说，虚构是浓缩、接近于本质。这是文学的要义所在。因此，与其排斥虚构，不如对它怀有宽容之心。

何况《一个人的村庄》所代表的虚构，只是技术上的“虚构”，并不妨害整体的真实性。这一点与小说里的虚构不同。小说里的虚构是整体性的，从一开始就在编织一个虚构之网，它的所有叙述，都建立在虚构之上。散文的虚构不是整体性的，而只是技术性的，是为了表达存在的真实。小说里的虚构可以“无中生有”，而散文里的虚构则是“有中生有”，是对素材的重新组合、修剪、利用。因此，散文的虚构是有限制的虚构，不是像小说那样，可以无限制地虚构。用一个比喻，就是，小说重新捏制了一个艺术陶罐，而散文则是对已有的不完整的陶器碎片的黏合和修复，一些残缺的部分，以虚构的东西修补，以便复原陶器的真实形状。这种“限制性虚构”，将散文与报告文学区别开来（报告文学不能虚构），也将散文与小说区别开来（小说全部是虚构）。

刚才有人提到“历史散文”，认为许多“历史散文”沉浸在过去的人与事中，是对史料的重复，是对现实冷漠的表现。我想，这完全是对历史认识的误区，也越发证明了历史写作的重要性。《一九四二》上映，有网友问我：为什么中国导演没有勇气拍20世纪60年代的大饥荒？我回答他：冯小刚已经拍了。一切历史都是当代史，所有在历史中发生过的事情都会在现实中重演，所有父辈们经历的事情我们都会重新经历一次。对此，我已多次表达过自己的观点，我在《文艺报》上发表的《历史写作的四个关键词》中写道：“中国人越来越轻视历史、鼠目寸光，眼睛紧紧锁定现实的利益，不见未来，更不见历史，所有的冒失、愚蠢、迷茫，都是来自对历史的无知。中文的动词没有时态的变化，似乎从某种意义上证明：所有的过去时，同时也是正在进行时。历史与现实的区别是不存在的，历史是现实的另一个版本，而所有的现实，都将归入历史的统辖。”①

革命家说：“忘记过去就意味着背叛。”散文家说：一个民族是否成熟，取决于这个民族从历史中提取有价值东西的能力。说这话的不是别人，正是我的朋友张锐锋。他是在参观以色列犹太人大流散博物馆以后说出这样的观点的。他写了一篇散文，叫《札记簿》。在这篇作品中，他说：

一个民族痛苦的记忆一般不会超过两代人。如果一个民族能够三代人记住一件事，这个民族就了不起。民族的集体记忆的强度和延伸的时代，是衡度一个民族是否很有出息的一个尺度。……在特拉维夫大学内的“犹太人大流散”博物馆里，最后有那么几句话，其中的一句便是：不要忘记过去。虽说这是一句人们常说的话，它差不多是世界上每个民族都传诵过的箴言，但箴言归箴言，忘却归忘却。人们往往总是用小小的凯歌盖过历史巨大的悲声。②

“新散文”中的历史写作，就是这样担负起了重述历史的责

---

① 祝勇：《历史写作的四个关键词》，原载《文艺报》，2013年5月10日。

② 张锐锋：《札记簿》，见《蝴蝶的翅膀》，第260页，北京：解放军文艺出版社，1999年版。

任，因为所有对历史的关怀，最终都会落在当代人的身上，成为对当代人命运的关怀。历史并不“新”，但“新散文”看待历史的眼光、表述历史的手段却是全新的，如果没有这个“新”，这些历史散文就失去了存在的价值，因为过去的史料都在，将它们拿出来炒冷饭，完全是一种重复性的书写。所幸的是，“新散文”写作者们没有这么弱智，他们寻找到了与历史对话的新的方式。方式之一，就是恢复历史本身的复杂性，拒绝用一两个简单的公式去解释历史，使历史写作变成空洞和抽象。于是，“新散文”的写作者开始捡拾被主流叙事无意或者有意遗漏的碎片，告诉人们那些丢失的可能是最重要的部分，进而拼接出“新”的历史版图。张锐锋说：“其根本秘密早已分布在一些断片之中，我们找到其中有限的部分，并使这有限通过我们的思维、写作和阅读，拼接和营造了属于我们自己的秩序……”[①] 我在刚刚出版的《盛世的疼痛——中国历史中的蝴蝶效应》一书中也写道：

很多年中，我的历史叙述都出于一个简单的目的——为历史祛除政治的魅，让历史回到常识。回到常识，就是恢复历史本身的复杂性、神秘性和戏剧性，因为杂草丛生的历史，在经过政治的编辑之后，其复杂性、神秘性和戏剧性已经消失殆

---

① 张锐锋：《蝴蝶的翅膀》，第3页，北京：解放军文艺出版社，1999年版。

尽，变得简单和单一，没有意外，没有历史细节之间神秘的联系，眼光被局限了，历史被冻结了，一切都是板上钉钉，斩钉截铁，不可辩驳。歌德曾经满怀敬意地把历史称为“上帝的神秘作坊”，我始终相信，在我们被教育的“历史”之外，还有一个，或者 N 个历史，或者说，有多少会思考的大脑，就有多少种历史。历史不是脱离思想单独存在的，每个人都有思想的权利，每个人也都有观察历史的视角和言说历史的权利。[①]

当然，这样的言说，并非率性而为，而是从我们的现实关怀出发的。我们所思考的历史问题，背后的支点都是现实问题。现实令我们迷惑，是因为它距离我们太近，相反，历史正因其距离我们遥远，所以我们会看得更加清楚。现实是我们进入历史的一条路径，反过来也一样。

总之，散文是对人类生存经验的表达，无论历史还是现实，也无论集体经历还是个人经历，最终都与人类的时间经验联系在一起，在这之下，无论写历史、写文化，还是写亲身的经验，本质上都是一致的，都是在描述人类的生存经验，因此都是真实的，都可以纳入人生经历的整体结构中。习近平主席今年[②]在访问美国时说，广阔的太平洋，容得下中美两个大国。同

① 祝勇：《盛世的疼痛——中国历史中的蝴蝶效应》，第2、3页，北京：东方出版社，2013 年版。

② 指作者写作时间，2013 年。

样，作为一个开放式的空间，散文也完全容得下各种类型的写作探索。墨守成规不仅容易，而且安全，相比之下，探索不仅需要勇气，更需要坚持不懈的努力。所有的探索都有失败的可能，因此，我认为评论界与其对散文变革冷嘲热讽，不如给予更多的理解和支持，唯有如此，才能为中国散文的长久发展提供“正能量”。我的发言完了，谢谢大家！

“新散文”为什么活力不衰[①]

一

1998 年云南《大家》杂志推出“新散文”栏目，今天我们把它视为“新散文”诞生的标志。“新散文”这个栏目名，可能是偶然为之，却包含了这一创作群体的全部诉求，那就是“新”，就是不满于陈腐的创作观念，以全新的理念引导散文创作。其实在那前后，当时还算年轻的散文写作者，已经分别出发，开始了对散文创作的求索，并逐渐汇集到“新散文”的旗下。回顾当时的出版物，我们就可以看到，“新散文”在当时的影响力。1995 年，苇岸主编了《蔚蓝色天空下的黄金》一书。1996 年，我主编了《新锐文丛》。1997 年，王久辛主编《中国当代青年散文家八人集》。此外，还有《声音的重量》(1998 年)，《存在者丛书》(1999 年)，《深呼吸丛书》(2001 年)，《新散文九人集》(2003 年)，《七个人的背叛》(2004 年)。另外，刘琅、

① 本文写于 2019 年 3 月 9 日，根据发言整理，原载《文学报》。

桂苓主编的《中国散文档案》，我自2003年起为春风文艺出版社编辑的《布老虎散文》，自2003年至2009年为春风文艺出版社编辑的散文年选，都是以“新散文”的作品为主，也蔚为规模。

到今天，“新散文”的创作群体已然清晰，它的主要创作者有苇岸、李敬泽、张锐锋、冯秋子、庞培、钟鸣、于坚、宁肯、韩春旭、彭程、凸凹、黄一鸾、杜丽、周晓枫、洁尘、蒋蓝、赵柏田、汗漫、黑陶、玄武、雷平阳、王族、南子、赵荔红、狄马、谢宗玉、沈念、江子、李晓君、范晓波、傅菲、江少宾、陈蔚文、格致、塞壬、马小淘、祝勇等。“80后”散文写作者的作品，不管他们是否承认，大体上都可以归入“新散文”一类，因此自他们以后，陈旧的、八股式的散文写法基本上不复存在，这与二十多年来“新散文”的筚路蓝缕、艰辛探索有很大关系。

尽管到今天，“新散文”仍要面对主流评论界的傲慢与偏见，有关“新散文”的评论寥若晨星，但是应当说，中国散文发展到“新散文”，已经成为一种不可逆转的时代力量。“新散文”改变了20世纪，尤其是杨朔、秦牧等奠定的20世纪后半叶散文写作的局面，为日益固化的中国散文创作打开了一个全新的空间。“新散文”不是当代散文一个无关紧要的局部，不是“文学园地里的一朵小花”，“新散文”是近二十年来最雄伟的文学建筑群，它构成了近二十年来中国散文创作的主体，为中国散文重新树立了艺术标准，寻回了它的生命活力，是二十年来最重要的文学现象。“新散文”不是一个散文流派，基于“新散文”已经取得的成就，以及它自身的内在驱动力，我可以大言不惭地说，“新散文”是观念，是方向，是高度，是中国散文通向未来的道路。

“新散文”创作持续二十多年，并没有像一些人预言的那样一天天烂下去，反而一天天好起来。随着“新散文”作家由青年步入中年，“新散文”也退去了年轻时的火气与青涩，稳健地走进成熟期，成为中国当代散文创作的主力军。此时，发轫于20世纪70年代后期的“朦胧诗”早已走进了文学史，80年代中期形成的先锋小说也早已风流云散，而在“新时期”的文学变革中迟迟登场的“新散文”，却展现了惊人的稳定性和持续性，佳作、力作不断涌现。关于“新散文”长盛不衰的秘密，可能会有多种答案，下面，我提供其中一种，供大家参考。

二

说到“新散文”，许多人会以先锋小说为参照。那我就从先锋小说说起吧，因为“新散文”之所以活力不衰，秘密就藏在它与先锋小说的区别中。

“新时期”以来的文学变革，尤其是以马原、洪峰、余华、孙甘露、格非为代表的先锋小说的诞生，在很大程度上与外国文学的刺激脱不开干系。历史学家把中国近代史总结为“刺激—反应模式”，即中国近代史（包括思想史）上的一些重大事件，都是因应外部变化而生成的，是内部世界在面临外部刺激时所产生的反应，如此，中国历史就被解释成了一部被动的历史，而不是自发生成的历史。也有人据此把中国的近代化史说成“被近代化史”。在我看来，这种“刺激—反应模式”，放在“新时期”文学史里似乎更加有效。我们知道，经历了“十七年”的格式化运动，又被“样板戏”所涂炭了的中国文学，已经走到了万劫不复之地。在文学的世界里，“样板”从来都是个性的敌人，没有了个性，人的复杂的精神世界受到了粗暴的简化，文学就失去了原动力，也就走到了末路。但这一切在 20 世纪 70 年代中后期发生了变化，尤其当改革开放成为国策，国门突然被打开，外面的世界名正言顺地进入我们的视野（他们再也不用像“文化大革命”后期偷看“内部发行”的黄皮书、灰皮书那样去接触外国文学了），原有的秩序必然经历强烈的震荡，重构内部秩序，也必然会发生。改革开放为“新时期”年轻的写作者们打开了一个全新的视界，也提供了一个前所未有的文学坐标系。中国的小说家们第一次意识到，文学原来可以这么写。在全新的视野下，原有的写作模式已然变得不可接受，于是，在他们心里，产生了变革中国文学的强大冲动。

包括马尔克斯、博尔赫斯、纳博科夫、卡尔维诺、川端康成在内的一大批外国作家（尤其是 20 世纪外国作家），无意中充当了中国先锋小说作家的启蒙老师，甚至某些著名的中国当代小说，我们都可以找到它们的外国模板。很多年以后（这是先锋小说作家们喜欢模仿的马尔克斯语式），早已功成名就的先锋小说家们，对于他们刚刚接触这些外国作家时那种隐秘的快感依然“供认不讳”。比如余华就曾这样回忆：

一九八三年到一九八五年期间，我一直迷恋川端康成，把他所有在中国出版的小说都读了，他重要的小说比如《雪国》，我都是买两本，一本用于珍藏，一本用于阅读，同时我的写作也在模仿他。那时我二十岁出头，他对细部的描写让我入迷，那种若即若离的描写，似乎可以接触到，又似乎游离开去了。我发现他不是用确定的方式描写细部，而是用不确定的方式，一个细部的后面似乎存在着另外几个细部，细部由此宽广和丰富起来。虽然多年以后我的写作风格与川端康成大相径庭，但是我很幸运第一个老师是他，他教会了我处理细部的能力，这样的能力决定了一个作家能走多远。①

余华走得很远，他的文字，几乎走遍了全世界，但他最初的原动力，来自日本一位瘦弱的老头——川端康成。中国当代文学史上，类似的案例还有很多，篇幅所限，不再逐一引述。

进入新世纪以后，在 20 世纪 80 年代那批先锋小说家当中，

---

① 余华：《读拜伦一行诗，胜过读一百本文学杂志》，见《我只知道人是什么》，第 126、127 页，南京：译林出版社，2018 年版。

有些人开始“向后转”，回到现实主义的道路上来，或如有些批评家所说，出现了现实主义与现代主义合流的趋势。对于现代主义始乱终弃说明了一个道理，就是我们对外国文学的“恶补”太猛烈了，也太实用主义，以至于我们很快就出现了身体不适。就像黄永玉先生所说：“有如军事训练中在饭堂吃饭一样，好大的一碗白饭下命令两分钟吃完！”[①] 张志忠先生也曾用吃饭做比喻，说：“本来，在饥不择食的局面过后，应该是有一段时间的‘反刍’，进行再理解再消化的，但是，在莫名的逆反心理和新的浮躁情绪下，一种新的封闭心态和国粹主义，悄悄滋长。一位外国文学翻译家就曾经指出，同样是获得诺贝尔文学奖的拉美作家，马尔克斯和他的《百年孤独》在中国文坛广为流行，阿里斯图亚斯的《总统先生》却鲜有人问津，这不能不表明我们的阅读视野的狭隘。”[②]

但无论怎样，应当承认，20 世纪 80 年代开始的先锋小说浪潮已然成为中国当代文学永远的神话。相比于诗歌、小说、戏剧，散文的变革要晚得多，“新散文”迟至 20 世纪 90 年代中后期才进入人们的视野。那时，改革开放已进行了十几年、二十年，进入了稳健、深化的阶段，视野突然打开的那种新鲜感与兴奋感早已是明日黄花，国人对外部世界和内部世界的认知更趋

① 黄永玉：《那些忧郁的碎屑》，第 70 页，北京：生活·读书·新知三联书店，1998 年版。

② 张志忠：《1993：世纪末的喧哗》，第 294 页，济南：山东教育出版社，1998 年版。

理性，“刺激—反应模式”对文学的作用力越来越不明显。90 年代的下海大潮，固然把文学逼到边缘的角落上，也把文学逼回了它的内部。相比于“乱云飞渡”的“文化大革命”岁月，以及风起潮涌的开放初期，90 年代的中国社会和中国文学，都回到了正常化的轨道上。对于文学而言，这一轮“去泡沫”的过程也许是一件好事，因为它让作家去掉浮躁，真正沉淀下来，让文学成为写作者的真正自觉。

三

在这样的背景下回望“新散文”，我们会发现，相较于先锋小说，“新散文”的出现不仅仅滞后了十年，而是滞后了一个时代。先锋小说是 20 世纪 80 年代文学黄金期的幸运儿，而“新散文”则是在文学相对边缘化的 90 年代中后期出现的，这至少表明一个简单的事实：“新散文”并非先锋小说的散文版，“新散文”的出现，与外部世界的刺激没有直接的关系。成为“新散文”的精神资源的，当然包含着外国文学，尤其是现代主义文学，同时也包含中国传统文化的滋养，和当代现实生活的催生。

有人指责“新散文”标新立异、割断传统、厚今薄古。那是因为他们根本不了解“新散文”。甚或，他们将“新散文”与先锋小说、“断裂主义”混为一谈了。“新散文”从来不曾藐视传统，也从未主张过与传统“断裂”，相反，十分重视从传统文化中汲取营养。“新散文”作家中，以历史文化传统为主题的写作者并不少见，只不过他们采用了全新的、有创造性的表现形式。李敬泽研究《春秋》，写成《小春秋》等系列散文。张锐锋写《古战场》《马车的影子》《别人的宫殿》等长篇散文，“将童年的经验引入更为宽广的人类历史”，“从中我们看到人的永无成熟的理性，看到人的认识的有限和虚弱”，“将久远的历史编织到自我的经纬之中”[①]。钟鸣在回忆自己散文写作历程时说：

我的散文写作，从一九八九年到现在，可分为三个小段落：先是着力于文学的趣味和想象力，这在“动物随笔”中最为明显；然后，自倡西方随笔之严肃与思辨，和东方散文之逸趣与细腻为一体，这在稍后些的随笔中较明显；再者，就是朝着结构更为宏大，文体多样化，辨析更为深刻，并以知识社会学和文学为基础的大型随笔发展。从一九九三年起着手四卷本《旁观者》写作，此书几易其稿，仅草稿字数已达二百多万，此段落，在选材上，也逐步从神话传说，转向社会与历史。[②]

同时，“新散文”对外国文学的吸收，也不再像先锋小说那样饥不择食，像彭程、凸凹等作家，对外国文学的阅读量极大，

① 张锐锋：《智性的恩赐——我对写作的一种理解表达》，见张锐锋：《蝴蝶的翅膀》，第 14 页，北京：解放军文艺出版社，1999 年版。

② 钟鸣：《我对散文的看法》，见《太少的人生经历和太多的幻想》，第 3 页，北京：解放军文艺出版社，1999 年版。

理解也更为透彻和精致。总之，在“新散文”的世界里，文学不再仅仅是对外部文学刺激的一个回应，而是出于它自身的写作需要。“新散文”出现，仅仅是因为我们需要散文，而且，需要好的、有创造性的散文。“新散文”就为了这样一个简单的目的出发了，并且在很长时间内，一直处在“冷漠而孤寂的途中”。但与20世纪80年代先锋小说比起来，我认为它更冷静、更深厚、更成熟、更卓越，因为它不再是对外部刺激的条件反射，也克服了先锋文学的某些“幼稚病”。在改革开放二十年前后出现，给了它充分的孕育、成长的空间，使“新散文”表现出强烈的“内生性”。

因此，在“新散文”里，我们看得到孔子、庄子的影子，看得到卡夫卡、博尔赫斯、曼德尔斯塔姆的影响，更看得到“新散文”作家们复杂、迷离的主体世界。路遥先生当年谈到拉丁美洲文学大师时说：“他们当年也受欧美作家的影响（比如福克纳对马尔克斯的影响），但他们并没有一直跟踪而行，反过来重新立足于本土的历史文化，在此基础上产生了真正属于自己民族的创造性文学成果，从而才赢得了欧美文学的尊敬。”他说：“我们需要借鉴一切优秀的域外文学以更好地发展我们民族的新文学”[①]，“只有在我们民族伟大的历史文化的基础上产生出真正的具有我们自己特性的新文学成果，并让全世界耳目一新的时候，

---

① 路遥：《早晨从中午开始》，第16页，北京：北京十月文艺出版社，2012年版。

我们的现代表现形式的作品也许才会趋向成熟”。[①]用他的话描述“新散文”的文学追求，或许不失恰切。

“新散文”的成功，在于它的写作群体在经过“新时期”二十年的孕育后，又经过二十年创作历程，已经由当初的新锐青涩成长为一个强大的精神主体，进而生成了一个有着超大能量的内宇宙。如是，“新散文”就不仅仅是一场技术革命，而是中国文学在经历了先锋文学的青春冲动之后的一次文学再出发。

---

① 路遥:《早晨从中午开始》，第15页，北京：北京十月文艺出版社，2012年版。

历史写作的四个关键词

历史

这些年，我一直在文学与历史之间游弋。以我个人的偏见，历史是文学的最大宝库，它藏品丰富，丝毫不逊于现实生活。前不久读到朋友艾伟的文章，说："今天的中国，什么样的事情都可能发生。现实的经验丰富、阔大、饱满，其中的滑稽、惨烈和惊悚经常让我目瞪口呆，同时也让我涌出这样的感慨，同现实比起来，我们的文学实在太苍白了。"[①] 这句话同样适用于历史，因为历史的经验不仅"丰富、阔大、饱满，其中的滑稽、惨烈和惊悚经常让我目瞪口呆"，更重要的是，这些经验都可能在现实中重复出现。

中国人越来越轻视历史、鼠目寸光，眼睛紧紧锁定现实的利益，不见未来，更不见历史，所有的冒失、愚蠢、迷茫，都是

---

① 艾伟：《在一个碎裂的世界里写作》，原载《文艺报》，2013年3月25日。

来自对历史的无知。中文的动词没有时态的变化，似乎从某种意义上证明：所有的过去时，同时也是正在进行时。历史与现实的区别是不存在的，历史是现实的另一个版本，而所有的现实，都将归入历史的统辖。

历史写作

我寻找着书写历史的最恰当的方式。这些作品包括：《纸天堂》《1894，悲情李鸿章》《辛亥年》《盛世的隐痛》《民国的忧伤》《故宫的风花雪月》等。说它们是散文，却有着比散文更大的包容力，如蒋蓝所说："真实事物的复杂性已经不再是以往的任何一种文体能够从容应对的了"，写作者"调动的人类学、考古学、神话学、自然地理学、人文地理学、民族学、民俗学、语言学、影像学等学科逐渐进入文学域界"，这无疑是一种规模庞大的综合性的写作；说它们是报告文学，却又杜绝了报告文学写作中强烈的意识形态色彩和充满二元对立的"大词写作"，而注入了更多的情感、判断、思考，具有鲜明的"私人写作"性质。在这一点上，它们是与散文相通的，只不过是一种大体量的"超级散文"而已，也有人以一个新的名字为它命名："非虚构"。蒋蓝对"非虚构"做出如下定义："具有作家独立的价值向度前提下，对一段重大历史和某个人物的生活予以多方位、跨学科考察的文学性叙述。这标志着作家从实验文体的自我纠结中走出来，从充满自恋的、复制某个阶级趣味的文字中走出来，回到伟大的尘世，用对民生疾苦的抚摩，对非中心的关注，对陌生经验的讲述，对常识的打破等方式，去表达一种文学本应具备的风骨。”我却更愿意用自己的词来涵盖我的写作，即“历史写作”（这一定义囊括忽略了体裁的区分，特别是对历史散文和报告文学的界定困难）。我写的不是历史，而是历史中的人。历史只为人的活动提供了一个时空的框架，而我所关注的，是在这个框架中的人的命运抉择、进退取舍、彷徨挣扎，是“在个体生命与连续流动的历史关系中，探寻历史运行过程中个体生命的‘踪迹’”。实际上，怎样为这种写作定义并不重要，因为所有这些称谓都有一个共同的核心，那就是对于历史的人文关怀。

文学性

历史写作是具有文学性的，因为历史本身就蕴藏着通往文学的秘密通道。“不管是‘真实的历史’还是虚构的故事，它们最终都与人类的时间经验联系在一起，而时间经验其实就是人的生存经验，并因此都是‘真实的’，都可以纳入人生经历的整体结构中。”[①] 我们从文学中看到历史，我们也同样能够从历史中看到文学。

① 杨大春：《语言·身体·他者——当代法国哲学的三大主题》，第76页，北京：生活·读书·新知三联书店，2007年版。

中国历史上第一部文学作品《诗经》就是一部历史之书、一部悠长抒情的史诗，它的价值不仅在于为那个时代的政治与社会提供了一份“客观”的证词，更在于它是来自情感世界的“主观”的表达。历史不是一个先验存在的、不可动摇的固体，不是被囚禁在博物馆里的文化标本，甚至不是历史资料中的僵硬文字，它是活的，有血肉，有呼吸，有语言，有情感，历史的戏剧性往往连天才的剧作家也想象不出来。所以，有评论者认为历史写作不过是对历史资料的抄袭，的确有这样的写作者存在，但他们代表不了真正意义上的历史写作。

神秘性

英国历史学家卡尔说：“历史是现在与过去之间永无止境的问答交流。”文学，正是问答交流的基本方式。因此，对历史的书写，并不是像一些人想象的那样，只是用一个录音机，播放历史的“原声”，实际上，历史的“原声”是不存在的，所有的历史，都是讲述中的历史，即话语历史，“历史是被人经历的历史，所有的历史事件都是与人的生存相关，并因此不具有自在的性质。它们一开始就被讲述，而且始终被讲述”。[①]而对历史的书写，并不是对历史的被动模仿，而是对历史的再创造、再塑形，

① 杨大春：《语言·身体·他者——当代法国哲学的三大主题》，第76页，北京：生活·读书·新知三联书店，2007年版。

如果没有达到这一要求，历史写作就没有完成自己的任务。

话语历史一经产生，它就获得了自身的价值，即文本价值。文本价值并不等同于历史本身的价值。简单地说，纸页上的朱允炆、袁崇焕、李鸿章，并不是历史上真实存在过的那些人，而是文本中的形象——当然，在二者之间存在着血肉的联系。过去我们习惯用真实形象和艺术形象来区分他们，实际上，他们的“艺术形象”，也就是文本中的历史人物，比我们想象的有着更强的神秘性。从历史的角度看，他们所有的命运都已经定局，成为历史教科书上的结论，无法改变，然而，当我们借助文学的工具深入他们多元、复杂、幽深、纠结的内心世界，才会发现他们的命运中潜伏着深刻的不可预测性。在史学的视域里，我们似乎已经对他们了如指掌；但在文学的视域里，我们还对他们所知甚少。

历史写作的神秘性令我深深痴迷，使我不仅在过去几年，而且在未来可以预见的时光中，仍然会沉潜于这种写作，发现历史的宏大叙事中被我们忽视的幽暗角落，寻找人性的宝贵闪光。这一过程就像探秘一样吸引着我，我自己的写作，也因此具有了很强的神秘性。这种探秘不是地理上的，而是心理上的、情感上的；不是史学的，而是文学的。我相信在史学的历史之外，还存在着一个文学的历史，有人把它叫作“心灵史”，我相信这是一种不可或缺的珍贵历史。

2013年4月4日、15日于成都、康定

迟到的抵达[①]

从遗漏开始

“五四”以来的中国散文，曾经以各种不同的选本形式反复呈现，然而，90 多年间（1919—2013 年）的中国散文图像，丰富、驳杂、支离破碎、没有固定的形状，因而无论哪一种选本，对它的陈述都无法做到完整、严格和准确，尤其当人们企图以某种先验性的知识框架对它做出规范，并对散文的规律性进行凝聚提炼时，一些更加杰出的作品便会从理论的缝隙中遗漏，作为个性化艺术的散文，在这方面表现得尤为明显——它以桀骜不驯的姿态拒绝着理念的征用和支配。那些被“遗漏”的作品，嘲笑着人们业已建立的文学常识。所以，经常有这样的现象发生：当我们自以为对百多年来的散文路径都了如指掌的时候，总会有被“遗漏”的部分浮出水面，挑战我们已经形成的阅读经验。就像

① 本文为《中国好文章》序言。初稿写于2010年3月，二稿于2013年改定。

证人在法庭上的陈述，随着问询的深入，一些被遗漏的细节会不断得到补充和更新，如果时间允许，这种“补充”会无限地持续下去，甚至会使事件的本来面目得以彻底地颠覆。从这个意义上说，没有一种散文选本能够真正做到“权威”和穷尽，每一种选本充其量只是无数种证词中的一种，从各自不同的角度，完成着对散文史的诠释。

本书[①]不屑于做已有散文选本的翻版，在已有的经验之上，本书致力于提供一个新的观察角度，它固然不能使我们看到“五四”以来中国散文的全貌，但至少可以呈现一个让我们感到陌生和吃惊的侧影，这是本书的意义所在，也是我自《一个人的排行榜》以来，一贯秉承的编辑原则。

第一个“30年”

2009年，“五四运动”90周年的时候，我应邀在广东省文学院作过一场题为《中国散文九十年》的演讲。在那次演讲中，我将汉语白话散文史分成三个“30年”。第一个“30年”：1919—1949年；第二个“30年”：1949—1979年；第三个“30年”：1979—2009年。将文学史附着于政治史之上，这种分期方法显然是不科学的，比如第二个“30年”中的地下写作，如北岛、张郎郎等，与第三个“30年”的文学具有某种不可分割性，而且，严格地

① 本篇中“本书”指《中国好文章》。

说，汉语白话文运动，不是诞生于“五四运动”，而是至少在1915年《新青年》(《青年杂志》) 创刊时就开始了。在这篇序文里，我之所以这样分期，仅仅出于言说方便而已，因为汉语白话散文分期的上限时间是模糊的，是一个渐变过程，不像政治事件那样具有标志性。实际上，任何概念，都是以流失其内涵的丰富性为前提的。

“五四”时期以“白话”为目标的文学运动，实际上是以知识分子，而不是以下里巴人为主体进行的。所以，以“五四”为起点的中国现代文学史，与中国现代思想史，几乎是由一群相同的人完成的，是一套班子，两张招牌，这使散文史与思想史像连体婴儿一样难解难分，也造成了许多研究者以思想史的视角解读文学史的不良习惯。

另外，知识分子说出（写下）的话，归根结底不可能是纯粹的“白话”，因此，“五四”时期的文学不可能真正成为口语式的普罗语言，而从一开始就是“知识分子写作”——一种艺术化的书面写作，而中国现代散文，从它呱呱坠地那一天起，就带有极强的语言实践的特点。如果我们一定要在我们的散文考古中建立一条逻辑的线索，那么在我看来，最醒目的线索，不是它与思想史的合一，而是它的语言实践特征。

“五四”的文化革命划出了两个时代的界限，在那个以“新”命名的时代里，“新青年们”在一片虚空中建立崭新的文学理想，如陈独秀在《新青年》发刊词《敬告青年》中所说：

青年如初春，如朝日，如百卉之萌动，如利刃之新发于硎，人生最可宝贵之时期也……自觉者何？自觉其新鲜活泼之价值与责任，而自视不可卑也。奋斗者何？奋其智能，力排陈腐朽败者以去，视之若仇敌，若洪水猛兽，而不可与为邻，而不为其菌毒所传染也……[①]

这种“力排陈腐朽败者以去”的精神，在文学中得到深刻的贯彻，从这个意义上说，“五四”时期的散文，没有不新的，所有的散文，都因其胆大妄为而成为那个时代里的“新散文”，这种“新”，不只是精神气质上的，更是艺术方法上的，也就是说，在摆脱八股文的程式化束缚之后，汉语文学的创造力在“五四”一代人手中得以释放。荷尔德林曾在一首名为《面包和酒》的诗中写道：

因为脆弱的容器并非总能盛下他们，
只是有时候人可以承受神的丰盈。

“五四”一代所面对的挑战，正是他们所精心打造的现代汉语散文能否承载那样一种“神的丰盈”，展现出本雅明所说的

① 陈独秀：《敬告青年》，原载《新青年》，一卷一号，1915年9月15日。

"语言的和谐"。梁启超说，一代有一代之文学。张锐锋进一步阐释说："每一个时代都有自己的语言。这并不是说，一代人改变了上一代人的语言性质，而是一代人总是强调自己所处时代的特点，并集中地、高频率地使用着一些语词，并将这些语词根植到自己生活的理由之中。这些语词……实际上埋藏着这一时代的一些潜在的信仰。"

第一个"30年"的散文写作，以非文言的形式保留了汉语文学的和谐之美，同时创造了一种新的语言体系。在这种全新的语言信仰下，文学的创造性、文本的多义性、文体的可变性，都得以充分伸展。这一点，可以在第一卷所选的篇目中得以证明。其中，鲁迅、周作人、林语堂、郁达夫、萧红、沈从文……他们的实践方向，及其营造的语言氛围各不相同，他们的价值，正存在于各自的特异性中。

在这些文本中，最值得一提的，当然是鲁迅的《野草》，第一个"30年"的汉语散文，乃至整个20世纪汉语散文中，它占据着统领的地位，它的实践性、非规范性和稀少性，都无与伦比。我们把这样的作品称作"经典"。"经典"一词，既包含着对过去的追认，也包含了对它未来价值的肯定。《野草》篇幅短小，但它所营造的多义性和不可解性，在中国散文中是前所未有的。孙郁说，《野草》呈现了一个"黯然的、不可预测的所在，自然的神奇之景与人的迷惘的心境撞击成无数斑驳的感觉的碎片，这里充满了渴望与期待，困惑与失落，复归与放逐”。[①]李欧梵认为：“那些‘含糊的措辞’绝不仅仅是为了避开审查的伊索式语言。它们不仅揭示出他对当时社会环境的不满，更重要的是，还揭示了他本人内心紧张的某种状态，显然是现实的政治和政治思想范畴以外的内容。”[②]而在我看来，面对《野草》，没有人能够发明一个解密的公式，但每一个人又都能寻找到与己相关的内涵，接收到来自过客、求乞者，或者死火的生命信息。任何给《野草》提供标准答案的企图，都将受到鲁迅本人的否定。正是这种神秘性，使《野草》成为中国现代散文史上一部卓尔不群的作品。这也正是我推崇《野草》，远远超过其他那些写实性的散文（如《故乡》《从百草园到三味书屋》《一件小事》等）的原因。

第二个“30年”

然而，开天辟地的一代，在完成庄重的奠基礼的同时，也为自己预先挖好了陷阱。旧形式被推翻之后，新形式应运而生，重新成为文学创造力的限制性因素。翻遍民国时期的散文集，固然不乏鲁迅《野草》、瞿秋白《多余的话》、萧红《回忆鲁迅先生》、宋之《一九三六年春在太原》这样具有鲜明的语言实践

① 孙郁：《读〈野草〉》，见《声音的重量》，上卷，第350页，北京：作家出版社，1998年版。

② [美]李欧梵：《铁屋中的呐喊》，第83页，石家庄：河北教育出版社，2001年版。

色彩的作品，却有更多的散文落入抒情、状物的俗套中，失去了文本的创造力。唐宋散文和明清小品的写作观念（比如借物抒情，或恬静闲适），借助白话散文重新找回了曾经失陷的根据地。

与第一个“30年”相比，第二个“30年”的散文，经历了一场猛烈的语言格式化运动，作为个性载体的散文语言，业已沦为政治话语的附庸，用郜元宝先生的话说，叫“逻辑伤害语言”，这些“法制化的句式，平板有限，形同鸡肋”[①]，规规矩矩，谨小慎微，在政治的统一号令之下，散文语言的实践性荡然无存，而散文写作，也变得无所适从。

对此，我在《反阅读》一书中专门谈论过语言问题：我的整个少年时代被大词所覆盖，它们包括“人民”“江河”“大地”这类名词，以及“勤劳”“勇敢”“忠诚”这类副词，而“恐怖”“伤感”“卑微”“无奈”这类词汇已经从我们的辞典中剔除。后者被命名为资产阶级的不健康情感，它们与理想主义者的精神方向完全相反……语言的中立地位已经被消除，它已经成为一种“价值语言”，这种经过了重新拣选、净化、组合、规划的语言，成为传达主流意识形态意图的最可靠工具。如同一个被定好了调的乐器，无论什么人演奏，发出的声音都是一样的。无论是谁，一经使用这种语言，都会成为主流意识形态的合作者。在主流意识

① 郜元宝：《在语言的地图上》，第13页，上海：文汇出版社，1999年版。

形态制定的话语框架内，不和谐音调是绝对不可能出现的。所有的表述者都被置于真理的价值体系内，所有的语言都企图代表集体而不代表个人，代表必然而不代表偶然，仿佛每一位发言者都得到了历史的授权。

在那本书中，我还写道：对语言的改造实际是对语言的价值限定，它限制了语言自身的张力和弹性，取消了语言的多义性和多变性，使它们价值趋同，语言之间的转换价值几乎为零。青松、翠柏、高山、云海，它们的象征意义几乎相同，差不多可以相互取代。在价值语言的作用下，世界呈现出一种简单的面貌，而意识也沦落为一种简单的价值判断——善 / 恶、美 / 丑、黑 / 白。[①]

取消了语言的多义性和多变性，等于取消了语言实践的可能性，也等于把文学这一生机无限的世界变成一潭死水。这也是我们在第二个“30 年”中很难与真正意义上的散文相遇，而只能与众多的冒牌散文狭路相逢的原因。这些冒牌散文，以“假大空”的面貌，出现在各种报纸副刊、文学刊物，乃至学生课本上，所有的描写，都用来证明一个先验性的主题，所有的“野草”，都经过了意识形态的修剪，变得整齐一致。在这样的美学要求下，一篇散文，和一万篇散文都是一样的，这消解了散文存在的价值，使我们在很多年后回望它们的时候，除了一片茫漠，几乎什么也看不到。这是本丛书几乎没有收选这一时期散文作品的原因。

---

① 参见祝勇：《反阅读——革命时期的身体史》，第122—124页，台北：联合文学出版社，2008 年版。

第三个“30 年”

于坚说：“写作就是对词的伤害和治疗。你不可能消灭一个词，但你可能治疗它，伤害它，伤害读者对它的知道。”“一个词总是来自历史的形而上中，而我们永远只能在生活的现场，在形而下中与它遭遇。”[①] 第三个“30 年”的文学，就是从这种近乎绝望的疗伤开始的。它最早开始于诗歌领域，开始于以北岛、舒婷、顾城等为主体的后现代诗歌运动，继而向小说和戏剧的方向蔓延。在期待的视线中，前两个“30 年”（特别是第二个“30 年”）中受到约束的散文，在第三个“30 年”，特别是 20 世纪 80 年代中期以后，突然爆发出强大的势能。第一个“30 年”的健在者、第二个“30 年”的幸存者（如王充闾《土囊吟》、张洁《这时候你才算长大》)，与第三个“30 年”的新生者形成合流，在 20 世纪最后十年拥挤的时间中彼此激荡，形成和声。而所有这一切，都是从对汉语的拯救开始的。

捆绑在语言上面的绳索被解开了，汉语的弹性和光泽度逐渐得以恢复，使它有可能成为新一轮语言实践的基本材料。它的定向性解除之后，它的多义性就得以伸展，就可以与迷离复杂的现实形成真正意义上的对应关系。于是，张承志《清洁的精

---

① 于坚：《三个词》，见《于坚集》，卷四，第244页，昆明：云南人民出版社，2004 年版。

神》、韩少功《夜行者梦语》、张炜《融入野地》、欧阳江河《纸手铐》这类颇具实验性的作品应运而生。在散文的语言实践方面，20世纪90年代后期兴起的“新散文”，无疑走得更远。这批写作者，无不具有强烈的语言实践意识，从钟鸣《旁观者》、苇岸《大地上的事情》、张锐锋《世界的形象》、于坚《棕皮手记》、庞培《五种回忆》、祝勇《旧宫殿》、南帆《叩访感觉》、周晓枫《雕花马鞍》、蒋蓝《思想档案》、洁尘《华丽转身》、黑陶《泥与焰》，直到钟鸣的《涂鸦手记》，林林总总的“新散文”个人集，对此给予了充分的证明。比如张锐锋笔下的黄河渡船：

> 木船也是美的。人类最原始的创造物总是具有对自然的模拟成分。木船的外形酷似落叶，古老的造型中含有大自然的神秘激情。木船如同一段往事，既让人崇敬又让人感伤。落叶是感伤的。如果我们凝神于大自然的种种启悟，一切都会让人伤怀。正是这些木船，在黄河里行驶了几千年，使这纯属自然的黄河，得到了文化意义上的伟大生命。①

在他的散文里，木船与树叶之间形成了某种隐秘的联系，五行中木与水的互动关系暗藏其中，使这段描述获得了无限广大的阐释空间，而这样的语言实践，在“新散文”中不胜枚举，

---

① 张锐锋:《河流的终结》，见《蝴蝶的翅膀》，第107页，北京：解放军文艺出版社，1999年版。

但在前两个“30年”的散文中是不多见的。同样的例子可以从格致的散文中找到，在《利刃的语言》中，卖瓜摊贩手中的刀，不仅仅是切割西瓜的工具，它也可以随时用来戕害活人的肉体：

残留的西瓜的汁液，正从刀尖一滴一滴缓慢地滴到地上。它们是淡红色的，跟人体的血液极其相似。刀是月牙形的，刃口比刀背长出约一倍，在强光下反射出刺目的光。它距我只有二十厘米，只要二分之一秒，刀就能将这段距离变成零甚至负数……我害怕了，怕这把从他的手臂的顶端长出的刀是个任性的家伙。他的大脑指挥不了刀，反而被刀所控制。刀是嗜血的，它永远乐于在柔软的不堪一击的肉体上证明自己是一把锋利的刀。刀面对石头的时候是会低头并且绕行的。但我不是石头，恰好是一堆柔软的肉。刀已看见了我，并且露出了笑容，正在一毫米一毫米地向我移动。它可能是厌烦了那堆西瓜，厌烦了西瓜发出的“嘎嘎嘎嘎”清脆的哭叫声。它想换一个略有些弹性的东西。西瓜的血毕竟没有腥味，而且是令它讨厌的甜味。刀是不甘堕落的，切割西瓜实在是无奈之举，一旦有机会，它是不会放弃任何一个同真正的血液亲和的机会的。[①]

买瓜者与卖瓜者，两个陌生人的面对，他们因一把刀而建

① 格致：《利刃的语言》，原载《布老虎散文》，2003年春之卷，沈阳：春风文艺出版社，2003年版。

立起来的对话关系，在这里形成了强烈的隐喻色彩，一个司空见惯的日常生活场景，转变成对人的生存处境的诘问。刀的语义空间，在她的文字里被充分打开了。它所带来的变化，不仅仅是散文文本的变化，更是我们观察世界视角的变化，是世界观的变化。尽管“新散文”写作受到各种各样的争议，但中国散文在他们手中呈现出前所未有的景象，是无法抹去的事实，从前的时代欠下的文学债务，他们都连本带利一起归还。肇始于“五四”的汉语散文语言实践，在几经迂回曲折之后，在 20 世纪末和 21 世纪初之后突然呈现出加速度成长的态势。这是本书中第三个“30 年”所要呈现的事实。

迟到的抵达

尽管在他人看来，本书中的若干篇目，已经入选过诸多散文选本，人们耳熟能详，但我相信更多的篇目，对多数读者来说还是陌生的，更不用说因篇幅所限而未能选入的作品，如钟鸣《城堡的寓言》、于坚《火车记》、南帆《枪》、张锐锋《深的红》、彭学明《娘》、周晓枫《圣诞节的零点》、格致《转身》、塞壬《悲迓》等（有些篇目已选入《一个人的排行榜》）。

多年以来，人们在谈论散文的时候，常常是从概念到概念，而很少有人触及文本本身，这使那些有关散文的夸夸其谈变得毫无意义，对于散文不平凡的履历，特别是当下的最新进展，他们几乎一无所知，不仅一般读者如此，甚至许多学者、文学评论家对此都一脸茫然。于是，这些实验室科学家对于散文的诸多高论，都是以脱离散文写作的生动现实为前提的。而这套丛书的出版目的，正是试图引导人们回到文本本身，触摸到散文生机无限的本体，倾听我们生命的回响。它们中许多作品，都被有意无意地从主流话语的巨大缝隙间遗漏了。我更愿做一个拾漏者——一种真正意义上的“朝花夕拾”。这或许是一种迟到的抵达，却是我们无法回避的目的地。因为它或可使我们的目光越过散文的表层而抵达它最真实的核心，让被遮蔽和歪曲的散文回复本真。据此，我可以大言不惭地声明：一个对本书的内容缺乏了解的人，对汉语白话散文不可能有任何发言权。

至少在我看来，这是一部与众不同的散文选本。我确信这样一个事实：那些引人注目，乃至被选入中学语文课本的散文作品，绝大多数是平庸之作，而现行文化教育体制所号召的对这些样本的模仿，更是对散文创造力的巨大伤害。那些在现有的知识框架内被漏掉的部分，恰恰可能是最重要的部分，于是，本丛书便将拣选汉语白话散文最具活力的部分作为自己的目标，这些作品中的每一个字都饱含动能，环环相扣地推动着汉语白话散文在近一百年的时光里不断前行。

值得一读的散文五十九篇

1．鲁迅（1881—1936）:《魏晋风度及文章与药及酒之关系》

这篇文章有意思，可能因为是演讲稿，所以写得松弛，故事也多，读起来也不像鲁迅的散文杂文那样佶屈险峻，只是不知道他用绍兴话演讲，听众听起来感受怎样。所以在阅读这篇文章的时候，我的心里总是在想着他的绍兴话，好像在听一张民国时代的老唱片。

1927 年 7 月 23 日、26 日，鲁迅在国民党政府广州市教育局主办的广州夏期学术演讲会上进行了这篇主题演讲，邱桂英、罗西记录，其中罗西就是后来写下长篇小说《一代风流》的欧阳山。鲁迅修改后，发表于同年 11 月 16 日《北新》第 2 卷第 2 号，第二年又收入上海北新书局出版的《而已集》。

这篇文章（或曰演讲），把我们带回到宽袍大袖、赤足散发、饮酒服药的魏晋时代，把目光锁定那个特殊年代里特殊的人，通过时代来观察人，又通过人来折射那个时代，这就是鲁迅先生的写作观，用今天的话说，叫“以人为本”，用鲁迅的名字说，叫“树人”。从魏晋时代那些亦喜亦悲的放浪人物身上，他证明了一个简单的道理：“即使是从前的人，那诗文完全超于政治的所谓‘田园诗人’‘山林诗人’，是没有的。完全超出人间世的，也是没有的。”原因很简单：“既然是超出于世，则当然连诗文也没有。”①

2013 年，我为《十月》杂志开《故宫的风花雪月》专栏，第一篇写故宫博物院收藏的魏晋书法。关于那个时代的风流俊逸，我这样写：“那潇洒里却透着无尽的悲凉，不是幽默，是装疯卖傻，企图借此躲避司马家族的专政铁拳，最终，嵇康那颗美轮美奂的头颅，还是被一刀剁了去……”②

鲁迅的散文，我以为写得最好的是《野草》。但《野草》是一部书，应从整体看，这里只论单篇，不论书。因此我推荐这篇《魏晋风度及文章与药及酒之关系》。

2. 周作人（1885—1967）：《苦雨》

周作人先生的散文，特点是淡。他的淡，与鲁迅的浓，形成对比，相得益彰。所以人们常把周作人的散文比作茶，把鲁

① 鲁迅：《魏晋风度及文章与药及酒之关系》，见《鲁迅全集》，第三卷，第 517 页，北京：人民文学出版社，1981 年版。

② 祝勇：《永和九年的那场醉》，见《故宫的书法风流》，第36页，北京：人民文学出版社，2021 年版。

迅的散文比作酒。那茶是苦茶，清淡中现出苦味，于是周作人给自己的书斋起名“苦茶庵”。

苦，几乎可以成为贯穿周作人一生的关键意象。连雨，都以苦来形容。尤其是夜里，落雨的声音“哗啦哗啦”，“就是睡着也仿佛觉得耳边粘着面条似的东西”。雨给周作人的生活带来诸多的麻烦，但周作人执意写苦雨，并不一定是出于抱怨，相反，他对这份淡淡的苦怀有一份眷恋，如同守着一盏枯灯的禅者，是风雅，也是境界。人们说茶苦而甘，他守着这份幽幽咽咽、曲曲折折的岁月，心甘情愿，就是一种风雅。

梁实秋曾是苦茶庵里的茶客，他形容道：“照例有一碗清茶献客，茶盘是日本式的，带盖的小小茶盅，小小的茶壶有一只藤子编的提梁，小巧而淡雅。永远是清茶，淡淡的青绿色，七分满。”

可惜周作人太看重这种清淡与风雅，舍不得他的坛坛罐罐，所以日本人来了，他也不愿意离开北平，就当了汉奸。我固然反对因人废文，但他的风雅，起码是露了破绽——风雅不是纵酒论茶、金石字画；真正的风雅，是与风骨相连的，趋炎附势，风雅也就假了，像郑振铎先生在《惜周作人》里所说：“其初是竭力主张性灵，后来却一变而为什么大东亚文学会的代表人之一了……”①

---

① 郑振铎：《惜周作人》，见《郑振铎全集》，第二卷，第482页，石家庄：花山文艺出版社，1998年版。

3. 胡适（1891—1962）:《差不多先生传》

作为“五四”主将，胡适先生倡行科学、理性、实证，推崇“言必有证”的严谨态度，他提出的“大胆地假设，小心地求证”的治学方法，影响至深至远。在本文中，胡适先生虚拟了一位“差不多先生”，凡事只求“差不多”，最终死在这个“差不多”上。这个人不存在，却比比皆是，甚至，他就是国人的化身。在胡适先生看来，“差不多先生”的命运，很可能就是中国的命运。这也算是一种“国民性批判”吧，只不过胡适先生是以一种荒诞、诙谐的方式进行的，用反证法，申明了自己的主张。

4. 林语堂（1895—1976）:《说北平》

北平是一件艺术品，这一点世人皆知，只是要写好它，实在太难。十几年前，姜德明先生编《北京乎？》，收录陈独秀、李大钊、周作人、鲁迅、胡适、俞平伯、潘谟华、沈从文、朱光潜、叶灵凤等新文学名家描述老北平的散文，算是一场在纸页上进行的盛大名人聚会。北平就是这样一个巨大的会客厅，凡是在中国新文学史上留下痕迹的人物，无不在北平留下痕迹，这是必需的。

尽管有如此众多的名家参与，北平依旧是难以描述的，就像徐志摩在《我所知道的康桥》里说：“一个人要写他最心爱的对象，不论是人是地，是多么使他为难的一个工作”，何况北平如此浩大、深邃、鸡零狗碎，任何一种书写都是挂一漏万。2008年北京奥运，《北京晚报》请全国作家写圣火传递的城市，8月8日开幕那天，轮到我写北京，两千字，写尽北京的历史文化。这基本上是不可能完成的任务，我只能说，我尽力了。

相比之下，林语堂先生这篇《说北平》，我是喜欢的，因为它不写骨，不写肉，而写魂——开篇所说的城市品格，就是这座城市的灵魂。所有的流光碎影、雨丝风片，都是这灵魂的附属品、外在物。找到了魂，那些硬件的搭配才会妥帖。所以，他先从人入手，后写城池、街道——他是反着写的。而那些人物，哪怕只有寥寥几笔，都会让了解北京的人心悦诚服，比如“一个可爱的老画家，露着大肚子坐在槐树下的竹椅上用芭蕉扇摇风乘凉梦想他过去的日子；或是一个踢毽子的老人，他能把毽子放在头顶上一点一点地移动着，然后由背后掉下来时，平落在他的鞋底……”它又古老又年轻、又清静又喧闹、又贵族又平民……它汇集了太多矛盾的事物，但正是由于那个魂在，那些矛盾的事物又是那么和谐地归于一统，似水银泻地，花雨缤纷。这正是本文的意趣所在。

5. 郁达夫（1896—1945）:《给一个文学青年的公开状》

这是一封给一位走投无路的文学青年的公开状，更是写给时代的控诉书。因为那是知识贬值、大学教授难求温饱、大学毕业生更无糊口资格的时代，一个作白话诗、写短篇小说相当于被阉割的时代。作为一个“过来人”，郁达夫先生以己为例，劝告那位文学青年放弃梦想，因为在那个时代，他的梦想永远不可能实现。

我们这个时代，亦不乏“愤青”，但没有一个人像郁达夫那样“愤”得彻底、“愤”得率真、“愤”得可爱、“愤”得不管不顾。比如他给文学青年指明了道路：要么去当兵，要么去做贼。不然，他的前途就注定是在那间寒冷的公寓里冻死饿死。倘去做贼，一定要从熟人下手，而郁达夫先生自告奋勇，自愿当这第一位熟人，让文学青年来他家里练手。我想今天的读者，不会幼稚到把它当作学坏教科书，把郁达夫当作教唆犯，这篇公开状，通篇以反语写成——这构成了这篇散文的一大特色。这些反语，是郁达夫先生向那个时代发出的最刻薄的咒语。

话虽如此，但那天中午，生活本已拮据的郁达夫，还是拉着那个文学青年在北平西单“四如春”饭馆吃了一顿饱饭，后者已经三天水米未进，顾不得斯文，狼吞虎咽。这才有开篇“中午吃饭之后”之语。归来后，年轻人回到他的冰冷小屋，自尊心才慢慢苏醒，趴在桌子上大哭了一场。然而，那个文学青年并没有听从郁达夫先生的劝告，放弃从文，因为他的名字，叫沈从文。

6. 郑振铎（1898—1958）：《惜周作人》

在谈周作人的文章中，这是有力的一篇。之所以有力，是因为他没有避谈“附逆”（即当汉奸）这一话题，开篇即说：“在抗战的整整十四个年头里，中国文艺界最大的损失是周作人附逆”，接下来，就细细回顾了周作人附逆的过程，分析了他附逆的心理。郑振铎先生的深切痛惜，更凸显了五四新文学巨匠投降日本人的悲剧意味。

7. 丰子恺（1898—1975）：《口中剿匪记》

丰子恺先生是漫画大师，他把幽默蔓延到纸上，他写散文，幽默戏谑却不油嘴滑舌，在中国现代散文史上独树一帜。丰子恺先生的幽默与其晚辈钱锺书先生不同，后者往往旁征博引来剖白人生，前者则有更多的现实观照，比如这篇《口中剿匪记》，讲述他拔牙的经历，却把再寻常不过的拔牙，比喻为“口中剿匪”，这个“匪”，指的是官匪，即贪官污吏。这样的构思，堪称奇巧，通过“个个变坏，歪斜偏侧”的牙齿，勾勒出官匪的情状，以及他“剿匪”的雷厉风行。寥寥几笔，却指桑骂槐，不失为用文字书写的漫画，即使今天读来，依然痛快淋漓。

8．瞿秋白（1899—1935）:《多余的话》

本文收选的散文作者中，瞿秋白先生职位最高——曾任中共中央总书记，而且是两次，一次是1927年7月至1928年7月，取代陈独秀，为中共第二任最高领导人；另一次是1930年9月至1931年1月。1927年，毛泽东写著名的《湖南农民运动考察报告》，序言就是瞿秋白所写。1935年，瞿秋白被捕，5月里，被押解到福建长汀，在狱中写下《多余的话》。

这篇文章几乎是瞿秋白留在世上的绝笔——这绝笔真“绝”。在这篇文章中，他回顾了自己从政和从文的历程，写得自由、坦荡，像他的好朋友鲁迅所说的，把解剖刀对准自己，自称“脆弱的二元人物”，对自己内心的纠结、犹疑、软弱没有丝毫的躲闪。整个20世纪中国政治史和文化史上，能做到这一点的，瞿秋白一人而已，这篇文章，当成中国人必读文章。

他的潇洒，使他的死亡本身也成了一篇经典好文章。据说他在死前，应国民党军官之请，给他们刻了许多印章，他内心的平静由此可见。他还送给国民党少校军医陈炎冰一张照片，在照片背后写道：

炎冰先生惠存瞿秋白

"如果人有灵魂的话，

何必要这个躯壳！

但是，如果没有的话，

这个躯壳又有什么用处？"

这并不是什么格言，也不是哲理，而是另外有些意思的话。

秋白

一九三五年摄于汀州狱中

他的从容不迫甚至赢得了他敌人的尊重。行刑前，宋希濂为他设宴。一位报道枪杀瞿秋白的记者在现场留下这样的记录："至中山公园，全园为之寂静，鸟雀停息呻吟。信步至亭前，已见小菜四碟，美酒一瓮。彼独坐其上，自斟自饮，谈笑自若，神色无异。"用毕酒菜，他正了正衣履，到公园凉亭前，背起两手，昂首直立，拍了遗照，然后在刀兵环护下，手里夹着香烟，向刑场走去。刑场在长汀西门外罗汉岭下蛇王宫养济院右侧的一片草坪，行走时，他夹烟的手丝毫不抖，飘出的烟缕，也丝毫不乱。到罗汉岭下，他自己找了块空地，面北盘足而坐，回头面对黑洞洞的枪口，说："此地甚好。"话音刚落，枪声响起。宋希濂特别叮嘱行刑者在瞿不注意时从背后开枪，以减少他的痛苦，并在行刑后迅速收殓。

瞿秋白曾经参加过 1919 年"五四运动"，与五四新文学主将鲁迅等人过从甚密，他的这篇《多余的话》，实际上是承接了新文学“人的文学”的主旨。文艺为政治服务，但政治归根结底是为人服务的，即使以暴力为手段的革命，目的也并非建立一个更加暴力的世界，相反而是要扫除暴力，建立一个合乎人性、适宜人的生存的理想世界。所以，无论文学，还是政治，都是为人服务的。

正因如此，瞿秋白这篇《多余的话》，才选择了人性的目光，观察政治争斗和人世缤纷。这样的文字，是超政治的，但超政治，才是最大的政治，或者说是政治的最高境界。所以，在“革命压倒启蒙”的时代，这篇《多余的话》，知者未必很多。他似乎预知了这一点，所以标题为“多余的话”，富有自嘲的意味。在血与火之外，他的目光已经归于平静、柔和、理性、客观，而且充满感情。此时，他的心里，却充满了爱，因为爱，无论如何是比恨更加高贵的情感。

36岁的瞿秋白怀着无限的眷恋离开人世。他爱他生存过的这个世界，爱他所爱的人，甚至爱他吃过的食物。所以，在《多余的话》中，瞿秋白留下的最后一句话是：

“中国的豆腐也是很好吃的东西，世界第一。”

“永别了。”

9. 沈从文（1902—1988）：《一个多情水手与一个多情妇人》

沈从文是个水妖，遇水就活。

1934 年，沈从文走水路，返回故乡湘西。他最好的散文，就在湘西的水上等他。

此行他写下《湘行散记》，本文是其中的一篇。这篇散记里，他把水上人的性格写到了极致。

他写水手，也写水手的女人。他们一无所有，连名字都没有，所以在《湘行散记》里，沈从文一律称他们为水手和妇人。他们的爱情也没有名字，但这种爱情更加真实热烈，不算计得失。

在“上流社会”混过，写过一系列知识分子题材的小说（如《八骏图》），声讨过知识分子的虚伪和空虚之后，沈从文对水上人的认同感更加强烈。他说：“我觉得他们的欲望同悲哀都十分神圣，我不配用金钱或别的方法渗进他们命运里去，扰乱他们生活上那一份应有的哀乐。”

只有在水上，沈从文才能任性而自由。知识界始终让他感到拧巴，直到 1949 年后都是如此。

10. 梁实秋（1903—1987）:《中年》

梁实秋与鲁迅的对立，在对待中年的态度上也能体现出来。鲁迅《野草》中的《希望》，就是书写中年心境的。鲁迅心中，似乎总是深埋着一股巨大的痛，相比之下，梁实秋更加冲淡、随和、随遇而安。梁实秋虽写尽了中年的种种坏处，字字惊险，让人看了心慌——尤其中年人，结局却是好的。梁实秋先生于调侃中，把那份惊险化解了。

唐代诗人郑谷有一首诗，与本文同题，意趣相似，可与本文参照：

漠漠秦云淡淡天，
新年景象入中年。
情多最恨花无语，
愁破方知酒有权。
苔色满墙寻故第，
雨声一夜忆春田。
衰迟自喜添诗学，
更把前题改数联。

11．林徽因（1903—1955）：《纪念志摩去世四周年》

1931年11月19日，徐志摩登上一架邮政飞机，由南京赶往北平，参加林徽因在协和礼堂的演讲会，在弥漫的大雾中，撞向济南南郊的开山，飞机坠毁。死前一天，徐志摩还向朋友们开玩笑说："小曼说，我若坐飞机死了，她做 merry widow（风流寡妇）。"把大家都逗笑了。

当天梁思成去接机，没有接到。直到第二天，人们才得到徐志摩遇难的消息，林徽因当即昏倒。

梁思成赶往失事现场，捡回一片飞机残骸交给徽因。此后这对夫妇无论怎样颠沛，这片残骸，一直带在身边。

长歌当哭，椎心泣血，半个月后，林徽因写了一篇《悼志摩》，刊发于《北平晨报》。

四年后，徐志摩忌日，林徽因依旧无法释怀，写下这篇感人至深的《纪念志摩去世四周年》，去纪念那些“渐渐在人的记忆中模糊下来”的事，解读他们“孤立在人中”的挣扎，书写死与生的困扰。

那些人，在那些日子里相遇，变成那些事。只是，它们统统都是过去时了，没法重复。我们只有慨叹、欣赏的份儿。

他们已经轻轻地走了，正如曾经轻轻地来。他们留下的痕迹，只有文字。

12. 朱湘（1904—1933）:《胡同》

朱湘把胡同的名称比作词牌，使北京城那些横横纵纵的胡同一下子就有了音乐感，那些名字的光泽，甚至唤醒人们的味觉。作为一代名诗人，朱湘对文字的精致品味，蔓延到他对胡同名字的品读上。或许，在这座古都里，只有朱湘一人把胡同的名字当作品来读——当然是往昔时代的作品。在这篇散文里，朱湘对时代的失望也可见端倪。朱湘死得太早——1933 年在上海开往南京的船上投江时，才29岁。半个多世纪后，这个纪录被一位名叫海子的诗人破了，1989年，海子在山海关自杀，年仅25岁。

13．巴金（1904—2005）:《怀念萧珊》

巴金的散文，我上中学就爱看，至今依然。尤其到了晚年，巴老的散文臻于成熟，少了年轻时的唯美，却多了厚重与质朴。

这篇《怀念萧珊》，许多选本都选过，但我还是不能不提，原因是这篇散文，不只情深意切，令人泪湿，更重要的是，在这篇散文里，巴老没有把自己写成反对“四人帮”的英雄，而是写尽了自己生命中的难堪、卑微、无望、辛酸，还有无法弥补的遗憾。

真、善、美中，真排第一，因为真是善和美的基础。这一点并不深奥，却难以在文学中贯彻。余光中先生曾在文章里批评胡兰成“达成了颠倒恩仇、混淆是非的极致”，在当下，亦有“散文大师”，面对自己在“文化大革命”中的错误，处处遮掩粉饰，结果是张嘴便假。写字说话不真，即使费尽口舌也徒劳无功，徒添笑话而已。

有他们反衬，更显出巴老的价值。

14．丽尼（1909—1968）：《鹰之歌》

这篇散文很短，却经久不忘。它像诗，许多自然段都只有一句话。同时，在有限的篇幅内，词语有多次的反复，形成节奏上的铿锵感。比如："黄昏是美丽的。我忆念着那南方的黄昏。""南方，遥远而美丽的！""南方是有着榕树的地方……""南方是遥远的，但我忆念着那南方的黄昏。""南方是有着鹰歌唱的地方……"

但这却是一篇描述死亡的散文。南方，那个"有着太阳和热和火焰的地方"，它的红日、大海、渔船、榕树，以及从长空飞过、自由不拘的鹰，却成为见证死亡的地方。那位有着"修长的手臂"的少女，就是在这样的南方被枪弹射死的。以如此明丽的色调作为死亡的背景，这样的处理，大胆而富于创造力。万物蓬勃的南方与黑色的死亡形成了极大的反差。正是这样的反差，让这篇散文有了经久的震撼力。

在这样的对比中，存在着不同事物之间的转化关系，比如死与生、忧愁与兴奋、失望与希望。这种转化关系，使这篇描述伤痛的散文没有坍塌下来，而是有了韧性和力量；也使它在有限的空间内，获得了最大限度的拓展。

15．柯灵（1909—2000）：《遥寄张爱玲》

这篇散文写于 1984 年，那一年我 18 岁，中国现代文学家中，“鲁郭茅、巴老曹”如雷贯耳，对张爱玲、钱锺书、季羡林何许人也，一概不知。那时候，张爱玲的作品，市面上几乎没有。要感谢大学中文系的老师，没有拿着官修文学史照本宣科，而是引导我们去图书馆找张爱玲等人的作品，才对文学有了更开阔的眼界。

现在又到了另一个极端，张爱玲的作品已经满街都是，写张爱玲的文章也汗牛充栋，甚至不无过度阐释之嫌。但柯灵先生这一篇依旧是好的。老版本上那个穿旗袍的张爱玲，在文字里又活了回来。那个抱定了“出名要趁早”的信念的作家与时代的纠结，尽在柯灵的文字中展露无遗。世事的因果，似乎只有到了柯老那个年龄，才看得清楚，也才写得动人。

于是想起大画家张仃先生一句话，艺术要大器晚成，没有捷径可走。在我看来，柯灵晚年的文字即是证明。张仃这句话，与张爱玲对“出名要趁早”的坚信不疑，可以相映成趣。

16．钱锺书（1910—1999）：《论快乐》

钱先生的散文，有文化底蕴却无学究气，学问开合，词语来去，皆信手拈来，不费吹灰之力。这篇《论快乐》，从一个法文单词出发，扩展到对人生乃至人类大道理的了悟，获得了广阔的语意空间。这当然首先与钱先生的学问功底有关，钱先生学贯中西，晓畅英、法、德、拉丁、意、希腊、西班牙等国文字，被誉为“文化昆仑”，余光中先生称，钱先生的西学列于中国人之第一流。但这样的学问功底，或许可以保证钱先生写出好的论著，却不一定保证他写出好散文。钱先生之所以成为一个优秀的文学家，在于他的敏感、睿智、幽默。因敏感，才有发现；因睿智，才不拘泥；因幽默，才能通透。钱先生的散文，是中国文学中的孤本，许多人想学，却学不来。但是，仅是欣赏，也不失为一种“快乐”。

17. 萧红（1911—1942）:《回忆鲁迅先生》

20 世纪中国女作家，我以为未有超过萧红者，尽管萧红没念过中文系，没入过作协，而且，仅活了 31 岁。萧红去世的时候，许多人的写作还没有开始，但萧红留下的高度，至今难以跨越—— 无论小说，还是散文。这篇《回忆鲁迅先生》，无论放到哪个体系内，都是经典。

从标题一望可知，这是一篇回忆鲁迅先生的散文，这很简单。但简单的只有这个标题，标题下面的世界，却是无比的复杂。尽管回忆鲁迅先生的文章很多，却并不好写，因为回忆对象不是别人，而是鲁迅。一个人该有怎样的自信，才能去写鲁迅？我曾怀疑，当下的鲁迅研究者，倘没有鲁迅的知识结构，怎有胆量去破解鲁迅的精神之谜？

萧红却选取了最机智也最“文学”的一个写法。她摒弃了宏大叙事，放弃了吓唬人的大词，这篇回忆，完全是由细节的小零件构成，绵绵密密、不厌其烦地堆砌起来，反而成了风格，有了风骨。

这当然缘于萧红与鲁迅先生关系不一般，亦师亦友。这给了萧红一个别人没有的视角，更离不开萧红眼光敏锐、心思纤细。在所有回忆鲁迅先生的文章中，这篇文章剑走偏锋，自成一格，既有文学价值，又是研究鲁迅的珍贵史料。

一部（篇）文学作品，细节是基本的构件。细节如水花，层层推动，才成作品。作为一个杰出的作家，萧红对此了如指掌，《回忆鲁迅先生》就是细节叙事最好的范本。因此，对于写作者而言，这篇散文有着教科书般的意义。

感谢萧红，让今天的人们在这位主流言说系统中的“伟大的革命家、思想家、文学家”的背后，看到了那个常态的、未经修饰的鲁迅。我们于是知道，伟人也要吃喝拉撒（尤其喜欢吃油炸的东西），会笑到咳嗽，晓得女人穿衣裳的事情，爱开玩笑（尤其是对萧红这样的女生开玩笑）。

没有了这个鲁迅，我们脑海里的那个鲁迅就变成了一个概念，悬在半空，无所依托。

18. 季羡林（1911—2009）：《在敦煌》

季羡林先生一生，梵文、吐火罗文、佛学并举，学问到了“千山鸟飞绝，万径人踪灭”的地步，那风景，别人想看也难。先生曾三辞桂冠：一辞国学大师，二辞学界泰斗，三辞国宝称号，比起有人迫不及待给自己戴上“大师”名号，境界不知高出多少。

好在季先生一笔好散文，让我辈可以隔岸观火看个热闹。比如敦煌，季先生写，定然与他人不同。假如别人写这个题，一定会踮起脚尖、踩上高跷，想写得“专业”，以免叫人笑话；季先生写，则要蹲下身子，否则也对不上话。

季先生像一个资深的老导游，把敦煌壁画中的可观处一一指给我们看，细节背后，是佛教传播的浩大历史。没有这个框架，那些细节就是一堆散掉的佛珠，我们看不到它们内在的联系。

据说季先生在北大时，有一年新生报到，一位新生一扭头看见季先生，穿一身洗得发白的中山装，错把他当成老校工，忙称他“老师傅”，叫他帮忙看管行李。季先生也不言语，立在那一直帮他看着。后来开学典礼，那位新生看见季先生坐在主席台上，吓了一跳，才知道他是北大副校长。季羡林先生就是这样的一位“老师傅”，一位学问、人品都令世人无法企及的“老师傅”。

19．张爱玲（1920—1995）：《炎樱语录》

张爱玲的散文灵巧犀利，用词准确刁钻，我猜假如有人与她吵架，一定吵不赢。但她却被胡兰成欺负，看来每个人命中都有他（她）的定数。

炎樱是张爱玲在香港大学时的同学兼好友，参加过张爱玲与胡兰成的婚礼，曾多次在张爱玲的作品里出现。其实炎樱是谁，根本无须去考证，张爱玲说炎樱“有做作家的意思”，但她的脱口秀就已经超越了无数平庸的作家。从这个意义上说，她没有当作家，是作家之幸。

20．黄永玉（1924— ）：《我的世纪大姐》

本文主人公郁风和作者黄永玉，我都认识。所以此文一出，我就很关注。黄永玉先生是老漫画家（郁风也是），郁风先生那份大大咧咧（好听的词叫光明磊落）的性格，一落笔就出风神。我最感兴趣的，是她20世纪三四十年代与江青的亲密关系。有一次去万荷堂，黄老还专门谈起过。黄永玉先生说，郁风与江青是闺蜜，1945年，毛泽东去重庆与蒋介石谈判，郁风陪江青，那一次，江青对郁风说过很多掏心窝子的话——日后这当然成了郁风被关进秦城监狱的原因。我曾想，郁风与江青根本就不是一类人，怎么做的朋友？黄老在文章后面借毛姆小说做解，让我会心一笑。

写一个人，不避言短处，才不会虚假。因为人皆有缺点，一个人的短处，同时也是他的长处。作为一篇悼文，这篇散文讲了郁风不少“坏话”，比如“越老越啰唆”，“忘性重，偏说记性好”，“有时也会耍点让人啼笑皆非的小聪明”，最动人的，是结尾处她因右派戴浩而心痛，“为那个时代悲伤，而忘了自己满身伤痕”。有一次，我问黄老，郁风奶奶在天之灵，不生气吗？他答：不会。郁风很可爱，黄永玉也是。

21. 余光中（1928—2017）：《鬼雨》

这篇散文的形式感很强，全文四段，好像没有刻意写什么，却把自己爱子夭折之痛写得椎心泣血。第一段的医院报丧电话，为全文奠定了一个残酷的开篇。与此同时，作者本人正在课堂上讲课，讲的正是诗人的生死观，这是第二段。第三段是作者夫妇在爱子墓前的对话，希望给孩子安置一个最后的幼稚园。最后是一封信，在细密的鬼雨中，看到了更多的死亡。四个部分榫卯相合，互相参照，形成“互文”效果。

本文由爱子之死，想到更多的死——自女娲炼石补天处、石头城内、郁孤台下、马嵬坡上、羊公碑前、湘水、潇水、苏小小的西湖……有多少死亡的意象，在鬼雨中闪闪灭灭，这篇本来给爱子的悼词，也因此成了一篇关于死亡的哲学书。

余光中先生说："我倒当真想在中国文字的风火炉中，炼出一颗丹来。在这一类作品里，我尝试把中国的文字压缩，槌扁，拉长，磨利，把它拆开又拼拢，折来又叠去，为了试验它的速度、密度和弹性。我的理想是要让中庸的文字，在变化各殊的句法中，交响成一个大乐队，而作家的笔应该一挥百应，如交响乐的指挥。"

他说到做到。

22. 王充闾（1935— ）：《土囊吟》

上帝要让一个人灭亡，一定会先让他疯狂。这话来自《圣经》，果戈理《钦差大臣》里也出现过。在中国历史中，这一至理名言被无数次地证明过，北宋的徽钦二帝，不过是为它又添了一段活材料而已。在王充闾先生的散文《土囊吟》中，他犹如实验室里的科学家，面对这两个历史小白鼠，把这一疯狂、堕落、灭亡的过程细细剥开，展示给人们看，"以引疗救的注意"。如今热衷于历史散文者甚众，但东施效颦、浑水摸鱼者多，抄几段史实、发几句议论，如此而已，像王充闾先生这样，能透视海平面以下几百米，准确找到猎物的历史猎手，绝不多见。

23．张洁（1937— ）：《这时候你才算长大》

革命导师在对人做出定义时说，人是社会关系的总和，但在张洁描述的那个“后来”，所有的社会关系都不见踪影了，那个作为“总和”的人，最终萎缩成一个微小的个体，面对命运，独自进行加减乘除。

许多人没有看到这一点，是因为现世太喧嚣，太繁华，使我们失去了对人生的洞察力。但那浮华都只是暂时的，终于有一天，伴侣离去，亲人消失，一个人要孤独地面对疾病和死亡。有一部美国电影，名字叫《老无所依》。几乎可以肯定，那将是每个人最终的结局。张洁看到了那一天，所以，她写了这篇散文。

这篇散文让我想起钱锺书《论快乐》里说：“在法语里，喜乐（bonheur）一个名词是‘好’和‘钟点’两字拼成，可见好事多磨，只是个把钟头的玩意儿。”这与汉语的翻译几乎一致，我们说“快乐”，是因为“乐”是“快”的，不能长久。“几分钟或者几天的快乐赚我们活了一世，忍受着许多痛苦。”因此，假如一个文学家（而不是革命导师）对人做定义，他也许会说人是一种在一生的大部分时间与痛苦对抗的物种。因为动物未必会有痛苦，即使有，也只在肉体层面上，而人的痛苦，主要是精神上的痛苦，就像张洁这篇散文，写的不只是病痛，而是孤独。

也可以换一种说法，人是唯一能够与痛苦对抗的物种，如同我们在散文里看到的张洁。我们可以说一个人坚强，但实际上，我们除了挺住，往往别无选择。

24．董桥（1942— ）：《中年是下午茶》

董桥散文是才子文章，一方印章、一盏清茶、一本旧书，都可入文。有人喜欢，有人不喜欢，但这是文章的一种。

我不曾见过董桥，他究竟是穿西装，还是穿长衫，我想不出。从文字里看，有古意，也有西方的绅士气。这与香港的地气有关。人说香港是文化沙漠，但在这个沙漠里长出了董桥。

董桥说他是旧派人，窗竹摇影，野泉滴砚的光景挥之不去，尽管电脑吐字的时代到来了，心中向往的竟还是青帘沽酒和纸上风月。

这是只有中年才能体会的好。

25．周涛（1946— ）：《过河》

这是一篇描述民族性格的散文。性格是抽象的，对它的描述，必须落实到具体的细节中。在本文中，周涛只用了一个细节，就勾勒出哈萨克人的民族个性，就是那个卧病在床、貌似羸弱的哈萨克老太太，居然是一位卓越的骑手。虽是垂暮之年，一旦出现在马上，立刻精神抖擞，那匹患有“神经性恐水症”的马，也劈开水花，直奔彼岸。本文采取先抑后扬的写法，开篇先打一个死结，随着行文的展开，那死结自然地展开，文章和它的作者一起死里逃生。最后出现的，是天山的巨大布景，虽只有一句话，却给人无限的开阔感。

26. 肖复兴（1947— ）:《最后的海菲兹》

二十多年前，我大学毕业，在南方一座城市里“下基层锻炼”，在机关里，干小公务员的勾当。机关生活像一层厚厚的沥青，隔断了我这棵文学小苗与沃土的联系。每到星期天，我就去那座城市里唯一的一家图书馆看文学期刊，借此保持与文学的微弱联系。于是就在《十月》上看到了肖复兴先生的这篇《最后的海菲兹》。

作为音乐盲，海菲兹何许人也，我一无所知。但这篇散文，我一读就喜欢。肖复兴先生是音乐发烧友，但他的烧，却是由收音机里的音乐广播引起的。收音机里刺刺啦啦的杂音，还有他用录音机把音乐录下来的举动，都有着鲜明的年代感，对于“80后”“90后”，可能像唐朝的事，但本文的趣味恰在于此。理想与现实之间，永远有障碍物相隔，最可怕的障碍物，未必是物质的残缺，而是精神的封闭，对此，当时的我深有体会。那时不似现在，一张网络，可以网尽天下奇书，那时在那座城市的书店里，见得最多的是琼瑶亦舒岑凯伦，我去找马尔克斯，店员以为我是要找马克思的书，奉告我此店不卖马列著作。当时书坊间的大红者，除了汪国真余秋雨，还有一位雪米莉，只是这位雪米莉，并非如花似玉的美女作家，而是一位地地道道的纯爷们儿。我与文学的单线联系气若游丝，但愈如此，愈是势不可当，一如肖复兴先生苦寻海菲兹的那股热情。在肖复兴的散文中，我最赏此篇，不知是否与当时的心境有关。但我想，那种孤绝中的打探，那份众里寻他、蓦然回首的况味，不是只属于我自己的，而是放之四海皆准，是一种普遍的处境，即使在信息时代，亦不例外。

27. 张承志（1948— ）：《旱海里的鱼》

“旱海里的鱼”，这五个字，有着庞大的隐喻功能，旱海，象征着生存的困境，鱼则是象征着对生命的渴望。在西海固荒凉大山，在这“无鱼的旱海”，“旱海里的鱼”这两个矛盾的意象的组合，构成了全篇的主旨。关于这个主旨，我在《21世纪中国文学大系·2006年散文》的序言中写了：它“包含了空间对人的挤压、囚禁、消耗以及人们以时间为单位进行的抗衡——将全部的意志与耐力，投入活下去的努力之中”。这篇关于“舌尖上的中国”的散文，也因此有了浩荡的气象和深刻的悲悯。

我一向喜欢张承志散文里的底层色彩，这种底层色彩不是装出来的，因为张承志苦行僧式的生活方式，我曾耳闻目见，应了文如其人那句老话。相比之下，有人卖弄奢华却显得矫情和虚张声势。即使在物质丰饶时代，奢靡也有违道德，与时代无关。

28．路遥（1949—1992）:《早晨从中午开始》

除了张承志，文学界还有一位苦行僧，就是路遥。路遥知马力，日久见人心。路遥的日子，都在他的写作手记里。这篇手记，记录了路遥创作长篇小说《平凡的日子》的过程。在小说之外，创作的过程也有戏剧性，充满起承转合、挣扎与彷徨，创作手记因此也有文学性。它的价值，在于它的真实性，犹如一部纪录片，对失败、无奈皆如实地表达，不造假，不给自己脸上贴金。它记录的那些痛苦，让人对它的作者更加敬佩。

29．史铁生（1951—2010）:《我的梦想》

史铁生的散文，收选最多的是《我与地坛》，我却独钟这篇《我的梦想》。2011 年 4 月，史铁生去世一周年，我们在北京地坛举行朗诵会，我朗诵的不是《我与地坛》，而是《我的梦想》。这不仅因为它短，宜于朗诵，更因为它对史铁生精神世界的表达更准确，像他热爱的刘易斯短跑，短促有力，目标明确。

轮椅上的史铁生，行动受到极大限制，因而对速度这个词格外敏感，也因此爱上短跑王刘易斯。但奥运会上刘败于约翰逊，却令史铁生无比伤心。于是了悟，每个人都在与局限作战，不仅自己如此，连刘易斯、约翰逊都有跑不出去的局限。但是，没有局限，一个人也就没有了力量，没有了目标，没有了幸福。因此，假如有人问轮椅上的史铁生：你幸福吗？他一定会给以肯定的回答。因为他从来没有对自己的局限服输过，他是文学界的刘易斯，不加冕的冠军。

30．贾平凹（1952— ）：《商州又录》

那时的贾平凹还是青年作家，还没有写出《废都》，但他的一系列的作品，如《山地笔记》《小月前本》《鸡窝洼人家》《正月·腊月》，却已经显示出非凡的才华。他笔下的乡土，早已褪去了被革命文学镀上的红色光辉，不再是两个阶级厮杀的战场，暴风骤雨已然停歇，林海雪原也不再杀机四伏，一切都回归了它本原的秩序，简单、粗朴、明净、美好。这一点，在《商州又录》中有完美的体现。

《商州又录》是由一个个的片段组成的。这是一种散点式的写法，有如《清明上河图》，把每一个细节叠加起来，就成了一幅浩瀚无边的盛大图景。它的魅力，既在于它细节上的精微，又有赖于整体上的规模。

《商州又录》让人想起沈从文的《湘行散记》。正是通过这两组散文，新时期文学与五四以后的新文学实现了对接。

31．王小波（1952—1997）:《一只特立独行的猪》

本文表面上是一篇知青生活回忆录，实际上是一则寓言。好的散文，乃至一切好的文学，应当有多层次的阐释空间，仿佛一块多层次的五花肉。本文便是，它表面上是一层，写一只“畏罪潜逃”的猪。仅这一层，已经有趣了。然而，倘若只是回忆这些鸡零狗碎，就算不上散文，而是老太太拉家常。真正的散文一定是“别有用心”，比如这篇散文，明眼人一看便知，它讲的不是猪，而是人，是社会对个人的强制性的规范作用，以及个人在这个限制内可能采取的对策和牺牲。

32．韩少功（1953— ）:《夜行者梦语》

这是一篇思辨性很强的散文。由于文化的差异、思想的误读，使各种主义发生变形，引发种种荒谬、怪异，却司空见惯的事实；而对主义的消解带来的虚无主义，则陷入一种无法自释的悖论——因为不信奉任何主义的虚无主义，本身也是一种“主义”。当“后现代”致力于瓦解一切价值，“后现代”自身的价值也终将被瓦解。

然而，这样的荒谬、怪异、混乱、焦虑，却是我们今天所面对的现实。作者对“后现代”的省察与反思深刻入骨，当今中国文学，需要这样有思想锐度的散文。

33．朱苏进（1953— ）:《最优美的最危险》

关于武器，关于战争，关于军人的宿命，没有人比朱苏进讲得更透彻。张召忠讲军事，是讲战略战术，讲武器性能，以硬件为主。朱苏进先生的这篇散文则是讲软件，讲文化。在战略、战术、性能之外，朱苏进多了一层文化的观照。这与朱苏进先生的双重身份有一定关系——一方面，他是军人；另一方面，他又是作家。对于身着制服的朱苏进，战无不胜可能是唯一的选择；但手执笔墨的朱苏进，则更关注战争的善恶、人性的美丑。

这是一篇有关战争的鉴赏文字。当人类已经进入信息时代，战争不仅是一门科学，更变成了一门艺术，它的“审美性”越来越强。但它的优美背后，隐藏的是前所未有的残酷——比如海湾战争中的一颗步兵雷，不是要将敌人杀死，而是可以准确地夺取他的 只脚踝，可谓巧具匠心，巧夺天工。但杀人的不是武器，而终究是人，正因如此，本文超越了器物层面而把目光投向人、灵魂，以及日益被武器霸权所遮蔽的人类正义。

34．陈丹青（1953— ）:《笑谈大先生》

鲁迅不好谈，尤其这篇，是在鲁迅博物馆的演讲，满座鲁迅研究专家，隔壁还有鲁迅他老人家在旁听。更重要的是，关于鲁迅的话题，从鲁迅活着的时候一直谈到现在，快一百年了，谈鲁迅的文字加起来比鲁迅本人的文字多得多，早就喉咙发焦嘴起疱，几乎所有的补充发言，都会成为狗尾续貂。

但陈丹青独辟蹊径，不玩宏大，躲避深刻（这一点与萧红相似），只说细节。既然不可能像萧红那样近距离观察鲁迅的生活，那就干脆近距离观察鲁迅的照片，既简单又别致，一百年没人这么干过。

这看似简单，实际却难。因为对相貌，见仁见智，各有偏好。然而，从一个人的外部形象深入他的内心世界，绝对是有迹可循的，作为画家，陈丹青自然有精致的鉴赏力。无论在中国还是西方，肖像画都是讲究以形写神的。更何况鲁迅先生的面子足够大，可供陈丹青先生的文字在上面闪展腾挪。

35. 王安忆（1954— ）:《两个大都市》

我们夸一位女作家，经常说她不像个女作家；犹如对上海人的夸奖往往是他不像上海人。对于上海人、女作家，当然都不公允，对上海女作家王安忆尤其如此。这篇《两个大都市》，男作家，或者非上海人，都未必写得出来，不信你试试。

对北京、上海这两个大都市进行比较并不是一件容易的事，这至少是一本书的题目，比如杨东平，就写了一本书，叫《城市季风》，比较北京和上海的城市性格。王安忆此文主旨异曲同工，表达却大相径庭，它感性、散漫，用俯拾即是的例子来验证自己的观点，对城市个性的把握准确而不失亲切。总之，这样的题目最容易写得坚硬笨重没灵气，还容易得罪人，而王安忆却展现出一种举重若轻的气度。

36. 陈村（1954— ）:《弯人自述》

陈村先生的幽默，我有幸领教过。有一次他提起孙甘露，说:“当孙甘露长得还像照片上的时候。”我们都笑了。

每个人的生命中都有不顺，但身为“弯人”，陈村先生的不“顺”却是时时相伴的——昼相伴，夜相伴；生相伴，死亦相伴。同样身残志不残，史铁生有睿智，陈村也有睿智，只是睿智表现不同，史铁生的睿智表现为思想，而陈村表现为自嘲，尽管他弯腰低头的造型，有点像罗丹的雕塑《思想者》。但自嘲是自信的表现——陈村先生至少也是一位好的心理医生。我建议所有的抑郁症患者都来读此文，陈村先生治抑郁症不用药，用散文。

37. 于坚（1954—）:《在一家老式理发店与行为艺术不期而遇》

这篇散文的独特性在于，作者把在老式理发店理发当作一种行为艺术，因为老式理发店已经成为一个特殊的空间，残留着从前的旧物。但它又不是博物馆，因为店内的“收藏”太过家常，况且，所有的旧物，都仍在使用。

但当作者用一种异样目光打量它，它就成了一件艺术品，而不仅仅是普通的生活场景。就像杜尚，把一个小便池送进美术馆，就被那个神圣的艺术空间界定为艺术品了。老式理发店之所以成为审美的对象，是因为时光已经拉开了我们与老式理发店的距离。时光营造了间离效果，使那家老式理发店看上去更像一个精心营造的舞台布景，而出现在这个布景内的主人，还有洗头刮脸的顾客，则成了布景中的演员，让于坚看得出神，津津有味。

散文也是一家老式理发店，人、物、事，一经进入这个空间，就有了审美价值。

38. 吴亮（1955—）:《搭乘电车的女人》

有人认为，摄影是对世界的肢解，当一幅图像被提取出来的时候，它与环境的联系就被剥离了。对于照片的欣赏者来说，看什么，不看什么，都是由摄影者决定的。这是一种文化霸权。所以苏珊·桑塔格说：“照相机对现实的反映往往是掩盖多于揭露。”

但吴亮的这篇文章则是对上述观点的对动。一张老照片，固然已经从当年的环境中剥离出来，以至于我们在百年之后观察它的时候，既不知道人物的身份，也不知道拍摄的地点，总之是对它一无所知。但它还是帮助我们建立起了对那个时代的想象。在本文中，作者充分调动了他的想象力，如同一个侦探，由一个鞋印出发，去恢复那些消失的事件。

想象不是虚假，想象是另一种真实。

39．刘小枫（1956—）：《记恋冬妮娅》

每个人的青春期里都藏着一个暗恋对象，然而冬妮娅，一位远在苏联的资产阶级小姐，却成了特殊年代里许多人共同的梦。在当年有限的可读范围里，苏联小说《钢铁是怎样炼成的》，成为激励中国年轻人革命意志的教科书，但它的作者不会想到，这本书的另一个作用却是为他们的革命意志挖墙脚，因为里面有一个“有天香之质”的俄罗斯少女，她“乌黑粗大的辫子，苗条娇小的身材，穿上一袭水兵式衣裙”[①]，对20世纪60年代的中国革命青年构成了持久的诱惑。

两个国家、两场革命、两代青年、两种爱情，相互交织、纠缠、对照，进入这篇《记恋冬妮娅》。历史上似乎从来没有一代人如此心甘情愿地模仿另一代人。但这群中国青年却不可能拥有保尔的“革命情史”，因为所有的“私欲”，都成了那场革命的

① 刘小枫：《记恋冬妮娅》，见《这一代人的怕和爱》，第48页，北京：生活·读书·新知三联书店，1996年版。

对象。

革命不是要建立一个人人平等的世界吗？为什么工人阶级出身的保尔和资产阶级出身的冬妮娅不能平等地相爱？在革命者保尔眼里，冬妮娅的身上散发着资产阶级的“酸臭”，这难道不是一种“反向歧视”吗？难道革命者的尊严，是建立在这种“反向歧视”基础上的吗？

刘小枫先生用一本书（《钢铁是怎样炼成的》）伴随着他的“革命”年代，又用他的全部“革命”经历来诠释这本书。当年不知有多少人，像刘小枫一样，从一本革命的书里，发现了这场“革命”的悖论——它要把人炼成钢铁，而不再是人本身。

假如这是一篇读书随笔，那么它的内容不失为浩大。它是一代人的精神记录，藏着他们不能言说的梦想。这一点，今天的“80后”“90后”无论如何也想象不到——只隔一代，世界早已面目全非。文章最后说：“我不敢想到她，一想到她，心就隐隐作痛”[①]，是因为他不敢想到自己，想到自己貌似激烈、实则苍白的青春。

刘小枫谨以此文，致他们早已逝去的青春。

① 刘小枫：《记恋冬妮娅》，见《这一代人的怕和爱》，第61页，北京：生活·读书·新知三联书店，1996年版。

40．鲍尔吉·原野（1958— ）：《最想依傍的八位高邻》

此篇在形式上并非原创，在鲍尔吉·原野之前，苏东坡写过《赏心乐事十六则》，金圣叹写过《不亦快哉三十三则》，梁实秋写过《不亦快哉十一则》，林语堂写过《来台后二十四快事》。但鲍尔吉·原野写《最想依傍的八位高邻》不算抄袭，否则我们还得去追究前面几位圣贤的版权责任，实在费事。鲍尔吉·原野此文，格式是别人的（或者说是公用的），内容却是自己的，用别人的瓶装自己的酒，用别人的文字养自己的眼，用别人的老婆生自己的娃，不失为节省资源、提高效用。依此类推，我的这篇文字，应该叫《值得一读的五十九篇散文》。

41．宁肯（1959— ）：《藏歌》

我最初是从《大家》"新散文"栏目中读到《藏歌》的，后来又从《聆听西藏》里读到。当时还不知宁肯何许人也，那实际上也是宁肯从事写作之初。曾经援藏的宁肯，通过《藏歌》，找到了写作的最佳入口。这篇散文，也的确把他的文学才华表现得淋漓尽致。

尽管西藏在当代散文中已是一个熟题，有马丽华、巴荒、唯色等许多作家以散文的方式聆听过西藏，但宁肯有自己的方式。

他充分调动了语言的活力，使他笔下的所有词语都有极强的动感，如风吹过时，所有的词语都活跃起来，彼此交织和联动，成为一个层层推动的有机体。在他的笔下，寂静是可以聆听的，河流则变成竖琴。他的语言，有一种极强的魔力，只有这样的语言，才能与那片神魔之地交谈。

42．苇岸（1960—1999）：《美丽的嘉荫》

苇岸笔下的嘉荫，从一开始就感染我们。它“纯粹、明澈、悠远，事物以初始的原色朗朗呈现”[①]。苇岸是土地原教旨主义者，他用自己的笔，维护着土地原有的秩序和美。苇岸已经去世22年了，他眷恋的土地早已面目全非，田野大幅度缩水，到处是小工厂、城乡接合部、垃圾场、废料仓库、粗糙低劣的农民房……总之，乡村已经变成不伦不类的事物，假如被苇岸看到，不知该作何感想。

但苇岸的纯情依然令人感动。在他眼里，土地是人类的最大共和国，是所有人的故乡。他说：“总有一天人类会共同拥有一个北方和南方，共同拥有一个东方和西方。那时人们走在大陆上，如同走在自己的院子里一样。”[②]

① 苇岸：《美丽的嘉荫》，见《大地上的事情》，第59页，北京：中国对外翻译出版公司，1995年版。

② 苇岸：《美丽的嘉荫》，见《大地上的事情》，第110页，北京：中国对外翻译出版公司，1995年版。

43. 张锐锋（1960—）:《船头》

张锐锋喜欢写圣哲，中国的孔子、庄子，以色列的本·耶胡达，他都写过。自己的散文，也有了些许圣哲的意韵。从成语、唐诗，乃至算术题中，他都能发现朴素而深刻的真理，这份能力，文坛上并不多见。比如这篇《船头》，开篇就提出一个惊世骇俗的问题："一条河流为什么不找一条最简单的捷径入海？"[①] 我们无从回答，是因为我们从来就没想过这是个问题。所以我说，张锐锋写散文，总有一只"第三只眼"躲在后面，他的思维，总比别人多一个维度。

这个问题，张锐锋自己当然是能够回答出来的，所以开篇那惊世骇俗的一问，不过是他卖的一个关子而已。他的回答是："河流之所以选择了弯曲，乃是因为这样的方法能够更好地展开自己优雅的长度，把自己的力量放置于最大限度的面积上。作为附带的意义，人类的生存在最大的面积上得到恩惠，也许这里有着至高者的慈悲用意。"[②]

这当然是文学的逻辑，不是科学的逻辑。散文要遵从文学的逻辑，在这个逻辑面前，所有的逻辑都算不上逻辑。

---

① 张锐锋:《船头》，原载《十月》，2004 年第 4 期。
② 张锐锋:《船头》，原载《十月》，2004 年第 4 期。

44．庞培（1962— ）:《乌篷船》

这是庞培《乡村肖像》中的一篇，很短，在庞培的作品中不是最令人瞩目的一篇，但它如乌篷船一般灵巧，储存着江南水乡文化的巨量信息。庞培是典型的江南人，几乎每天到长江里游泳，他对江南比对自己还要熟悉。他的思维、气质、语言，全部是江南的。所以，任何一个有关江南的话题落到他手中——乌篷船，他都会把江南的美表达得淋漓尽致。

45．刘亮程（1962— ）:《先父》

这是一篇回忆先父的散文——回忆那个几乎没有留给他任何记忆的父亲。因此，他的回忆，几乎成了一个虚空。由于父亲早逝，那些残留在作者童年岁月里的零星记忆，最多只能算是记忆的微量元素，而无法构成记忆本身。本文也因此成为一篇特殊的悼词。它充满矛盾：一方面，作者的生命是父亲给的；另一方面，那个给了他生命的男人又几乎在他记忆里不存在。

我们每个人都不是单独存在的，而是存在于一个生命的系统中。然而，作为生命链条中的一个环节，我们又往往前不见古人，后不见来者。即使血缘传承在中国人的道德伦理中占有至高无上的地位，但无论家谱还是牌位，对于生者来说也只是一些抽象的符号而不是亲切可感的生命。它们从理论上对一个人的来路给以界定和通知，但站在这人世的一角，一个人依旧会感到身前身后两茫茫。于是有了那跨越千古的悲慨：念天地之悠悠，独怆然而涕下。

46. 徐累（1963— ）：《褶折》

徐累是画家，但他的散文令人惊艳。他的文字与绘画交相辉映。在这篇散文里，褶折成为物质，成为审美的对象，这完全与画家的思维有关，一个舞文弄墨的作家很难注意到褶折的审美性。与褶折相连的，不仅仅是衣裳，还有涅瓦河的波浪、彼得堡宫殿或博物馆里的水波形帘幕、荒木经惟的摄影、帕特农神庙女神雕像身上性感的衣纹、达·芬奇的草稿……从几缕褶折出发，徐累挖掘出艺术史中一个博大而又隐秘的事实："褶折不仅是观念，而且还是伟大的操作，它使世界为之昏迷。[①]"

47. 张远山（1963— ）：《告别五千年》

一文写尽五千年，张远山写得机巧聪明，又力道十足。聪明在于他把朝代与身体部位对应，从历史中搜寻出一条自头脑到膝盖的不断下行的路线；力道在于这虽然称不上"规律"，而仅

① 徐累：《褶折》，见《东方艺术·经典》，2006 年第 1 期。

仅是一种比喻，但不失为一个视角，让人遐思。

48．彭程（1963— ）：《在母语中生存》

彭程外国文学读得多，这一次，他把目光投向那些离开母语环境的写作者，比如张爱玲，布罗茨基，然后从反面证明了母语对一个书写者的价值。所谓母语，就是母亲的语言，它像母亲一样只有一个，而并非很多语言中的一种。它携带着温度、记忆、感情、价值，属于身体内部的一种遗传细胞。这一切，后天习得的语言是没有的。彭程发现了一条文学的规律——语言遵循的是母系氏族的法则，以母为尊。一个写作者，只有在母语里，才能找到自己的故乡。

49．凸凹（1963— ）：《游思无轨》

这又是一篇思辨性的散文，写于20世纪末。它关乎人类的处境、命运这类宏观话题，但凸凹没有写成长篇大论，而是将人类的荒谬、两难、无助落实到细处。这需要四两拨千斤的功夫。我以为处理大题有三种境界：举重若轻、举重若重、举轻若重。第一最佳，第二尚可，第三最差，本文属于第一种。篇末神明与鸟的寓言，让人久久不忘。

50．李书磊（1964— ）:《河边的爱情》

“关关雎鸠，在河之洲。窈窕淑女，君子好逑。”这是很多人幼时就会读的诗句，李书磊却从中发现了中国人的精神密码—— 为什么那些古老的爱情大都发生在河边，爱的歌咏也大多与河流或河水有关？这无疑是有趣的发现，而李书磊的破译过程更加有趣。他仿佛文化的血液鉴定师，通过他的化验，鉴定、鉴别并鉴赏中国人的文化基因。李书磊写于20世纪90年代的《重读古典》，是这些鉴定报告的集成，它们并不枯燥，而仿佛思维游戏，想人之未想，丝丝入扣，非常好看，《河边的爱情》只是其中的一篇。可惜这样的文字现在见不到了，连李书磊都多年不写了。

51．李敬泽（1964— ）:《小春秋》

所谓历史，就是过去人的选择。他们已经选择过了，不再有选择的机会了，但我们还有。每个人看过去的事，心里都在想当下的事；看别人，都在想自己。所以卡尔说：“历史是现在与过去之间永无止境的问答交流。”

这样的交流固然困难重重。写历史，最怕隔。语言、思想、文路，处处相隔，对不上话，那文章就越看越拧巴，十三不靠。

像李敬泽借用了《三岔口》的规则说："雪亮的刀锋贴着对方的头顶划过，他们对面凝视，就是不能穿过那虚拟的黑暗看到对方""他们决不能看到对方，就像人和历史之间横亘着词语构成的明亮的黑暗"。[①]

但这些风险，还是可以化解的，否则历史就成了一个纯粹的时间现象，黄鹤一去不复返，白云千载空悠悠。历史还"在"，就证明了历史与我们的粘连关系。李敬泽用散文证明了这一点。

于是，历史的因果、人物的短长，尽奔赴他的笔端。我看到李敬泽对历史信手拈来的功夫。但他志不在史，在以史为媒，借用历史的长度透视自己。他在文字中独步，看孟夫子一身正气，看盗跖一脸杀气，看宋襄公一脸天真气，等着在河里狗刨的敌军爬上岸来把他打个头破血流，落荒而逃……历史的"镜像"浩大，照鉴的全是今人的事实。

李敬泽像一架续航能力极强的侦察机，跨越自春秋时代至今的巨大飞行距离，机载雷达可以轻易锁定历史中的任何一个目标，游刃有余，袖底藏风，空气阻力几乎为零。

这组散文，曾是李敬泽在《南方周末》等处写的专栏，原题《经典中国》，出书时改名《小春秋》，据作者说，"因为大部分是有关《春秋》的"。在《春秋》之外，我们每个人都经历着

---

① 李敬泽：《三岔口》，见《小春秋》，第118页，北京：新星出版社，2010年版。

不带书名号的春秋。

52. 格致（1964— ）:《利刃的语言》

在这篇文章之前，格致几乎没有发表过任何作品。把《利刃的语言》当作格致的"处女作"，不知是否准确。很多年前的一天，友人拿来一组格致的散文，我立刻被它们惊住了，由衷相信写作高手在文坛之外这句忠告。那组散文就这样发表在我主编的《布老虎散文》上,《利刃的语言》是其中之一。

一个家庭妇女，到楼下的西瓜摊买西瓜，交了钱，把西瓜拿回家——这能构成一篇散文吗?

但格致就写这样的题材，貌似家常，却危机四伏。文中那柄锋利的刀刃，象征着生命中无处不在的凶险。格致揭露了我们生存的本质——我们被危机罩住了，但它含而不露、引而不发，却时常没有预告地不期而至，把我们置于死地。这是那个卖瓜人手里的利刃告诉格致的，格致的语言，也因此闪着利刃的寒光。

53. 蒋蓝（1965— ）:《指缝里的白烟》

蒋蓝的散文，有点像足球队里的前锋，总是冲在最前面，机锋锐利、刀刀见血。个人生活入他文字者甚少，本文便是为数不多的一篇。这同样是一篇祭悼文，这样的文字，本文已提到多篇。或许只有面对亲人的亡故，情感力量才最强大，所有平日里忽略的亲情，都在此时奔涌而出，一一反刍。

但与其他祭悼文不同，本文没有过多地回忆逝者的经历，或者与逝者相处的日月，而是细细地描绘丧事的全过程，冷静、细致、敬穆，像一个不轻易流泪的汉子，把强烈的情感隐藏在后面，只通过个别的细节流露出来，诸如那条通往殡仪馆的路，刚好是父亲曾经锻炼身体的路；又如父亲遗像背后，还留着作者儿时的笔迹，仿佛已逝的时光，隔着一层纸，仍与父亲共处。这些细节犹如指缝间的白烟，丝丝缕缕地溢出，弱如轻风，却成为文字最有力的推动力量。

他书写丧葬、火化、拣骨灰的过程，一丝不苟、一丝不乱。整个过程静谧无声，却比仰天长哭更有力度。蒋蓝还是没改他的残酷文风，只不过是以一种不动声色的方式宣告死亡的残酷。至于对生死的思考，死者已经不能，或者说不用去思考了，那是生者的事。

54. 周晓枫（1969— ）：《种粒》

周晓枫的《种粒》，写于十多年前，今日重看，光泽依旧。那是语言的光泽。周晓枫是不可救药的语言至上主义者，她的语词，珠玑闪亮，意象纷繁，似乎不愿意把任何一个汉字浪费掉。本文第一句，就给人下马威：“最小的水系在果实里流动，我把这个光亮的苹果举起来，就听到了声音，非常小的声音，类似于安静。”

“最小的水系”，是指苹果里的汁液，但她不说汁液，而说水系。倘说汁液就俗了。周晓枫把她的语言意志贯穿到全篇，甚至贯穿到她的全部写作中，她的执拗，在文坛上也并不多见。她写过魔术师，或者，她心里的理想，就是成为语言的魔术师。

种粒是至为微小的事物，但周晓枫把它写得很大——甚至有水系流动其中。“一花一世界，一鸟一天堂”，世界上就没有无关紧要的事物，关键是你怎样看它。

55. 冯唐（1971— ）：《致石涛书》

冯唐的文学身手，在散文中展露无遗。或许，他个性中的自由刚好吻合了散文的属性。写散文，最怕拘谨，端着写，自己把自己当大师、当知识分子、当圣人——与此类散文相比，冯唐显然走到了另一个极致。他最大限度地利用了散文的这一属性，自由、放任、游刃有余，但绝非胡言乱语，对事、物、人，都别具洞见。

这篇《致石涛书》，先是发表在《人民文学》上，后来更名为《大画》，收入散文集《三十六大》。这是一篇与清代画家石涛探讨艺术的文字，却不同于任何一篇艺术散文，行文不是紧紧密密、步步为营，没有那么多的弯弯绕，没有一大堆的术语，却充满了真实的大白话，只不过那些大白话，句句直指艺术的实质。比如他说："耗尽自己所有的歪邪，孤注一掷，倾生命一击，成与不成，你都是佛。"[①]

他引用的那段石涛的文字，我也喜欢。那段话是："乘兴踏月，西入酒家，不觉人物两忘，身在世外。夜来月下卧醒，花影零乱，满人衿袖，疑如濯魄于冰壶也。"这不是抄，是眼光。

56. 东君（1974— ）：《幻象》

2001年，东君在第5期《人民文学》"新散文"栏目里发表了一组以藏地为题材的散文，总名为《幻象》，本文只是其中的一篇。那一年，东君只有32岁，但他在这组散文中展现了令人羡慕的成熟。比如其中《刀在黑暗中有其丰饶的光》，把他对一个民族的认识凝聚在一把刀上——它代表着历史、工艺、性格、生活，甚至，爱。这首先需要一种别致的眼光，把再普通不过的刀，从藏族汉子的身体上拣选出来；其次，他的语言，也具有刀的力度，比如他说："对于这里佩刀的汉子来说，刀是他们的钢铁兄弟。拿走刀，就会使一具身体失去亮度，使天气坏掉，使他们的目光变得黯淡。"[②]作者还注意到，让女人铸刀，会使刀变得柔和、唯美，使刀的暴力含量减少。这是藏族人深藏于刀中

① 冯唐：《致石涛书》，原载《人民文学》，2010年第8期。
② 东君：《幻象》，原载《人民文学》，2001年第5期。

的哲学性，也是这篇散文的深度所在。

57．塞壬（1974— ）：《下落不明的生活》

假如有人指责“70后”作家写作的“新散文”越来越遁入虚幻的空门，与现实人生的粘连越来越少，那么我就劝他去读一读塞壬的散文。在中国繁华的南方，塞壬，这位湖北姑娘，是一个名副其实的打工妹——即使今天，她的散文在文学界已经得到广泛的认可，也丝毫无助于她生存处境的改变。这使她的散文少了小女人的矫情，多了沉实的痛感。那痛感如影随形，落实在每一个细节上，甚至落实在她的地址上，因为很多年中，她是一个没有地址的人，即使有了，那地址也是“弯弯曲曲”，犹如一段无法公开的秘密。比如，她的地址曾是：广州天河棠下西边大街西五巷之三靠北四楼。有点像联络图，一个陌生人要想准确地找到她居住的地方，确实需要不凡的摸地形的能力。这个世界上，不知有多少像塞壬这样的年轻人，拥有一份“下落不明的生活”，一切都是干净的，包括信用卡和爱情。但他（她）们还得生活。既然生活，就要为自己找寻生活的理由和乐趣。我们应该向他（她）们致敬，更应该向塞壬的散文致敬。

58．李修文（1975— ）:《荆州：劫难与花朵》

这篇散文，明显带荆楚文化的意味，有古意，又有“70后”的旁逸斜出，胆大心细。他写自己生活的城市，却从劫难入手，回望那一场场“鲜血的洗刷”，借此凸显荆州的个性。文字密实、史实厚实，而这一切都不是外在的，而是化于他的血肉骨髓。这样的写法，李修文独有。

59．马小淘（1982— ）:《衣说》

马小淘的《衣说》，是马小淘用散文写的“中国服饰史”，从屈原讲到尹雪艳、梅艳芳、夜总会陪酒女郎。这当然不是一般的“服饰史”，而是任性的、个人化的、别致的“服饰史”。

服饰是符号，服饰背后透露着内心深处的某种有意识或无意识。从穿戴的蛛丝马迹，可以破译一个人的内心。

这很像陈丹青，透过面孔七窍看灵魂。

写屈原的《余幼好此奇服兮》，我最喜欢“水是他最后一件衣服”那一句。她把屈原的魂写出来了。

指纹：鉴别散文的一种方法

——张锐锋、钟鸣、于坚、庞培与新散文写作

一

因为我们热爱生命，所以我们热爱散文。感谢上帝，感谢阅读和写作，赐给我们幸福。散文会告诉我们如何在时间的河流里摆渡生命，告诉我们生存的目的，以及世界上简单朴素的奥秘。

散文精神的陷落在这个时代成为不可挽回的事实，但他们的书不同。我说的“他们”是指——于坚、钟鸣、庞培、张锐锋。

钟鸣说：“散文的归宿，应该在历史与历史之现象。”[①] 张锐锋则说：“今天的生活离我们太近了，因而它是这样捉摸不定和不可把握。它不给我们更多的思考机会。昨天的道路却由于我们的远离而变得清晰和生动起来。仿佛那远处的事物如此接近我

① 钟鸣：《太少的人生经历和太多的幻想》，第3页，北京：解放军文艺出版社，1999 年版。

们，而眼前的东西倒变得模糊一片。我们发现那段在发生的一切原是藏在视线不能抵达的死角里。或者说，我们似乎更易于在流逝了的时空的褶皱里找到一些关于今天的实证……我看到了远古的人正在向我们张开嘴说话——那是关于现实的生活的隐喻。”[①] 他们不约而同地在凝望历史，那么慎重地将散文当作拂去地表的尘埃、开启远古墓穴的工具。所以，他们的每一个动作都小心翼翼，所以，在《河流的终结》里，张锐锋关闭了柴油机，让木船在沉沉的夜里顺流漂动，让所有的历史暗象浮现上来。这几百字的讲述是当代文学迄今为止对黄河最为深切的感悟。读完这段文字，闭上双眼冥想黑暗，久久不愿睁开，如同黄河冷夜里的张锐锋，盼望的是“夜晚深沉的月光从黑暗的天庭凝聚到他们的梦中，指引他们转回久别的家园”[②]，而不是夜色散去，裸露出被开山的机器和惨白的电线杆改变了形状的群山。古老的九曲黄河阵图将随牛皮纸的遗失而遗失，也不再有船工沿着悬崖绝壁，寻找本来不属于人的路径。物质文明带来了生活的便利，却带走了人类的乐观、勇气和信念，维系群体情感的纤绳已在河泥深处腐烂，木船枯瘦成骨骼，作为精神载体的黄河被势利的人们抛弃。

文明的进步带来了什么？带来了文明的毁灭——这就是文明

① 张锐锋：《蝴蝶的翅膀》，第4页，北京：解放军文艺出版社，1999年版。

② 张锐锋：《蝴蝶的翅膀》，第109页，北京：解放军文艺出版社，1999年版。

的悖论。核武器和洲际导弹的出现使战争变成了心理战，冷兵器时代的战争固然血腥，但落后的兵器更凸显了人的力量，不可测的结局则要求人们将生命系于体魂的强悍和意志的顽强。在《古战场》中，张锐锋为一个逝去的时代奏起了安魂曲。

美国学者寒哲（L.James Hammond）在其著作《衰朽与复兴》中说：“长期以来，哲学家们注意到，生活的许多现象都具有辩证性。生活的许多现象都先达到极限，然后走向反面……”他将衰朽与复兴视作一种交叠衔接的直线运动，而我却将其视为一种双向运动——衰朽和复兴彼此蕴含，同时进行，我们的社会，一方面正在衰朽，一方面正在复兴。芸芸众生往往随波逐流，沉溺物欲，表现出衰朽的本能，只有精英才能表现出复兴的本能。张锐锋、于坚、钟鸣、庞培，都是这样的精英。

山西的张锐锋和四川的钟鸣在远隔万里的写作实践中达成了对散文的共识：散文是观察历史图像的望远镜。在他们的散文中，昨天比今天离我们更近。他们不仅通过自己的努力，将人类失落的记忆碎片捡拾回来，而且在记忆空白处，充填了许多绚烂的想象。当然，他们所讲述的历史，既包括人类记忆里的大历史，亦包括个体生命中的小历史（一种目睹的历史），并且把身内的历史与身外的历史融合起来，这一点在钟鸣的《红舞：我的经历》（散文《旁观者》的一部分）中表现得尤为明显。张锐锋说：“历史就像人的太阳穴一样易于损伤，往昔的事物已被时间扭曲，破碎的陶片即使黏合起来也已不是原来那一个。不过我们仍要做出种种推测，我们试图复原一切曾经为真的东西，时光的再现乃是人的天赋之一。有一点似乎是肯定的，英雄不过是历史中最不朽的也是最脆弱的器皿，它所盛的是葬礼上一束很快枯萎的花卉和人逃脱神性的明证。”① 他们还惊人一致地关心历史中的沉重部分，原因亦很简单，“历史正是从这些人类活动的踪迹消亡里获得营养”，悲剧写作是真正伟大的写作，那些泣血的语句将在时间中深化成黯色的铭文，衰朽的欧洲文艺便是在古希腊的悲剧中得到复兴。寒哲说：“悲剧表现痛苦，这种痛苦使悲剧人物宁愿一死。悲剧人物的痛苦和他宁死的决心使他有勇气采取果断行动。悲剧的观众与悲剧人物产生共鸣，他们在想象中也经历痛苦，也产生宁死的决心。虽然观众的痛苦经历和宁死的决心是想象中的，但这也使他们体验到采取果断行动的勇气和渴望生命的欲望。”寒哲还说：“痛苦增强一个人的道德精神。同样，痛苦、战争与贫困也增强一个国家的道德精神。舒适、和平及富足使现代人的道德精神日益松垮……”

与张锐锋、钟鸣相对应，于坚的《治病记》《住房记》《城市记》等篇章，已将现代人的处境描摹得深入骨髓，古今反正，成为一枚硬币的两面。

---

① 张锐锋：《蝴蝶的翅膀》，第191页，北京：解放军文艺出版社，1999年版。

二

于坚说："我的写作的方向一直是向下的，是回到大地上的。在20世纪的革命中，尤其是20世纪50年代以来的普通话革命，导致汉语改变了它传统的，与世界和日常生活血脉相通的位置，它升华了，悬浮在意识形态以及由此决定的所谓'精神生活'的高处。作为诗人，我一直试图使诗歌的翅膀回到大地之上。"①

与他们相比，余秋雨进行的只是一种主题先行的先验性写作，尽管他摆出一副"思考""苦旅""追索"的姿态，但他笔下的历史却只能呈现出他早已设定好的面貌，以主观逻辑取代了历史逻辑。

而在张锐锋、钟鸣、庞培、于坚那里，永远不会以上帝的视角（这个视角实际上不可能存在）进行写作，而是在对生命的摸索中、在时间的自然流动中写作，这使他们的写作带有很强的不可预测性。散文是在他们手中真正回到了自己的本体。"宇宙的根本秘密就像一本由上帝写成的书稿，它的散乱的书页从我们的头顶上扔了下来，它将在时空中飘出我们的视线。我们的一切活动，包括阅读和写作，都不过是作为一些残碎书页的捡拾者和

① 于坚：《人间笔记》，第298页，北京：解放军文艺出版社，1999年版。

追逐者的历险活动。"[1]他们通过写作，完成了这种捡拾、追逐。张锐锋接着说道："在我看来，世界不是向我们呈示那被我们捡拾到的部分，恰好是以一些碎片来告诉我们丢失了的部分才是重要的，只有丢失的事物才显示价值，或者说，丢失的价值正以丢失者的身份说明价值的意义。"[2]这完全是典型的东方智者的醒悟，如幽微处的光亮，令人精神一振。

三

大凡杰出的作家表达的都是世界上最本质的话题，而最本质的话题便深含着最朴素的真理。一切学科——哲学、天文和数学，都证明了这一点。孔子面对逝川道出一句哲言涵盖了"万物变化的终极"，古希腊毕达哥拉斯从数的度量中发现"黄金分割率"。

欧洲的雕塑、油画、建筑，甚至音乐，无论外表呈现得怎样纷繁精深，都服从于这一美的比率，连中国的秦砖，亦与其相契合。同样，中国律诗复杂的平仄追求的，也只是一个简单的目标：声韵的和谐。马克思说过，人类社会的生产活动是按照美学原则进行的。张锐锋说：

① 张锐锋：《蝴蝶的翅膀》，第2、3页，北京：解放军文艺出版社，1999年版。

② 张锐锋：《蝴蝶的翅膀》，第3页，北京：解放军文艺出版社，1999年版。

我想到了哥白尼为什么能从美的法则来推知宇宙的真实结构，因为他心中最重要的问题不是那时的天文事实告诉人什么，而是行星以怎样的运行才会产生最简单最和谐的天体几何学。这位伟大的科学家发现了美乃是宇宙构成的根本秘密。因而他首先考虑的问题是，太阳这盏宇宙之灯，或者说宇宙之心，置放在什么位置上才合乎美的原则——“日心说”的时代从此由黑暗的中世纪分离出来，真理的光芒照亮了历史。①

每个人都是一个代数，在世界复杂的方程式里运行。古希腊曾有一个包括一条直线的迷宫，却有许多哲学家在这里迷失——这是博尔赫斯在一篇小说中对这复杂世界的省察归纳。

一切复杂的运动都包含在简单的法则里，再纷乱的星体也有它自己的轨道。哲学的目的是揭示真理，而文学——尤其是散文的目的则是表达真理之美。

在他们看来，散文是最高级的文体，连最伟大的小说都是非小说的，他们都呈现出一种“散文化”的特征。他们这种百科全书式的写作为的只是一个简单的原则：真实。然而，在这个世界上，这样的散文却如此“扎眼”。于坚说：“在固定的小说或散文的框架中，人们总是觉得把它放在里面太别扭，找错了

① 张锐锋：《蝴蝶的翅膀》，第107页，北京：解放军文艺出版社，1999年版。

模子，乍看似乎也差不多，但不是手或脚放不进去就是头露在外面。”这是世俗散文的尴尬，不是于坚的尴尬。他们印在文本里的螺旋形指纹，呼应着历史、天象和血液运行的轨迹。尘埃落定，山峦显形，“如此单调的世界竟然让人如此依恋，这里记存着秘不可寻的人的奥义。人们在四季窥望，看到的大约就是这些了。然而正是这亘古不变的简单内容，使人感到忧伤和疼痛”。

散文里的日常时光[①]

几年前，我曾经在《布老虎散文》的编后记中写过这样的话：

敬泽说："（20世纪）90年代送给我们的一大礼物就是日常生活。"这使散文的话题被分散，经验越发难以重复，因而，散文的覆盖率在降低。没有一个写作者能够覆盖所有的经验，而在日益局部化和细密的叙述中，所谓的真相正离我们越来越远。散文正在履行显微镜的功能，而不是像望远镜那样高瞻远瞩。也就是说，写作的技术越是精细、准确，世界的形象就越是含混和模糊。但这是散文的幸运而非不幸，精致细微的感受由于与内心的真实相连，从而降低了叙述的风险。在他人心中不成立的事实可能在写作者心中真实地存在着；而试图为所有人准备的真理，却可能遭到顽固的抵抗。写作与阅读之间，实际上存在着某种相互拣选的关系。所以，好的散文有时更像接头暗号，局外人不

① 本文为《怀揣植物的人——新散文八人集》序言，北京：作家出版社，2009年版。

知所云，它却让志同道合者找到‘组织’。”[1]

抄录这段话，是因为我把它视作进入《怀揣植物的人——新散文八人集》的一条道路。作为新散文的写作者，本书的八位作家——陈蔚文、傅菲、范晓波、江子、李晓君、王晓莉、夏磊、姚雪雪，尽管并没有在他们的故乡——江西组建什么文学团体，至少在一点上我们是一致的——躲避大词，让那些器宇轩昂、遮蔽了我们视线的标语式写作让位给生活本身。我们完全可以用画领袖像的“规格”，给自己的父亲画一幅头像——像罗中立画《父亲》那样。但这样的行动，在散文界，很长时间内被视为荒诞不经，至今举步维艰。我们过于习惯于那些抑扬顿挫、适于播音员高歌朗诵的散文，而对卑微人生的切实表达皆被视为离经叛道。但是，如果从一个更久远的视角观察，我们会发现，作为文学源头的《诗经》，那才是真正的“经”，我们从中聆听到的，不是一个时代的政治宣言，而是心的呼吸、血液流动的声音，是一个人正常的呻吟与喘息。如陈蔚文说：“‘语言如果不是出自诗人内心的需要，它仅仅是修辞而已’，散文亦如此。每篇散文的呈现和来临都该是内心冲动的产物，而不应是别的。无论内心是骄傲还是微弱，都是它在世俗中过活到一定阶段的必然产物，写下它，是因为受到心的驱动。”散文因此才能摆脱千篇一律的

---

① 祝勇：《编余琐记》，见《布老虎散文》，2004年秋之卷，沈阳：春风文艺出版社，2004年版。

范式而变得自然、亲切和丰富。20世纪90年代以后的中国散文，就是这样从板结的模块中复苏，逐渐回到了它的自身。

散文是心的文学，与一个人的个人世界（包括他的精神世界）紧密相连。一个时代的公共生活与个人生活成反比，公共生活越是发达（如学习、集会等），个人生活就越是狭窄；反之亦然。只有个人生活发达，而公共生活逐渐隐退的时代，才可被称为一个正常的时代。也只有这个时代，会对文学有所理解和尊重。文学失去了剧场效应，但得到了自由。散文更需要后者，因为它不是适用于所有人的文告，它拣选对象，只有收缩了倾听范围，才可能变得真实和深入。

本书[①]的八位作家不约而同地选择了最诚实的写作方式——他们目光向下，关注最平凡的现实人生，构筑属于他们自己的空间意识形态——放射科、产房、值班室、洗澡堂、火电厂、夜间公路、乡村医生，甚至空地，一一进入他们的文学生产程序，逐渐取代了散文仰仗了五十多年的宏大景观；青山翠柏这类壮丽的场景悄然退场，代之以平俗不堪的世俗意象。一元化空间形象的破产，使许多立志在散文这块田野上扎根闹革命的老同志颇为失落和愤怒。那些德高望重的人，使用其阶级分析的惯性语言回应崭新的散文局面："由于在贫富悬殊的资本主义社会里面，沉醉于追求物质主义刺激的此种浓厚和畸形的精神氛围，使得多少敏感的文学艺术家，在十分沉重的压抑和苦闷中间，变得惶恐、

① 此篇中"本书"均指《怀揣植物的人——新散文八人集》。

愤懑、颓丧和不断的自我折磨，这样就很容易驱使自己张挂出幽冥晦涩、神秘莫测和佶屈聱牙的魔帐来。类似这样种种艺术表现，不是要让受到此种影响的广大读者，在无形之中形成一种自闭的病症吗？”

散文空间意识形态的多元化，并非必然如某些论者所预期的那样走向低级趣味，走向所谓的马桶、卫生巾以及毒品；相反，它一如既往地保持着纯粹的品格，其文体的有效性并未因这种多元化而粉身碎骨，这缘于散文写作者们对这种文体的珍视，也缘于散文这种文体自身的魅力——这一高贵的文体要求我们以纯正的态度与之对视。本书为此提供了最好的证明。在本书中，我们找不出任何惊世骇俗的重大事件，甚至连对重大事件的隐喻都没有，他们躲得很远，躲在最寻常不过的世俗人群中，他们的文字，变得无比具体，有意无意之中，他们将散文最容易飘浮在空中的文体迫降到地面上，它的美学身份在身边每一件具体的事物上得以落实，这一贫血已久的文体也在他们平缓的叙述中恢复了自身的光泽。在我看来，写好一片空地，比写好一个杰出人物更加伟大。李晓君说：“生活的本质是琐碎的、庸常的、平面的，但好的散文可以使之变得明亮、湿润和丰盈。”他把过去的生活比喻为“行走在平原上倒伏过来的群山”，司空见惯，却埋伏着诸多我们不可预知的事物。本书向我们提供了诸多琐碎、无意义，而在我们生命中却满怀深意的事物——比如姚雪雪笔下的洗澡堂，里面盛满了青春成长的隐秘与凶险，又如她笔下的铁轨，像岁月本身一样呆板、漫长，却又颇具引诱性："铁轨的存在和伸延是一种被诱惑的巨变的必然。我相信小时候的哥哥一定熟稔了铁轨的魔法。""有什么东西可以让人打破一生的沉寂？那是火车吧，我辗转于火车之上我才意识到，是的，是火车，只有火车才具有这样非凡的力量。你可以一次次深入它的内心，去解密一个坚硬外壳者的生命温情。但那钢铁的躯壳似乎永远不适宜长久地与之依偎，更无法一生与它并行。"应该说，这样的散文，更具有难度，它考验我们的眼光与感受力，不像那些宏大叙事，依赖事件本身的吸引力和大词的煽动性。它们微小，却更令我们信任。

我注意到，这种类型的写作，是南方写作者的特长，类似于手工艺，凭借的是耐心与细腻。除了江西的陈蔚文、傅菲、范晓波、江子、李晓君、王晓莉、夏磊、姚雪雪等人外，江苏的庞培、黑陶，浙江的赵柏田，福建的萧春雷，贵州的盛慧，云南的于坚、雷平阳等，都具有相似的品质。他们的题材细小，不入传统散文的法眼，但散文正是在这里绝处逢生。那些散碎的日常时光在进入他们的文字之后变得晶莹饱满，意蕴无穷，那些在意识形态的庞大机器上死去的词语也在他们的叙述中一一复活。傅菲说："我追求一种个人的语境，柔软的，舒展的，痛感的，有内在的空间。我尽可能地让自己的散文，散发自己的气息，有我的汗渍和咳嗽。散文不仅仅是自己的心灵史或精神史，也是观察史。散文就是'我与生活的关系史'，这种关系具有时代的特征。散文是一个散文家的境界、血性和元气，是巫者的炼金术。”这表明了他们的写作志向。他们共同绘制了一幅崭新的散文地图，而在其中，江西的八位散文家，无疑占据着重要的位置。

同样在那段编后记中，我还写道：“散文并非公共生活的代言人，因而它不应当如同法律或者政令一样具有普适性。对于散文界的某些‘红衣主教’，我只能持怀疑的态度，或者干脆把他们的举动视为某种行为艺术。元话语有着极强的进攻性和传染性，在它的夹击之下，个人生活的空间被逐渐沦陷。所以，我们有理由把它视为散文的敌人。从本质上说，散文是与轰动效应为敌的，具有轰动效应的散文是对散文的篡改和诽谤。”[①] 我在这里重申，是想用这段话概括八位作家，以及我们这个时代的散文写作。没有太多的人关注他们，但他们不需要为此负责，他们已经做得足够好。他们沉静的写作态度，本身就是对这个喧闹而沉闷的世界的一个最积极的回答。

---

① 祝勇：《编余琐记》，见《布老虎散文》，2004年秋之卷，沈阳：春风文艺出版社，2004 年版。

文学精神与语言探险[①]

与前些年的漠然相比，这几年，对“新散文”的议论和关注多了起来，只是这种关注，含义各有不同。这是一个“圈地运动”风起云涌的时代，所有与货币回报无关的事物都遭到了放逐，文学界与房地产界的差别越来越小，写作者的投资眼光越来越专业化，争先恐后地跻身富人榜。于是，在众多的言说中，“新散文”也被理所当然地视为文学“圈地运动”的一部分，这就是当代的散文探索者们面对的荒谬现实。

在不同的版本中，我们看到“新散文”作家们，被分别按照不同的座次排列，这使它看上去更像是一个组织严密的团伙，精心组织、精心策划、精心实施，以协同作战的方式，瓜分文学这块蛋糕。这种判断符合当下国人的思维逻辑，却与“新散文”的写作事实无关。我多年来主编了不同版本的“新散文”作品丛书，意在申明这样一个事实：所谓“新散文”，并非如某些媒体所描绘的，具有某种反动会道门的性质，它不是一个团体，也不是一个文学流派，而是一种状态，一种文学精神，一种不

---

① 本文于2010年4月完稿，为“骆驼丛书”总序。

甘于中国散文沉闷保守的现实而进行的语言探险，它的写作队伍，是不断变化的，注定是“铁打的营盘流水的兵”。它没有一个固定的形状，也没有任何一个容器可以容纳它，因为它每时每刻都发生着变化，正是这种变化，使中国散文真正成为一个生命活体而不是一具僵尸。“新散文”的写作开始的那一天，就注定了这是一种孤独的、漫无止境的寻找，“新散文”的写作者，在互不相识的情况下，甚至在尚无“新散文”这个命名的时刻，就从各自的角落出发，开始了艰难的文学跋涉。就个体而言，每个人都可能一败涂地，但就整体而言，中国散文必将通过这种寻找而在绝境中获得生机。

“新散文”的写作者并非救世主，但他们是一群文学志愿者，只有站在相同的行列里，才能了解他们内心的秘密。“新散文”十余年的写作实践，早已在散文比石头还坚硬的躯体上打开一个缺口，使散文的内部空间逐步地打开，使定于一尊的中国散文呈现出丰富的可能性，正是这种可能性，吸引更多热衷于挑战极限的人参与其中。在旧有的制度之上，“新散文”开启了遗传与变异的新循环，而每一个“新散文”写作者，都可能成为进化过程中的一个细胞。

作为一套“新散文”丛书，“骆驼丛书”重申了上述事实。通过这套丛书，我们得以与这样一群作者相遇，他们是：蒋蓝、黑陶、高维生、杨献平、徐迅、赵宏兴、高梦龄。他们的作品，从不畅销，也鲜有奖项落到他们头上。从现实主义的观点出发，他们完全可以远离散文写作，去投靠更有回报率的事业，现实会更加热情地拥抱他们，而不会像文学这样薄情寡义。但他们没有一天停止过那种漫无止境的寻找，他们让我们看到了散文文本的进步，散文的前沿阵地在一寸寸地向前推移。

作为散文的无限性的一部分，他们是带着不同的背景和经验进入散文的，为我们展开了他们具有强烈的不可重复性的散文图景——不可重复性，是鉴定“新散文”的一个重要标准，与此相对的，则是传统散文对模式的崇拜——它过于信任某一种现成的模式，惯于以一种居高临下的姿态号召不同的生产者炮制相同的产品，那是专制主义在写作领域的体现，对于写作者而言，丧失自己的价值体系和文本追求，在文学的“既定方针”下亦步亦趋，无异于挥刀自宫。

“新散文”作家，如钟鸣、于坚、庞培、张锐锋、周晓枫、格致等，没有一个人的作品是另一个人可以写出的，这一不可重复性，在“骆驼丛书”中得以延续——蒋蓝再度以“精神界战士”的身份，亮出了他自己的剑，他洞穿历史与现实的敏锐目光和他准确的剑法，都在他的《锋刃之书》中得以施展。高维生的《阅读者》和赵宏兴的《猫眼·门铃》以思想力度，贯穿他们各自的阅读和日常生活，使它们在平凡中呈现意义。黑陶、杨献平、王川、徐迅和高梦龄，则带着对他们生存的土地的浩瀚记忆，进入各自的散文，以深刻的地理感和强烈的个人性，对中国空间进行拼接和想象。他们潜游于中国深处，沉醉，感受，汲取——其中，黑陶的《中国册页》，在空间上是江南的，时间上是明代的，它的绵密、细致、素朴、性感、浩大，都如册页般，一幅幅地展开，构成一个独属于黑陶的纸上世界；《流沙上的马蹄》的作者杨献平，长期生活在古丝绸之路以北，阿拉善高原以南的巴丹吉林沙漠边缘，那个远在我们经验尽头的世界，正是他无比熟悉的世界，这使他的文字天然地具有了与众不同的气质，在空旷的流沙与密集的历史间闪展腾挪；徐迅的《半堵墙》，像大地上的麦秸垛，充满了收获的魅力和大地的气韵，那些司空见惯的琐碎事物，诸如紫色的蚕豆花，带泥土的萝卜，土中的红薯，落地的花生，荞麦的枕头，被他的饱满激情放到一个巨大的磨盘上，细细地磨碎了，和生存紧紧相依；高梦龄的《桦木屋札记》和王川的《绍兴：背影或记忆》，对他们各自的生存根据地进行重新审视，他们不屑于设置所谓的悬念，不屑于用最卑微的方法迎合读者的趣味，更不屑于用一系列故作高深的艰涩概念迷惑读者，而只是用最简单的方法，叙述和呈现北方土地上匹夫匹妇的生活图景和绍兴文人的精神世界。以上诸位写作者，都以各自的方式，挑战着散文写作的极限，让这一古老的文体呈现出崭新的面貌。

无论从横向上看（写作者之间），还是从纵向上看（“新散文”与传统散文之间），文本的差异性都非常大。或者说，中国散文史，从来没有一个时期的散文，像“新散文”这样具有如此大的差异性，而这种差异值，是衡量文学生态环境的重要指标。“新散文”的最初写作者们，与其说给散文树立了一个新的艺术标准，不如说给散文树立了一个精神标准，即对写作的独立精神，以及面对“掐脖子”和“锁喉术”（蒋蓝语）的勇气。作为这一精神的延续，“骆驼丛书”再次书写了写作者们在各自的方向上进行着执着的努力。只有探索，成为他们共同的契约。这些写作者们认定：无论遭遇何种戕害，东方大地所独有的充沛精神、强劲元气，始终不渝，始终护佑并滋养着她所心知的默默追寻者。

卷二　纸上年轮

散文札记（一）[1]

一

永清兄给我打电话，传达忠良社长指示，要我来编 2003 年的散文年选时，我刚从珠峰大本营下来不久，正在返回拉萨的路上。短短几分钟的交谈，就把我从神的居住地拉回到人间的现场。去过西藏的人大抵都有这样的体会，那片苍茫的圣土会对我们的生活起到一种间离作用，从高原下来以后，甚至会对业已熟悉的一切感到陌生与不适，以一种异样的眼光，打量自己身外的环境。

进藏之前，刚刚编好一本《中国散文双年展：2002—2003》，交给云南人民出版社。这两件工作极为相似，但时隔一个月，我的心情似乎已发生了变化。这次我觉得自己更像是一个散文的

① 《散文札记》（一—七）是作者为《21 世纪中国文学大系》（沈阳：春风文艺出版社）编选年度散文时所做的七篇序言。从一到七依次对应年度为 2003 后、2004 年、2005 年、2006 年、2007 年、2008 年、2009 年。

业外人士（我感觉自己已经与写作疏离了很久），以一个纯读者的身份，拣选一年中的作品。那些杂志书籍，还在书架上原先的地方，搜寻那些留下几分印象的篇章重读，竟又有了初读般的激动。

刚刚编完一部双年的选本，又编了这样一部年选，一年中的散文，究竟能找出多少好作品？这是应当首先质疑的。如果把国内有“实力”的散文作家一一列举，这个名单恐怕不会超过 20 人。这 20 人中，平均一年又能写出多少有创造性的作品？从概率上讲，一个严谨的散文作家，平均一年能写出一篇优秀的作品，已经相当不易了。即使如此，好散文的年产量也不过 20 篇，而我却要在这一年中编出两种不同的选本。从一开始，这就似乎是一项不可能完成的任务。

二

在以往的诸多“最佳”选本中，如果一定要挑出一个“最佳”，我愿把我的选票投给张新颖。这一“新颖”选本的独到之处在于他从不看人下菜碟，不唯“名家”是从，而是英雄不问出处，因此带来了许多“界外消息”，他说：“编完 2001 年度散文选，重新检点出处，我发现，竟然没有从专门的散文刊物上选一篇文章。虽然事先也没有对这些杂志抱多大的期望，可一篇不选，还是有些出乎意料了。”[1] 如果说文学也有民主的话，这种做法无疑是民主精神的体现。

由于我所不知的原因，新颖的编选工作没能继续，但我愿意将这样的“民主精神”继续下去。如果说他的编选流露了他对所谓“专门的散文刊物”的不屑，那么在我的选本中，则更倾向于“非主流阵容”，因为在我的心中，他们才是真正的“主流”。他们是：张旭东、曹怡平、黑陶、章诒和、刘铮、李兆忠、孙小宁、格致、玄武、大卫、盛慧、郭熙志、程小莹、蒋蓝……他们构成了广阔的“散文民间”，正是“散文民间”巨大的创作能量维系了当代散文的创作水准，提醒着我们从“正统的散文观念”中转过身来，去面对他们的无比鲜活的存在。

三

敬泽曾写：“读了《散文》《美文》《散文选刊》《散文海外版》，我觉得对此时的文学散文最恰当的批评方式是进行一次主题调查。”“调查的结果，最多的是回忆，回忆中最多的是回忆童年，而童年八成是在乡村。你要在散文家笔下看到今日乡村之真相，那是缘木求鱼，中国乡村已经成了文人们的案头清供，

① 张新颖编：《21世纪中国文学大系·2002年中国散文》，第23页，沈阳：春风文艺出版社，2003年版。

它被冻结在时间深处，以便保鲜，保存纯真和诗意……”[1]依敬泽之意，接下来可能是“历史”，是“文化”，是《瓦尔登湖》，是顾准、陈寅恪……主题、形式、立意，甚至语法，在散文作家们的书斋里变得日益单一，有点像广播体操，整齐一致，刚好与转型、分化、重组、动荡的世界形成反比。但这种整齐划一并不适用于“散文民间”，世事的浮沉与苍茫的人海间隐藏着巨大的写作资源，并在文坛的边缘人那里转化为写作能量，这些作品让我们看到了现代人的真实处境和在处境中的真实反应。

比如郭熙志，这位长期沉潜于民间底层的纪录片导演，显然比所谓“专业散文家”的现实关怀更加锋利。《我到哪里去？》这篇文章记录了他拍摄《回到原处》给他内心带来的巨大冲击。即使无缘目睹这部片子，我们也能够从他的字里行间感受到他内心的冲动。这篇文章（以及这部片子）记录了一个名叫吴云保的副科级干部痛恨体制，愤然辞职，又在现实中找不到落脚点，屡次失败后又回到体制里的无奈、滑稽和悲凉，他“辞职，取钱，购书，运书，寄被子，乘火车，见妻儿，回单位”的种种情态，他“一会儿表示回到单位是死定了，一会儿通过电话告诫想逃出单位的朋友忍受单位的窝里斗与女朋友早日完婚”的内心活动，显然不是一个作家仅仅凭借才华和想象力能够描述出来的。人生的复杂性已然不能用某种简单的理念来构筑。“正统散

---

① 李敬泽：《“散文”的侏罗纪末期》，原载《南方周末》，2002年8月1日。

文”里的宏大叙事不见踪影，剩下的只是作者对转型年代中小人物命运的人道关怀。

而曹怡平在看过电影《刺激一九九五》之后写下的观感《希望和梦想》，可以和郭熙志的文章相互参照，因为这篇作品中，有对体制的精妙的分析。比如他提到一个黑人囚徒在经过漫长牢狱生活后终获假释，却因无法适应自由的生活而在自己的房间里自杀。就此，他写道：“当一个人被剥夺得一无所有时，甚至不需要恐慌。而狱中有保障的生活，更是腐朽的催化剂，让人堕入黑暗的温床而不能自拔。”显然，这种感受来自对体制的切肤之痛。

四

对于同样的事物，每个人都有自己的阐释。一个屡被人们使用的比喻是：看到一个苹果从树上掉下来，虔诚的信徒会说这是神的意志，严谨的科学家会说这是因为地球引力，辛苦的果农会担心今年的收成，而一个孩子会立刻高兴地把它放进嘴里。文学与数学相反，它的答案不是唯一的，而是越多越好。文学也不是哲学，它不表现为一个完整的、永远正确的思想体系，它只与最为内在、独特的体验相关。在张旭东的《在拉雪兹神父公墓》之前，好像是20世纪80年代，我就读过一篇同类主题的散文（作者可能是陈大力），写他把拉雪兹公墓当作革命圣地，结果发现那里有着大量保皇党人和“反动势力”的墓地，从而感受到历史文本和历史真实间的巨大落差。看到张旭东的作品标题，我以为与前者大同小异，没想到，他表达的是全然个人化的感受——他在寻找土得掉渣的中国农民革命者与一百年前充满“洋”气的法兰西起义者之间巨大的差异和内在的联系。作品的最后一句饶有兴味：“比起我在美国的一些言必称巴黎的学院界同事来，那些正在记忆中变得模糊的老一代中国人或许才是真正的世界主义者。”

五

李锐先生 2001 年在参加诺贝尔奖百年庆典时，在瑞典皇家学院的演讲叫《被克隆的眼睛》。“被克隆的眼睛”与“被克隆的散文”倒是匹配。但是，如果我们的眼睛和散文都出现变数，会怎么样？这应该是一个乘法习题，我无法得出准确答案，我只能将我对散文的无限希望，寄托在这样的运算过程中。

2003 年 11 月 9 日深夜

散文札记（二）

当我开始编选2004年的散文年选时，我首先想到的一个问题是：今年的选本是否会与去年有所不同？如果答案是否定的，那么编这本书的意义就将受到怀疑。显然，我为自己设置了一个圈套，它使我陷入某种困境。

对散文的关注与我的职业兴趣有关，作为散文的书写者，我对于散文内部的变化充满警觉，我知道被散文这个笼统的概念所遮蔽的复杂性，预感到在它平静的外表下可能发生的传奇，我甚至认为对于这样一个埋伏着巨大可能性的文体来说，平静只是一种假象，它企图蒙蔽我们，并且在很大程度上取得了成功。

树叶的最佳藏身之所是森林，散文用它庞大的数量迷惑我们，使我们对个体的观察变得极其困难，而所谓的整体把握，就更是天方夜谭——当然，上帝可以例外。于是，我们只能通过采集标本的传统方法来延续我们的研究，但这种方法显然是谋杀的同义语——我们可以看清它的年轮以及纹脉的变化，代价是把它从它的生命环境中抽离出来，变成一个生命的符号、代用品、象征物。因此，它构成了一个悖论——要认识它的生命，必须先谋杀它。这很像用小白鼠做实验的科学家，或者以破坏古墓为工作手段的考古学家。

编辑散文年选已经成为我每年的固定功课，一年的时间，对于我们而言已经足够漫长，而对于散文，尺度则显得过于密集，像游标卡尺上的刻度，几乎难以被肉眼发现。在散文的时间观念里，这样的刻度过于细微，在散文的生命周期面前，它无能为力，除非我们的目光变得极为敏锐、细致和周详，但我做不到这一点。我在很长时间里感到无所适从，甚至灰心丧气，但是，这也为我的工作准备了一个极佳的借口和退路——既然是不可能的，那么所有的失误都变得可以原谅。

正是在这样的背景下，我看到了狄马的《声音研究》和蒋蓝的《有关警报的发声史》，这两篇分别指向历史和现实的散文，让我们日趋迟钝的耳朵听到了声音携带的隐秘消息，关于恐惧、愤怒，以及没有结局的抵抗。无论是编《布老虎散文》还是编辑散文年选，我都无法掩饰自己对这两篇作品的偏爱。孟晖一如既往地保持着她对古代器物的敏感，那些器物已经成为她手中熟用的道具，直指历史深处的某些可爱、暧昧以及尴尬。与蒋蓝、狄马的锐利毒辣相比，张锐锋的《深的红》、于坚的《在一家老式理发店与行为艺术不期而遇》则显示出新散文“老作家”的稳健、敦厚和深藏不露，他们已经开始习惯于用低沉柔和的音量复述某些尖锐的内心经历。当新散文家专注于文本自身价值的时候，冯骥才、张承志则正在变成“行动的知识分子”，他们的文字里越来越多地掺杂着尘土的气息，使他们的作品更接地气。

这一年的散文界，没有风暴，甚至连争论都很少，这并不意味着散文界仍然一如既往地统一思想、统一行动，而是恰恰相反。人们在不同的向度上完成着各自的旅行，他们对于散文的理解很可能相去甚远，只是拔刀相向、刺刀见红的时代已一去不返，散文界进入了一个既没有敌人也没有同志的时代。背叛者也不再具有悲壮的造型，用南帆先生的话说，叫“各自负责”。南帆先生曾经担心这种自由的状态能够“多大程度地兑换为前所未有的文学记录”[①]，但我的体会是，散文正在逐步变得放肆，它在极端经验与日常经验之间去来无踪，文本实验也不再犹犹豫豫。极端分子猖狂，各种势力蠢蠢欲动，这使观察散文变得无比艰难。理论家们早已哑口无言，不再像众口一词的时代那样好混。没有标语，拒绝命名，散文界的“革命”可能永远是干打雷不下雨，因为已经没有两个阵营的冷战，也不可能激发起“团结起来到明天”的豪迈斗志，新散文家们都已变成细菌和蛀虫，在各自的岗位上，勤勤恳恳地吞噬着旧散文的基业。

春风文艺出版社在这套书中去掉了“最佳”两个字，我认为是明智的。本书中的散文不能说是最好的，但它们却使我们相信存在着更好的散文。这是一个了不起的进步，它至少告诉我们一个事实——现在的散文已经呈现出诸多异象，它日益复杂、诡

① 南帆：《散文：向各个角度敞开》，见《七个人的背叛》，第2页，北京：人民文学出版社，2004年版。

异、美妙，不仅已经超出我们的阅读经验，而且对已有的理论发出挑战。它不在乎人们漠视、轻慢乃至鄙夷的目光，而那些自以为是、指手画脚的裁判员，在它面前也将铩羽而归。

2004 年 12 月 23 日

散文札记（三）

最早见到的散文年选，是中国台湾出版的，余光中等人主编。在很难接触台湾文学期刊的当年，这些年选成为我眺望彼岸散文风景的窗口。时间久了，把那些年选按照年代顺序联结起来，就会成为一部台湾散文的发展史。这是我对年选意义的最初认识。现在，编辑散文年选成了我每年的工作，我的认识也发生了改变。散文巨大的发表量使这种近似于大海捞针的工作越来越具有偶然性，正是这种偶然性，使选本的"历史价值"得以解构。

眼下国内的散文年选至少有十种，这十种冠以"最佳"名义的选本，所选篇目却各不相同。就像不同的人面对同一道数学题得出不同的答案，五花八门的答案令我们无所适从，我们无法确认"正确"的一方。

所谓"最佳"，其实并不存在，因为它需要旁证，就像数学题，无论什么人进入演算过程，结局都应当一致。除了隐秘的商业动机，这些大相径庭的选本表明了当今散文的实质——平凡、琐碎、个性被分解、远离轰动效应。

小说界几乎每年都有兴奋点，高手出招总能吸引眼球，而记者、评论家、导演们，则无疑都成了小说的忠实盟友，用经济学术语，小说家用自己的笔创造了他们共同的“产业链条”。而在这一点上，散文则要沉默得多。散文是分散的，无法形成聚焦，这使“散”文显得名副其实。如果说小说是事件，那么散文更像日常生活；小说是报上的新闻，散文是街巷间的闲话；小说是正典，散文则是游弋不定的片断。散文因其常态性而令人敬意顿失，原因是人们太熟悉它，经常性地呼吸它、感受它、与它耳鬓厮磨。散文不是传奇，但它或许因此而显得与我们的命运更加贴近。散文不像小说那样有明显的戏剧冲突，扣人心弦，散文时常像生活本身那样没有规则，但它更了解我们，像我们的亲人，与我们不离不弃。

敬文东的《起于偶然的回忆》、彭程的《周围》就是这样的散文，当一个人开始回顾自己的成长史，那些司空见惯的地名都将负载着所有可堪和不堪的信息扑面而来，敬文东这样写他的出生之地：

我偶尔也会回到广元。那里有我的亲人、朋友和父母。我也曾多次上过凤凰山，妄图听到凤凰的鸣叫；我偶尔也会坐在游艇上观赏市容，倾听那些无伤大雅、最多只是言不及义的甜言蜜语。但我无力为广元打造任何像样的东西，做出任何像样的贡献，更没有能力修补它的任何一个漏洞。面对广元，我只有唯一一个值得称道的能力：平静地走在它充满现代色彩的街道上，迎面遇到那么多的人、那么多的灯火、那么多的车辆，却不必为此惊慌失措、面色如土。而有一天，我穿过宽阔的嘉陵路、建设路和则天大桥，来到有如苍蝇的目光般迂回、蜿蜒曲折的海嚎街，拜访一位我认识了多年的朋友。他差不多已经60岁了。房门打开后，我发现我的朋友已经变作一位英俊少年。他很亲热地拉着我，用我熟悉的声音向我嘘寒问暖，以我熟视无睹的姿势端茶送水，并吩咐他头发花白的夫人翻箱倒柜，张罗着要为我的远道而来接风洗尘。[1]

这段文字并不经典，但它道出我们生存的真实景况。它不完整也不优雅，但它是我们记忆的一部分，它会照亮我们，使我们逐渐变得习惯、隐忍和坚定。这一追求同样体现在周晓枫的《铅笔》与格致的《站立》里。她们一如既往地坚持着对于个人史的关注，不是因为个人重要，而是因为体验重要，而这些体验，无疑都要借助身体进行。前者笔下的铅笔、后者笔下的疾病，背后都埋伏着巨大的喻义。散文有着无孔不入的触角，它时常触及我们个人记忆中最隐秘和疼痛的部位，并洞察我们身体和精神的真实处境。

本书同样收选了一些以历史为主题的散文。我把历史定义为在我们生命之前发生的事情，它因我们无法亲历而被时间一再炫耀。但是散文中的历史已经不是史籍中的历史，它已经进入写作者的日常生活，变成他们生命的一部分，变得可以触摸，可

① 敬文东:《起于偶然的回忆》，原载《青年文学》，2005年第7期。

以感受，甚至可以介入。这些散文，诸如王充闾的《他这一辈子》、李欧梵的《人生难以承受的轻》、施康强的《民国南京》、李辉的《硝烟里，这一曲起承转合》、孙郁的《夜枭声》、舒国治的《不为什么，就为流浪》等，都证实了这一点。通常认为，个人经验是历史经验的一部分，但这些散文使我们了解了另外一个常识，历史经验同样可以成为个人经验的一部分。历史与我们的日常生活有着相同的本质，或者说，历史本身就是日常生活，日常生活也都将成为历史，它们之间存在某种互换关系。当人们对历史顶礼膜拜，只有散文把它纳入常态之中，使它具有了寻常的烟火气和人间的温度。

散文史——如果有一个散文史——像生活本身一样展开着，人们被分散在各自的角落里，怀揣着各自的心事，谁也看不见谁。没有隆重的集会、响亮的口号和永垂青史的大事件。但它是真实的，像“草木枯荣、雷霆雨露、白云屎溺”一样“壮阔、自在”（李敬泽语）。散文没有庄严的大道理和信誓旦旦的诺言，但散文不会欺骗乃至背叛人们，每个人都将在散文里找到自己的难友和同乡。散文将拒绝那些用于铭刻的石头，而耐心等待所有渴望述说的嘴唇。

2005 年 11 月 30 日

散文札记（四）

2006 年，我是在美国度过的，在加州大学伯克利分校中国研究中心我的办公室里，专心写一本“文化大革命”学的专著《反阅读》。在美国，中国逐渐变成了报纸上的各种小道消息，中国散文，也面目模糊起来。在美国，没有人关心中国散文的事，大学里，没有学者研究中国散文，书店里很少有中国散文译本，甚至找不到“散文”这一分类。即使对于专家，当我说出一个中国散文家的名字，他们都会一脸茫然。

即使在中国，散文也略近于不存在。除了在一些时尚类报刊上充当消遣的角色，作为文学种类的散文几近失业。发表它们的报刊少之又少，与这火红的年代相比，它显得无足轻重，或者说，它根本就不重要。用韩少功《回到从前》中的话说：“这是成功人士圈子以外的事情。”[①] 人们眼里的中国文化正在变成以帝王剧、偶像剧、婆婆妈妈剧为代表的一堆泡沫，全心全意为成功人士服务的文化艺术正在蓬勃发展，华丽、单调、疲倦、虚无。

连我自己也变得懒惰，交稿在即，我迟迟不肯动手。我变

① 韩少功:《回到从前》，原载《小说界》，2006 年第 3 期。

得日益脆弱，很难承受失望。如同写作一样，我对本书的编辑工作几乎是在无奈的状态下进行的。但我知道自己无法摆脱它，如同写作，已扎根在我生命中。这至少使我（们）的生命保有了最低限度的警醒，为此，我（们）应该感到庆幸。于是，在遥远的另一岸，我又回到了中国，回到了中国散文。我的视线开始穿越那些巨大的物体，比如海洋，或者大地，落实在每一张具体的脸上。我看清了他们的表情，它们关系着另一个中国——一个附着在纸页上的，更加具体的中国。

我的阅读是从张承志《旱海里的鱼》开始的。在这篇散文里，张承志提供了当代中国的经典图像——“旱海里的鱼”。我惊讶于这五个字的庞大隐喻。它至少包含了时间和空间两个维度，包含了空间对人的挤压、囚禁、消耗以及人们以时间为单位进行的抗衡——将全部的意志与耐力，投入活下去的努力中。“敞开的正房门框，盛着一方银装素裹的山峁，如一幅引人凝视的图画。”[①] 这句中国式的描述，令人同时感觉到偏远乡村的冷酷绝望和激情唯美。对于“旱海里的鱼”而言，生存，是它（他）们全部哲学的核心，也关乎它（他）们的全部尊严。所以他写：

据说吃树叶吃得肚皮透明，隔着皮能看见暗绿的肠子。

……

① 张承志：《旱海里的鱼》，原载《布老虎散文》，2006年秋之卷，沈阳：春风文艺出版社，2006年版。

我一直想问，在新疆，为什么不试试我托付的人？不知道地址吗，还是怎么？

“我没找，”他低头瞟着碗，“咱们和要饭的一样，谁看着也不喜欢。”

我拨弄着热腾腾的碗，一时间哑然无语。总之都过去了，没有必要渲染。想着吃了一大口，滚热的粉汤，烫过了我的胸口。[1]

2006年的中国散文，在摆脱了所有花里胡哨的假动作之后，变得日益成熟和稳健。中国散文已经学会用自己的方式观看、思考和表达我们的生存处境与态度。只有在散文中，才能出现这样的句子：

更多的工人在失业，更多的农民在失地，更多的垃圾村和卖血村在高楼的影子里繁殖，这也是成功人士圈子以外的事情，而且从来不会中断圈子里的戏谑，甚至不能在宴会上造成哪怕一秒钟的面色沉重。但沉重又怎么样？脸色沉重以后就不再炒卖楼宅、不再收罗古玩、不再出国度假、不再对利益关系网络中所有重要人物小心逢迎了吗？不，生活还是这样，历史还是这样。及时的道德表情有利于心理护肤，但不会给世界增加或减少一点

① 张承志：《旱海里的鱼》，原载《布老虎散文》，2006年秋之卷，沈阳：春风文艺出版社，2006年版。

什么。[1]

韩少功的身手一如既往地敏捷犀利，直指现实的不堪，毫不手软，只是少了几分激愤，多了沉稳的思量与应对。

2006年的中国散文中，我们目睹了杜丽的跌跤、格致的晕眩、于坚那个持续了几十年的马拉松会议，以及盛慧在夏季漫长的南方街巷中等待那个并不存在的戈多。意料之外与意料之内的生活，不该发生和应该发生的动作，在散文的声援下一一呈现。从这个意义上说，散文使我们与世界保持着真实意义上的，而不是虚假的联系。它具有超出所有娱乐性文学的特殊功能，也就是说，作为文学品种的散文，具有某种不可替代性。散文为我们的身体和头脑保持了机敏的本性，使它在面对世界时能够做出准确的应对。它从不纵容我们，使我们变得日益慵懒、迟钝和沉沦。散文不具有实用性，同时，它又是实用的，这一点对于空洞的现实与我们空洞的自身至关重要。散文是一门精密复杂的实用科学，它使我们在身经百战、千疮百孔之后，仍然顽强地寻视着解救自己的路径，并承受着所有的碎裂与寂灭。

2006年的散文已经深深楔入中国的民间生活中，像一架显微镜，向我们展示了诸多平常视而不见的事物。在摆脱大词的蛊惑之后，散文已经成为一架精密仪器，在经过语言探索和高度风格化之后，无论是散文文种，还是散文家的个人气质，已经

① 韩少功：《回到从前》，原载《小说界》，2006年第3期。

能够被明确识别。更重要的是，中国散文几乎是在整个世界的忽视中，一步步向纵深发展，外部的冷落对这一进展过程毫无影响，这体现了它的自信、理性与耐心，我相信人们从一个遥远的距离之外，靠近，乃至深入散文内部的时候，他一定会流露出惊讶的表情。

散文为我们的目光画出了路线。以熊育群为例："他们的生活有一种我所见不到的阳光。他们有最自然的不被扭曲、不被伤害的感情，他们依人的本能与本性生活，不依赖于理智，一切都在直觉的范围内行动，这样的生存至少在精神上是接近幸福真义的。柏格森说理智是人类的一大不幸。都市人的压抑、迷惘，是不是与他们活得太理智有关呢？工于心计与坦荡自然，真正快乐的永远是后者。怒江人的生活似乎从另一面证明着柏格森这一理论的深义。"[①]《怒江的方式》，实际上也是熊育群的方式。

2007 年 1 月 22 日

① 熊育群：《怒江的方式》，原载《收获》，2006 年第 2 期。

散文札记（五）

一

9月。江西三清山。我看到许多年轻的面孔。2007年的散文，与这些面孔有关。它们平日里是作为名字出现的，罗列在不同版本的目录里，以不同的字体亮相。但那个深秋的夜里，这些名字以另外一种方式出现了，像表情、呼吸与交谈一样温暖和生动。这是一个散文的夜晚。距离消失了，只剩下时间。散文，成为所有人奔波和相聚的理由。

一群与散文有着命中注定的关联的人，他们到目前为止的所有努力，都在寻找他们心目中的文字。但没有人知道散文的真正地址，对它的行踪所知寥寥。他们是一群好奇者，被好奇心驱使着上路。他们试图寻找从未见过的事物，散文是其中之一。在他们眼中，原有的范本都已过期作废。他们目睹的先例越多，就越对未知的部分充满好奇。

二

散文并不存在，这一点很像“生活”。当我们企图对“生活”蓄意“深入”的时候，“生活”就消失了。散文时常在我们正襟危坐的时候不知去向。一位朋友对我说，她时常在早上打开电脑，到晚上，屏幕还是一片空白。这种现象与技术或者灵感无关，它只与散文的神秘性有关。很少有人见识过真正的散文，但所有的写作者都愿意打开电脑，守株待兔。

但是，散文又每时每刻都存在着，尤其对于这些好奇者而言。他们的血管里流动着散文的基因。无论贫富，无论世界如何变幻，他们已被注定为散文家族中的成员，必须承担整个家族的所有荣耀与苦难。

三

这天晚上，宋唯唯说，他目睹过另一群年轻人，比我们更加年轻。在夜里，成群结队地站在马路边上，像一群无动于衷的乌鸦。他们的特区，没有高楼大厦，四处弥漫着机油的味道，他们的内心像工房一样拥挤和零乱，表情上有着与年轻不相称的冷漠。时间久了，两群互不相干的人，会突然扭打起来，不加节制的野性于瞬间迸发，之后又会安静下来，像从前那样成群结队站在路边，面面相觑，“像水上漂过的杂物，漆黑、斑驳、迷茫而疲惫”。宋唯唯说，她仿佛在一瞬间看到了生命的无望与挣扎。然后，她结束了她的谈话。她没有谈写作，但在我看来，作为挣扎的方式之一，写作如同夜晚，成为我们无法躲避的事物。她的话中包含了散文与命运的某种宿命的联系。

四

郑小琼，东莞的一位打工妹。夏天，我到东莞的时候，她刚好去北京领奖，“人民文学”奖，我没见到她。在青创会上，才见到这位腼腆的小妹。东莞文联调她去编杂志，她拒绝。她对底层生活的迷恋犹如她对散文的迷恋。她像珍视幸福一样珍视痛苦。她写：

我的身边是一个有着三万多人的工业区的街道，拥挤着一张张疲惫的面孔，他们像许多片叶子，被风刮动着，不知吹向哪里，也无人在意。有一段时间里，我喜欢站在街口，看着来来往往的人群，我开始学着辨认他们的身份：在工厂上班，还是在商铺里上班，或者是酒店的。虽然街道人头簇拥，我还是能从一张张多如树叶一样的面孔中去辨认他们的身份。我发现在工厂生活的工人一下子就会被认出来，他们的脸上浮着一层机器式的麻木、惺忪。他们现在走在街头，但是依旧掩饰不了脸上那种因为加班而呈现的倦意，这种疲倦感像印刷厂的油墨印在白纸上一样印在他们的脸上，使他们在人群间清晰地浮现出来。有时，我闭上眼睛，在一片黑暗之中，这些面孔像尘埃一样飘动着，最终像尘埃一样消逝在辽阔的黑暗之中。

五

因此，散文不可能成为表演，尽管发表，是与表演相近的呈现方式。内心的奋争毫无美感可言，但它有惊心动魄的力量。比如鲁迅的散文，让我们看到的不是美，而是疼痛、破碎与无奈。当然，还有安宁。文字不是止痛剂，但它的妥帖感，让我们信任它，“我们把青春、年华、爱恨，全部投放进去”。当生命像泡沫一样消失，那些肉体和灵魂的经历会留下来，参与新的轮回。当后来者翻动纸页，就会看到自己的前世在油墨间晃动。

六

再强调一遍，散文不具备任何现实功效，这一点很像 G.H. 哈迪什对纯数字说过的一句名言：“这一科目毫无实用价值，这就是说，不能用它来毁灭人的生命或者用它来加剧目前财富分配不均的现象。”同样，散文也从不兜售快乐。所有许诺快乐的文字都是伪劣产品。从这个意义上说，散文不是消费品，它永远不会成为投机者的事业。

七

由于散文有着超验性，它于是成为研究者的难题。几乎所有的规则、定理，在它面前都会运转失灵。所以，关于散文的争论，从未停止。

然而所有的争论都与散文无关，它们只与某些人的职称、名声有关。2007 年，关于散文的关注突然多起来。散文，尤其新散文，成为话题，支持者不遗余力，非议也水涨船高。对新散文的漠视终于过去，某些德艺双馨的学者权威的宽容也随之土崩瓦解，亮出了赤膊上阵的勇气。但事与愿违，散文是一种不受管束的事物，它蔑视各种形式的清规戒律。在所有的争执之外，我看见无数只手在键盘上不知疲倦地奔走，连片刻的迟疑都没有。不是奔赴一场不约而同的约会，他们甚至不知道他人的存在。在某些学者眼中，他们是不受约束的狂徒，但对此，他们不屑一顾。散文像命运一样令他们深陷其中，无力自拔。文字就是这么自然而然地流露出来，像河流以及岁月。强加在这些文字之上的所有罪名都是可笑的，如同我们无法为岁月强加罪名一样。

所有的文字都是从血管里流出来的。

天经地义。

八

安妮宝贝笔下的南方："南方人总是有一种格外厚实的世俗生活的欢喜劲头。他们容易故意疏忽生活底处所有阴影的层面，也无视命运的流离。这是十分坚韧的生命态度。"(《南方》)

南方的态度，也是散文的态度。

2008 年元旦夜

散文札记（六）

在 2008 年中国散文中，至少有两篇是至为深痛的，并因这份深痛而在越来越多不疼不痒假装深沉的文章中显得格外夺目。凑巧的是，这两篇文章分别来自我所敬重的两位学者型散文家—— 敬文东和蒋蓝。这是两个注定与平庸和流行无关的人，正因如此，我们有理由对他们的作品寄予厚望。2008 年，我分别在《十月》和《书屋》上读到了这两篇文章，并相信 2008 年中国散文会因它们的存在而显得殷实——2008 年，中国散文一如既往地经受着各式各样的攻击和谩骂。

原因之一正是某些批评家对散文的真实存在丧失了辨别能力，而他们的攻击也因其根深蒂固的傲慢与偏见而日益与文本脱离，沦为自说自话的词语游戏；原因之二则是由于各路选家，正把层出不穷的年度散文选本变成一部部名人录，我们可以看到各路名人纷纷精彩亮相，论资排辈，握手言欢，堪称和谐社会的动人写照，唯独找不到的，是对艺术的起码诚实。

敬文东和蒋蓝谈论的是两个互不关联的历史人物，一文一武，一个是孔子，另一个是石达开，但重要的，不是他们谈论什么（无论谈论对象是何许人也，最终都是在谈论自己），而是谈论的深度与角度。他们不约而同地选择了身体这一角度。尽管这两篇散文在题材与风格上大相径庭，但角度实验却令它们同样地耐人寻味。身体，在历史中无论如何是一项特殊的，同时，也是最隐秘的存在。它不仅属于个人，也属于社会，属于历史；不仅属于空间，也属于时间。我在《反阅读——革命时期的身体史》一书中表达过这样的看法："所有的历史都是在行动中产生的。思想史只有借助身体的援助才能获得实现，所有重大或者不重大的事件，都是在身体出场的前提下发生的。身体是作为历史的'主体'存在的。离开身体的参与，任何历史都将被悬置。需要强调的是，所谓身体，是自然与文化的混合体，换句话说，身体既是自然的产物，也是文化的产物，是物质，也是精神。""作为历史的载体，身体内部包含着充足的信息，等待我们辨认、破译和解读。身体是历史的导体，我们可以向它问询关于历史的消息。如果说我们曾经信赖典籍，那么我们更应该信赖身体，因为蕴含在身体中的历史，远比掩藏在典籍中的历史更加丰富、生动和亲切。在身体的介入下，历史不再显得空洞和虚无，而是变得富有温度和可以触摸。"①

于是，一把雪亮的刀片，不合时宜地伸进一片风花雪月、歌舞升平。外表儒雅的蒋蓝终于亮出他手里的利刃，解剖超级专

① 祝勇：《反阅读——革命时期的身体史》，第29、31页，台北：联合文学出版社，2008年版。

制主义的精神根源——那个黑暗语境中的血性法则：以血偿血，以肉偿肉。值得一提的是，石达开在用坚强的身体抵挡着凌迟者的刀锋的同时，对专制主义的血腥法则并无任何非议，在他看来，凌迟是天经地义的事情，像真理一样确定不疑，如果接受这份极刑的不是自己，那也必定是他的对手，二者必居其一，在两把交锋的利器之间，必有一个身体作为献祭，像祭奠一场庄严的游戏。这在一定程度上消解了英雄殉难的价值，因为他的血，实际上是为专制政权的暴力机器提供了最为合适的润滑剂，使它的运转更加有效和疯狂。超级专制主义，需要英雄们以自己的血肉之躯饲养，唯有如此，才能日益壮大。英雄们成就了自己的英名，同时也成就了杀戮者的事业。英雄的挺身而出，使刽子手永远不会失业，立于不败之地的，不是英雄，而恰是他们的敌人，但英雄们别无选择。或许，这才是英雄的真正悲剧。

蒋蓝以他一贯的锐利与尖刻，抓住历史的破绽死缠烂打，加之他手术刀一般精准的语言技术，使他的散文常给人一种痛快淋漓之感。《与绞肉机对峙的中国身体》为我们呈现了这样的文字，其深刻，在当今散文中，算是久违了吧：

当权力的绞肉机已经逐渐钝化于这样的麻木群体时，如何让制度的刀片得到及时的更新换代，反倒是让操作者产生“灵魂的痛苦”了。[①]

① 蒋蓝：《与绞肉机对峙的中国身体》，原载《书屋》，2008年第8期。

与石达开相映成趣的，是一颗更加不可救药的悲剧灵魂。他的悲剧，被历代文人当作一出正剧甚至喜剧来解读。或许，这正道出了悲剧的实质——最极致的悲剧，最终都将与喜剧混为一谈，正如我们无法分清堂吉诃德的故事是悲剧还是喜剧一样。作为一个悲剧（或曰喜剧）人物，孔子的一生都被一种深刻的悖论所笼罩。这是一个在礼崩乐坏的年代痴迷于旧日时光的复古主义者所必然遭遇的悖论。他试图恢复中华民族的光辉美德，但他内心的火光越是明亮，黑暗就越是强大。黑暗企图吞噬每一缕生命的火光，光亮也是在与黑暗的对峙中显示自身的价值。他是一个与石达开有着相似命运的英雄。这是国人在两千年的时间里祭奠和敬仰这位文化英雄的原因，尽管他在自己的时代看上去仿佛一名小丑。与所有关于孔子的作品不同，《绝望的回忆者》深刻地揭示了孔子的精神处境："作为一个时间英雄，光阴的造反派，一个回忆者，孔子就像他宣称'吾道一以贯之'那样，可以宣称'吾"调"一以贯之'：这是一种在方向上具有向后性的语调，是一种十分费力的语调，因为它始终在不惜体力、不惜成本地和天下所有耳朵作战，却不清楚几乎所有耳朵都在忙于进化，都在听取时间的召唤向前奔突。但无所不知的笃定特性始终是孔子语调的基本底色，包括孤独的语调甚至无言的恸哭在内的一切语势，都由无所不知的话调所派生，只因为整个东周唯有孔子听见了来自周公的召唤，整个东周只剩下孔子一个招魂术士。这是一种向种子的方向挺进、向时间的源头（其实是周礼的源头）行进的语调：它竟敢公然蔑视进化的方向，竟敢公然同时间展开拔河比赛。它的失败，它最后拼死一跃般的自我燃烧（即恸哭），给它自身披上了一件悲剧性的沉重黑纱。”[①]

2008 年，一些注定被历史铭记的大事在中国发生。与其相比，我们的文字显得那么微弱，在巨大的灾难与困厄面前，它们的功用比不上一个面包、一片止痛药。但它们存在着，并且在穿越了几千年的刀山火海之后依然健在，这证明了它们的价值—— 不同于面包，或者止痛药的价值。石达开的英勇无法真正结束那场凌迟，肉体永远不是绞肉机的对手，但文字是，只有文字，能够真正终结绞肉机的作业程序，使它变成历史文物。孔子早在两千年前就看到这一点，他看到了肉体的局限与文字力量的无限。通过对身体秘密的解读，蒋蓝也看到了这一点，无数的写作者都看到了这一点。正因如此，在大多数人对这份价值产生怀疑的时候，仍有一些人坚守着它们，用手掌拢住奄奄一息的火苗，让它照亮生命的路途。张锐锋在《随记册》中说：“文学在某种意义上是人类向善的表达。因而在一个善不能完全实现的社会里，文学总是充满痛苦。它的表达实际上更接近于倾诉。它在表达的过程中，不断感受着人们的苦难、不幸和迷惘，也梳理和编织着人们内心深处潜藏着的精神矛盾。”[②] 收入本

① 敬文东：《绝望的回忆者》，原载《十月》，2008 年第 4 期。

② 张锐锋：《随记册》，原载《山西文学》，2008 年第 10 期。

书[1]的作品表明了这一点。对于散文写作者而言，遭受诽谤与暗算越多，来自它内部的力量越强韧。

在大事之外，那些忠诚于文字的人们，彼此之间心领神会，传递着文学的消息，“通往未来的漆黑道路上，同路人彼此呼应，向散文的未来报信”。坚持，构成了他们的常态。忍耐是必经之途，从孔子、石达开这样的英雄，地震废墟下的生存者，到每一个在暗夜里展开纸页的写作者。这使我们在 2008 年里目睹了诸如王充闾的《断念》、耿占春的《被抽空的时间与空间》、张承志的《三笠公园》、马小淘的《衣说》、李修文的《荆州：劫难与花朵》、燕治国的《走西口》、叶匡政的《土改学：诉苦》、冯秋子的《为父亲祈祷》、周晓枫的《聋天使》、塞壬的《在镇里飞》这样卓越的文字。中国的散文精神，正是蕴含在这样的坚持、这样的文字中。2008 年的中国散文照例没有奇迹——水从不把鱼当作奇迹，天也从不把鸟当作奇迹，即使英雄，在他的时代里也不被认作奇迹。但就在这种看似枯涩无味的坚持中，写作者们以各自的敏锐与深刻，精妙地表达了对于生命和历史的看法，表达了他们在冗长的岁月里的某些与众不同的发现，或温暖人心，或刀刀见血。他们无法与孔子或者石达开这样的英雄相比，但他们做了他们应该做的，有人会嘲笑他们，但赞赏他们的人，注定会悄然而至。

2009 年 2 月 23 日

① 此处指《21 世纪中国文学大系 · 2008 年中国散文》。

散文札记（七）

这是我编的第七本散文年度选集（自 2003 年开始，此前为张新颖编），每年都会写一篇序言，但不知为什么，今年，我却愿意超出年度的限制写一篇文字。

2008 年，是“新散文”十周年——从《大家》杂志正式推出“新散文”栏目算起，我同张锐锋、宁肯等许多当年曾在这一栏目上发表过作品的“新散文”写作者，和《大家》杂志的策划人王干一起，在江苏泰州进行过一次座谈，算是一次简单的回顾与纪念。当时准备编一部《新散文十年集》，却因为各种事情耽搁下来。但不知为何，在我动笔为 2009 年的散文年度选集写序的时候，我突然有了一种回顾的心情，我看到的不再是一年的光景，而是十几年来的散文时光。

这或许如我在文章中写到的：“编辑散文年选已经成为我每年的固定功课，一年的时间，对于我们而言已经足够漫长，而对于散文，尺度则显得过于密集，像游标卡尺上的刻度，几乎难以被肉眼发现。在散文的时间观念里，这样的刻度过于细微，在散文的生命周期面前，它无能为力，除非我们的目光变得极为敏锐、细致和周详，但我做不到这一点。我在很长时间里感到无所适从，甚至灰心丧气。”散文的变化是渐进的、不知不觉的，它们彼此粘连，我们无法把2009年的散文，同2008年的散文剥离开来，如同我们无法把2009年的自己，同2008年的自己剥离开来一样。我们的每一个今天，都包含着昨天与明天，同样，每一篇散文里，也都包含着另一篇，我们无法将它们划清界限。这不仅为编选制造了难度，更使写序成为一项费力不讨好的工作。写序的目的，不外乎是对每一年的写作状况进行总结和概括，仿佛档案，把鲜活的个人，变成一张张的照片和表格，然后排列在一起，供未来检索。但这显然与写作的本质背道而驰——它从来都对任何形式的框定（时间，或者概念的）拒不服从，也没有一个作家是根据概念来思索，或者按照日历的安排来写作的。

这是我在这里采取一个狡猾的方法，回避对中国散文进行年度评判的原因。只有我们把目光放远，才能更真切地体验眼前的景物，否则，我们只能看到一个模糊的局部。散文在20世纪90年代经历了一场写作方法上的巨变，我称其为“无法回避的革命”，既然是革命，就不可能天天发生，更无须年年讲、月月讲、天天讲。在这世纪之交，我编了不少散文选本，也写了许多论文式的序言，是因为当时的散文正处于激变之中，它的时间特征，新与旧的区别，远比现在清晰。尽管这种变化至今没有停止，散文在方法上的革新，仍在向着更深远的目标挺进，但这种进步，已经不是对陈旧文学观念的反抗，而是出于自身的写作需求。许多曾在过去的日子里举起义旗的反叛者，在今天已经以“名家”的身份取得了各自的江湖地位。只有这个时候，危险才真正地降临—— 外在的压力已经减弱，剩下的只是内在的压力（也就是自和的压力），而后者，远比前者更加强悍。张锐锋说：“我不知道自己的内心怀有怎样的秘密路标，但我身后已经显现的一切说明这一路标是存在着的。我却仍然要面对永无止境的迷茫。”[①] 变革，是每一个新散文作家存在的理由，也是他们为自己预设的陷阱，如何将这种变革和探索进行到底，是他们在以后的日子里必须回答的问题。

现在我们回到 2009 年，观察写作者们在这一年中的表现。每当我们把目光投向这条经常被人遗忘的道路上的时候，我们会发现，他们的身影总在那里。那条道路永远不会是空寂无人的，总有一些孜孜不倦的人去填补它。他们像苦行僧一样上路，在绝境中依靠意志和冷静寻找着生机。这既让我们意外，也让我们感动。这些写作者——钟鸣、庞培、彭程、冯秋子、蒋蓝等人，他们对散文的渴望与十年之前相比毫无衰减。许多人在这一年推出了最新的散文集子，钟鸣《涂鸦手记》、于坚《众神之河》、周晓枫《雕花马鞍》、张宏杰《乾隆皇帝的十张面孔》（北京：人民文学出版社）、安意如《观音》等著作，使我们无须带着遗憾的心

---

① 张锐锋：《我们的背后》，见《被炉火照彻——张锐锋自选集》，第1页，上海：上海文艺出版社，2001 年版。

情回顾 2009 年的中国散文，也使这篇小序不致沦为空洞的表扬。钟鸣在古代符号包围下获得强大的文字和思辨能量，那些光芒四射的文字与符号在穿透历史坚硬的躯壳之后在他的作品里再度发光；于坚坚持他一贯的大地写作的立场，他的所有的语句都是匍匐在大地上完成的，像江河的波浪一样彼此推动；张宏杰仍在用他挑剔的目光注视着那些业已退场的古代人物，只是他对个案的迷恋更加不可救药，以至用 30 万字才能完成对乾隆的精神分析，以至这一选本很难选入他的作品；周晓枫则比以往更加清晰地显示了她文字女巫的气质，她的语言有着齿轮般的精密和宝石般的质感，在这些技术因素背后，隐含着某种不可测的神秘通灵的力量。

所以，比风起云涌的文体革命更重要的，是对散文的耐心和责任感。2009 年春天，我与于坚、韩东在江苏常熟昭明太子读书台进行过一次关于写作的谈话，谈话的主题已经不再是对传统散文的反叛，而是对文体革新的坚持——那将是一场旷日持久的马拉松。我们谈到了写作者的职业精神。我说："西方的作家基本上都是职业写作者。他们的写作处于一种常态，是每天都必须面对的工作，既不伟大，也不卑微。"于坚说："如果你永远是才子式的，即兴的，风花雪月散文式的，你的汉语就永远停留在浅表的层面，没法深入。"他回忆起他曾经在纽约遇到过一个擦皮鞋的黑人："他每天的工作就是擦皮鞋，他热爱，并且享受着自己的职业，没有想过去做别的事情，现实中的各种热闹，在他面前无足轻重。我请他为我擦皮鞋，他擦鞋时娴熟的动作让我着迷，擦完后，他双手一举，亮出一个pose，说声：'OK！'他的声音里带着快乐和自信。职业写作中必然渗透着一种职业精神。我们的工作就是写作，像他擦鞋一样，无论遭遇什么样的处境，都不会中途退场。"韩东说："对于写作者而言，有没有用心写，写了一遍还是两遍、三遍，在文字上是呈现得出来的。可能对于只看故事的人来说，效果没有什么不同，但要使文学或艺术达到精微，就不能不呕心沥血。一个敷衍的写作者，可能骗得过普通读者，但骗不了同行。"[①]

正是这种对散文的尊重支撑着散文的道路，并使我们看到，新散文不是一个僵死的概念，而是一个流动的过程，不是过去时，而永远是正在进行时。轰轰烈烈的散文变革只是开始而不是结束，散文只能在这种漫长的坚持中一点点成熟和进步。作为散文的实践者，他们反对一成不变，反对散文的"模仿秀"，对过往文学提供的各种标准答案不予理睬，他们面对的是不确定的未来。因此像张锐锋所说的，陷入"永无止境的迷茫"，也给了所有反对者嘲笑和攻击的理由，但他们心甘情愿地进行文学的冒险，也只有这种冒险，能够唤起他们创造的激情。"文学作为历史的神秘使然，那从最远的地方抵达我们生活的，必能带给我们更多的美丽奇迹"[②]。他们内心已经建立起对文学的信仰，"在

---

① 韩东：《写作是我们的信仰》，原载《北京晚报》，2009年4月27日。

② 张锐锋：《我们的背后》，见《被炉火照彻——张锐锋自选集》，第2

伟大的敬畏中，我们感到荒凉的历史废墟上飘落下来的文字重力”[1]。

2009年行将结束的时候，一本名为《怀揣植物的人——新散文八人集》的散文选本由作家出版社出版，在我2003年主编《新散文九人集》中展示梁小斌、于坚、翟永明、冯秋子、张锐锋、庞培、李敬泽、周晓枫的散文写作之后，这一《八人集》又集中呈现了陈蔚文、傅菲、范晓波、江子、李晓君、王晓莉、夏磊、姚雪雪的创作成果。他们用自己的写作表明了一个事实：长达十多年的散文文体变革，为中国散文的发展确定了一条不可逆的道路，现在许多人，尤其是年轻的写作者，已经不可能再回到散文的老路上了，他们必然以新的方式写作。新散文的力量，已经渗透到散文的细胞中去，新散文的写作者，也不只是当年《九人集》所展现的少数人，而变成一种更广泛的写作，一些更加年轻、“不知名”的写作者，常常以出其不意的方式，为我们提供一种全新的散文阅读经验，比如这本散文年选中，胡弦《模糊的界线》、林渊液《暗夜里的物质生活》等，便是如此。《模糊的界线》写死亡，《暗夜里的物质生活》写现实世界不可救药的唯“物”主义，题材司空见惯，但他们用锐利而深邃的笔触，使我们日益麻木的神经再次像琴弦一样被拨动。这证明所谓新散文并非一个由固定人员组成的流派，而是一种状态，它注定是

页，上海：上海文艺出版社，2001年版。

① 同上。

"铁打的营盘流水的兵"，也只有新人的参与，才使散文变成一片活水。新散文不需要任何"定评"，这种不可逆转的趋势，已经成为对新散文写作实验的无形的加冕。

当然，我每年主编的散文年度选集，并非"新散文选集"。在新散文之外，更多散文写作者执着于自己的道路，比如王充闾、张承志、史铁生、孙郁、孙甘露、冷冰川等，让人由衷地升起敬意，其中王充闾对稀见史料的发掘及其与独到的生命体悟的结合，张承志对于生命中所有挤压、囚禁和消耗的抗衡，史铁生由于肢体的残疾所导致的思想的发达，孙郁在学问中对人性的沟通，孙甘露的语言盛宴，冷冰川脱胎于画布的机敏和跳跃感，都为中国散文，也为新散文的发展提供着营养。本书收选的作品，可以证明这并非言过其实，本书也力图提供当下中国散文的全息图像。这同时表明，新散文，也绝非一个排他的、封闭的体系，它必然与中国当代散文发生整体互动，才可能有所发展。

本书未曾收入的，有黄裳、蓝英年、辛丰年、钱理群、赵园、筱敏、李零、北岛、南帆、汪晖、韩少功、陈丹青等，这无疑是一组令人信赖的名字，而本书没有收选他们的作品，一方面是由于编者视野的限制，更重要的是，我六年来始终贯彻着一条相同的原则：这样的散文选集，绝不能沦为一本名人录，而更应该展现散文领域中年轻、活跃、陌生的力量，名家的作品固然会给我们带来享受，但像胡弦、林渊液这样的新人的作品，则会提供更多的悬念和意外之喜。这或许是这一选本与其他选本的不同之处。

如同河流中的一滴水，我们在这本散文选集中看到的只是偶然——心电图机上呈现的一段不规则的线条，只有懂得它的人了解它的含义。它的意义，对不同的人，是完全不同的。对于散文信徒而言，这只是他们无数脚印中的一个而已。所以，如同博尔赫斯的“沙之书”，这本书不是静止的，是流动的时间中一个瞬间的闪耀，它是一个无限敞开的容器，面对的是比它丰富一千倍的世界。

如果说这些年度选集还有什么意义，那么它的意义并非提供一种僵死的文本档案，而是以流动的方式证明了脚步的存在—— 它总是在时间中交替着前行，与时间同步前进，不被抛下。曾经有人问英国登山家乔治·马洛里：“你为什么要冒险？”马洛里回答：“因为山在那里。”这句话同样适用于散文的冒险者——因为散文在那里，所以我们始终都在路上。

2009 年 12 月 4 日

《布老虎散文》札记[①]

2003 年夏之卷

很多人已经怀疑文学是否还有“新”的可能。悲观一点，把亚历山大·福山的“历史终结论”用于文学也毫不过分。几乎所有的方法已经穷尽，所有的困境已经表达，所有的语言材料都被消耗（尽管新词语层出不穷，但文学显然不是在词语爆炸面前的语言失禁），也就是说，文学已被终结。

短命鬼徐志摩在几十年前就说：“你再不用想什么了，你再没有什么可想的了”，“你再不用开口了，你再没有什么话可说的了”。但在徐志摩身后，人们照旧想了很多，也说了很多。不论历史或者文学是否已经终结，时间还在延续。于是，今后仍会有大量的历史或者文学（可以用别的名字称呼它们，比如“后历史”或“后文学”，以示区别）来充填时间的维度。

---

① 此组文章为作者自2003年起《布老虎散文》系列所著十一篇编后记，原名《编余琐记》。

以上这些话都是针对这一卷中新开的栏目“新散文家”说的。不论我们把这个栏目理解为“新‘散文家’”还是“‘新散文’家”，都表达了我们对文学（散文）新的“增长点”的渴望。这也是我们编辑《布老虎散文》的主旨。或许正是散文意识的滞后，让“新散文家”们“因祸得福”。他们轻而易举就能击毁原来那些破旧不堪的樊篱。但是，机遇与挑战并存，在他们周围布满了陷阱和难关，处处记录着他们的沮丧和失败。对于他们挑战极限的所有努力，我们都应给予充分的敬意。

2003年秋之卷

死神逼近，一种肉眼看不见的病毒显示了它的威力，让更多的人感受到生命的脆弱。名和利淡出化外，人们开始重新对待内心、家庭以及生活。从文学的角度看，这是SARS的一大贡献。

很遗憾死亡成为这一卷的重要主题。但是我想我们都应当对死神心存谢意，因为这个通常被视如魔鬼的神灵，同样能够实现对内心的拯救。我们常说的“人之将死，其言也善”，实际上就是在歌颂死亡巨大的修改力量。死亡是唯一命中注定的事物，是在任何时候都可预见的结局，人类的任何努力都不可能改变上帝设定的程序，甚至连上帝自己，也已经奄奄一息了，等待着一些神学家进行人工呼吸。这使我们不得不对死神刮目相看，并且，认真地谈论它，比如，通过散文。

李辉的《在恐惧中回到生活》、敬文东的《非典，5 月，每天一条佐餐笔记》直接描述“非典”时期的“非典”型生活，纵然“非典”时期终将过去，死亡却将永恒。为此我们在头题位置刊发谢宗玉的一组文章，直接触摸这个深不可测的话题。不论我们多么不愿意谈论死亡，它注定会成为文学关心的话题。在这个时候，文学往往比哲学更加真切，因为它的主语不是虚拟的人格，而是真实的面孔。我们把“黑色话题”排在本卷的头题，以此表达对死神的敬意。

很多年前发生的一场死亡令我们至今心痛，尽管老舍的死在当年的“畏罪自杀”者名单中显得微不足道。既然每个人都被死神判处了死刑，那么死亡本身已无须讨论，值得讨论的是死亡的原因，以及活下去的理由和方式。SARS 病毒开始大屠杀的时候，一个中国作家所写的关于另一个作家非正常死亡的戏剧正在法国和欧洲其他国家上演，这就是刘心武的《老舍之死》。谢泳的《老舍的死因》则表达了他对这一在 37 年前的 8 月里发生的事件的看法，它们完全是个人的注释，显然，谁也不可能成为死神的代言人。

2003 年冬之卷

一个女孩，在夜晚漆黑的楼梯上遭遇一名歹徒，这一事件的结局是："他就站在那里，仰头看着我消失，极像一对情侣恋恋不舍的分别。"出现在这反差极大的因果之间的，是格致的散文《转身》。格致描述了一个艰难而漫长的转身过程——当一个女子被一个陌生男子突然从身后拦腰抱住，她如何才能转过身来，面对那张面孔？读者或许还记得发表在《布老虎散文》2003年春之卷上的那篇《利刃的语言》，格致在认真计算着西瓜摊主的弯刀与自己的腹腔的距离。格致善于在日常生活中验证生命的脆弱与无助。如同喜欢"杀人"的克里斯蒂，格致喜欢将自己放在绝境里，在冰点中唤醒对生命的欲望。

散文的题材困境在很大程度上是由散文家的洁癖造成的——题材经过他们的选拔大都洁净光滑，高雅精致，像小布尔乔亚们每天经过处理的下巴。生命中复杂的处境，苦痛、软弱、屈辱、彷徨乃至不被察觉的危险，就这样因其有碍观瞻而被轻易地绕过。我们曾经被一些散文家告知要热爱生活。无须号召，那些经过加工的生活肯定是人人都热爱的，它们神圣、庄严、浪漫、体面，而且，富于戏剧性——在那些被描述的生活中，每个人都像是经过培训的演员，一口莎士比亚式的台词，深奥而且华丽。遗憾的是，如同堂皇的口号并不能改善我们的境遇，作家的洁癖也无法消解生活的琐碎不堪。敬文东说："上帝也是一个大俗人，因为他是所有俗人唯一的始祖。"周晓枫从王小波的著作中提炼出一句妙语："走在寂静里，走在天上，而阴茎倒挂下来。"在散文之外，我们的生活泥沙俱下，混乱不堪，充满着美好的梦想和无耻的俗念。生活中的人（包括我们自己）大都如格致笔下的那个有着大卫式精致面孔的“歹徒”一样在善恶之间无规则地游动。当粉饰成为人们早已习惯和依赖的毒品，“转身”和直面，就成为我们获救的手段。

闫文盛写：“路边有灯光，还有广告牌和乞丐。”还写：“这条河的历史也有些久了，谁知道河里藏匿了多少故事呢？有一些早晨（注意，是‘一些’），河里有年轻女子的尸体浮上来……”（《无规则叙事》）盛慧写：“葬礼结束了，而悲伤，才刚刚开始。”（《南方葬礼》）在下一卷中，年仅22岁的女孩周雨霏将呈现她的《在火焰中舞蹈，在幸福中烂掉》。旧有的生活题材因他们观察视角的变化而有所变化——没有忌讳，不涂脂抹粉、主题拔高，甚至没有愤怒。他们的作品平淡如流水账，却有着掩盖不住的深处的疼痛，令人想起卡夫卡的日记：“睡觉，醒来；睡觉，醒来，可怜的生活。”“德国向俄国宣战——下午游泳。”在这些“没有意义”、难以启齿，更为那些高尚的文学家所不屑的庸常生活中，包含着无数的可能性，比如幸福、哭泣，舞蹈、烂掉，荣誉、耻辱，上升、死亡。

2004年春之卷

散文的叛逆者，不可避免地对所谓的“正统散文”表现出一种愤世嫉俗的情绪。在他们心里，散文界的传统势力既顽固强大又不屑一顾。今天的情况是，尽管这种内心的抵抗并没有消失，但“新散文”的探索者更专注于自己的内心。这是一个有意思的变化：他们似乎已不像从前那样关心别人的表情，或者自己对他人的态度，而在乎自身的文本创造。显然，这是心态成熟的象征，专注于自身远比轻视他人更能显示一个创作者的自信。

如果说某些先锋散文一度把离经叛道作为创作的出发点，那么今天的创作者则努力使散文回到自身——回到他们理想中的散文状态（当然不是回到“正统散文”的老路上去）。他们在自己的文本中流露了他们对于散文的理想，或者说，他们通过笔下的文字，一步步接近自己对于好散文的想象。所以今天的“新散文”更加沉着、安静，不慌不忙。

比如周雨霏，一名大四女生，将自己的激愤和冲动叙述得那样平静。生活不是一场运动，没有阵线分明的敌对双方，而又无时无刻不在貌似平静、舒适的时间中受到戕害。也许，这比血泪控诉更接近生命的真实，也更加深刻。它让我想起张大民的贫嘴，以及易中天的小说《文火慢熬》。

《思想空间》的作者从来不曾让我失望，无论是敬文东、蒋蓝，还是这一卷的狄马。他们有着相同的素质——敏锐、深刻、歹毒，他们的共同之处是喜欢选择被别人忽略的小角度。敬文东笔下的历史关键词、蒋蓝笔下的死亡布告，乃至狄马笔下的声音，莫不如此。在声学原理之外，我们从《声音研究》中重新聆听到了那些被历史裹挟而去的喑哑之声。这是一次“合并同类项”运算，类似的题目还可以继续下去，比如《快感研究》，或者《流浪研究》。

刘烨园在关于凯尔泰斯·伊姆雷的文章《以大陆的力量》中写道：“因为凯尔泰斯的生命是一个大陆，而不是中国‘伤痕’‘反思’文学的急功近利的沙石，因此，他用他的那些故事、那些感受、那些思索、那些人格，开启世界的视野和永恒的读者……”这也是新散文的实践者们正在临近的一种状态，因为他们正在开辟着一片属于自己的辽远、自信、生机无限的新大陆。

2004年夏之卷

散文有很多种分类法，其中一种是以作者性别区分，这样分类的结果只有两种，没有第三种。我不知道这种将文学与物种接轨的分类法是否科学，但文学界似乎已经习惯了这种方法。

很多年中，“女性”已经成为文学术语中最重要的前缀之一，当文学在这一标签下重新排序的时候，我们似乎看到了某些平素被忽视掉的特质，并使得诸如细腻、敏感、内向、女性视角一类词语在各种论文中大量繁殖，以致它们几乎成了对女性作品的某种偏见。分类就是这样伤害文学。任何一种概念都是对内容的损伤，它所隐藏的部分有时比它所呈现的部分更加丰富。当文学被肢解成概念的时候，它的宿命便无法回避。

性别究竟会对作品产生多大影响？要得出这样的结论，不知是否需要生理学、心理学等多种学科的联合攻关，需要进行取证、化验、实验、分析等一系列复杂的科研程序，在这一课题被列入科研计划之前，我们只能从经验出发，得出男性作家不可能写出《金锁记》，而女性作家也写不出《狂人日记》这类结论——当然这算不上结论，在经过论证以前，它充其量只是一种感觉，或曰，想象。但我们已经过于相信感觉，过于听命于想象，以致失去了观察的兴趣和勇气，这显得有些不道德，至少是不负责任。

分类是不可能的，对文学尤为如此。一个称职的读者能够从《安徒生童话》中读出“儿童文学”以外的部分，从张爱玲的温软锦缎下瞥见利刃的寒光。而当编者将这一卷女性散文呈现出来的时候，减少偏见的努力就在其中。但这样的努力可能是徒劳的，因为它是在一个虚妄的前提下进行的。最重要的，最终留下的，只有作品本身，而其他连带物，比如无形的身份、有形的肉身，以及那些在电脑键盘上闪转腾挪的神奇手指，都将统统隐去。

2004 年秋之卷

失去轰动效应几乎已经成为文学界的普遍话题，散文自然不能免俗。有人借此对写作的意义产生怀疑，但这事是否值得懊丧还有待研究。话语的无限覆盖有时是一件极为恐怖的事情，甚至可能产生不良的恶果，最极端的例子是鲁迅的战斗檄文——如果我们把它们约等于散文的话。他们是对20世纪中国语言干预最大的两个人，甚至改变了人们的词汇区域。他们的文字几乎被推到“元话语”的位置，成为一切话语的祖宗。他们的话语一经问世，就迅速扩散，就逃离他们的掌控，狐假虎威，胡作非为，甚至可能“怀着隐秘、恶毒的快意”，报复它们的主人。

元话语有着极强的进攻性和传染性，在它的夹击之下，个人生活的空间被逐渐沦陷。所以，我们有理由把它视为散文的敌人。从本质上说，散文是与轰动效应为敌的，具有轰动效应的散文是对散文的篡改和诽谤。

敬泽说，（20世纪）90年代送给我们的一大礼物就是日常生活。这使散文的话题被分散，经验越发难以重复，因而，散文的覆盖率在降低。没有一个写作者能够覆盖所有的经验，而在日益局部化和细密的叙述中，所谓的真相正离我们越来越远。散文正在履行显微镜的功能，而不是像望远镜那样高瞻远瞩。也就是说，写作的技术越是精细、准确，世界的形象就越是含混和模糊。但这是散文的幸运而非不幸，精致细微的感受由于与内心的真实相连，从而降低了叙述的风险。在他人心中不成立的事实可能在写作者心中真实地存在着；而试图为所有人准备的真理，却可能遭到顽固的抵抗。写作与阅读之间，实际上存在着某种相互拣选的关系。所以，好的散文有时更像接头暗号，局外人不知所云，它却让志同道合者找到“组织”。

蒋蓝《有着警报的发声史》、李娟《喀吾图的永远之处》就是这样的散文。倘若与你的经验无关那是你自己的事，作者的表述已经极致化。不能就此判定你平庸或者迟钝，但至少你不需要这种体验。我们常说一篇散文好或者不好，区别其实就在这里。

2004 年冬之卷

散文的叙事化倾向——从《转身》到《成长之虐》——及其与小说的区别，这一点需要说明，假如我们一定要对文体验明正身。既然散文在真实性上无须像新闻那样苛求——这区分了散文与新闻特写的界限，那么，在虚构与叙事介入之后，散文与小说的边界又在哪里？自圆其说常是一件费力不讨好的事情，但这却是我们无法回避的话题。对此，我愿做出如下解释：

中国小说的起源决定了它的娱乐性质，这一点从小说界与娱乐圈的闺密关系中可以得到证明。小说的所有叙事都服务于这一终极目的。它用叙事铸造了一条封闭的链条，读者只能以旁观者的身份存在，而叙事，显然成为小说存在的条件——这一特点在古典小说中表现得十分突出，而现代小说，无疑更加强化了叙事者的绝对权威。他们通过构筑叙事的迷宫凸显了叙事者的权力。

然而，叙事的特权在散文中并不存在。事实上，散文是一个开放的系统，向所有的偷渡者开放边境，欢迎一切不速之客。

散文中的叙事并非一个严密封闭的系统，而是预留了无数的接口，等待阅读者的进入。小说营造的真实是虚拟的外景，而散文营造的真实是可感的。

但是，将文学体裁一分为四的传统方法，在当今变化多端的写作现实面前，早已显得捉襟见肘。它企图将写作标准化，并苦心孤诣地提供各自的美学范本，使文学变得易于分类、编排和管理。诗歌和小说率先成为美学范本的背叛者，而散文则向这种定员定岗的文学编制提出抗议——文学是一个巨大的整体，不容分割。作为一种综合写作，散文对于任何既定的模具都怀有本能的反感，因而，有关散文与小说的文体界限，实际只是一个无关紧要的问题。

2005 年春之卷

2004 年“布老虎散文奖”，授予蒋蓝。

这是一份并不显赫的奖励，它不是来自官方的加冕，也许，并不能给获得者带来足够的荣耀，但它自存在以来，就始终坚持严肃的文学立场，它必将属于那些不甘于散文界的陈腐局面、从而为我们重建散文信仰的人。真正的散文不需要辩解，它的存在依赖于一如既往的付出，有时甚至不计代价。它可能是遍体鳞伤的斧子或者有豁口的刀，但它的尊严恰巧就存在于它的伤痕里。优雅、得体、如鱼得水的生活注定不会属于散文领域里的冒险家们，但他们让我们苏醒，让我们在被脂肪堵塞的生活里，呼吸到另外一种空气。

作为一名散文实验者，蒋蓝已经走出很远。在他的散文里，找不到浮肿的浪漫主义、虚张声势的文化至上主义或者高歌猛进的英雄主义。他经常以自身的感官印象（比如视觉，或者听觉印象）作为他的写作题材，诸如他在《阅读》上发表的《那只半夜怪叫的鸡》，以及在《布老虎散文》上发表的《死亡的字型演变史》《有关警报的发声史》等，注意采集某些我们司空见惯却毫不在意的符号。当那些符号进入他自身的价值系统之后，其意义空间就会发生奇异的转向。在他的题材与主题之间经常有着巨大的反差，所以当我们进入他的文本的时候，通常会觉得自己进入了一个深邃莫测的迷宫，我们无法预测脚下的路会将我们引向哪里，不可能提前知道，最后的出口在哪里。他的写作目的并不在于对他的感官印象进行复述，不是炫耀情景再现的技巧，而是让那些散碎的印象在经过思想的整合之后，变成他自己的武器。在童年记忆或者日常经验的表面之下，我们可以感受到他句子里的寒光，他的文字彻骨冰凉。周伦佑先生对蒋蓝文风的概括是：坚决、粗粝、义无反顾而又毫不妥协。他的散文与众不同，这不是因为他的生理感官系统具有特异功能，而要归因于他的思想向度。尽管他无法打造一把手到病除的手术刀，但已经从自己渺小的个人经验里，透视出某种深入骨髓的集体病变。

作为传统散文的叛徒，蒋蓝死心塌地地坚持着自己的事业。

成功或者失败，对他都不会有太大影响。他已经不可救药。这正是他（以及其他新散文写作者）获得这份奖励的理由。

2006年春之卷

江子，一个陌生的名字，有一天我收到了他（她？）的许多散文。这些散文大都拥有一个共同的主角：疾病。各种不同的疾病，开始在我面前罗列，在那一连串令人懊丧的医学名词背后，隐藏着一张张被病症控制的脸。显然，这些纠结了大量痛苦的文字并非医学报告，它们在作者介入命运关怀之后变成了文学。江子的散文关注的是一个常被我们“健康的”散文所忽略，却带有普遍性的方面，是取代大历史叙事的日常小叙事，是对日常生活进行的意识形态批判。一个年轻人（我猜），如此关心疾病，这本身就令我好奇。苏珊·桑塔格说：“疾病是生命的阴面，是一重更麻烦的公民身份。每个降临世间的人都拥有双重公民身份，其一属于健康王国，另一则属于疾病王国。尽管我们都只乐于使用健康王国的护照，但或迟或早，至少会有那么一段时间，我们每个人都被迫承认我们也是另一王国的公民。”[①]

在江子的文字中，疾病便具有极强的隐喻性质。这使我们意识到散文作为一种重要的文学体裁，在道德关怀方面，与医

---

① [美]苏珊·桑塔格：《疾病的隐喻》，第5页，上海：上海译文出版社，2003年版。

学有着深刻的不同。医学专注于目的——与疾病进行技术上的较量，当技术无能为力的时候，医学无论有着多么响亮的口号（诸如人道主义之类），都无济于事。实际上，医学制造了一个虚妄的安全感，它并不能解决我们身体里、命运中的种种危机。它甚至掩盖了我们命运的事实。在医院的营业范围之外，文学（特别是散文）开始了对病体的注视和抚摩。它开始探索，当一种疾病和一个名字联系在一起的时候，究竟会发生什么。

“对她而言，从售票大厅门口到残疾人专用窗口这一段路程，是蒙羞的旅程，还是令人羡慕的特殊通道？通过这条通道，这名拖着一条病腿的步履踉跄的残疾人，是否可以和健康人同时抵达家中？”这是一个涉及尊严的问题，除病者以外，或许从未有人想过。但它重要，重要得不能被散文遗漏。

作为长期觊觎我们身体的坏分子，疾病的入侵合法，却十足荒谬，因为在大多情况下，我们无须为自己的患病负道德责任。我们通常并不是因自己的过错而得病，疾病具有一种超出我们控制的能力。疾病实际上是一小撮阶级敌人的代言人，它们的战术、伎俩和目标相差无几，它们通过伤害身体来摧残我们的尊严和信仰，它们令我们深恶痛绝又常常无可奈何。这就是我们的处境，从出生就开始，一直到死亡。

江子说：“疾病是残疾人身体（或心灵）上的伤口，是可怕的灾难遗留的证据。每一个屈尊活着的残疾人，就是灾难过后留下的活口。他们活着，暗示着这个世界包藏着伤口；他们活着，构成了对我们身体中原罪的指认。”

“我们活着，怀着修复和赎罪的隐秘愿望。”

2006年夏之卷

前些天，广州《南方都市报》记者在采访我时，向我提出如何面对当代散文回避现实这样的质问。我告诉他三点：一、这是一个伪问题，散文生存于现实中，即使以历史为题材的散文亦不例外，仅从本期《布老虎散文》中，就可找出若干证明；二、散文中的现实与质问者所理解的现实不同，质问者所提及的现实可能是指社会大事，诸如汽油涨价、拖欠农民工工资、房地产纠纷、矿难、官场腐败等，而散文家所关注的现实是我们的生命处境；三、作家不是记者，散文也不是新闻，分工不同，目的也不同。

在《绝望的疗伤》中，张锐锋写道：“世界上许多伟大的作家，不是因为他写了多么让人激动的题材，而是因为他用自己细腻的心，感受到了我们生活的不幸。对于很多习见的事物，我们总是以迟钝、麻木的眼光从其表面一扫而过，很少真正地在那里停留下来，更不可能盯住一件事情不放。生活是琐碎的，甚至是烦琐的，它常常使置身于其中的人感到不耐烦，因而失去了清点的信心。”这刚好表明了文学的价值：它不是历史事件的记录员，而是为我们清点纷乱的人生。汽油涨价、拖欠农民工工资、房地产纠纷、矿难、官场腐败，固然都可以进入散文，但它们仅仅是作为素材出现的，散文对于我们内心真实处境的关心，超过对这些事件真相的关心。所以，无论是大事件，还是小事件，它们在散文中都具有平等的地位。甚至，与新闻记者的价值尺度相反，小事件比大事件具有更大的文学价值。在我看来，夫妻间反目比巴以冲突更加重要，尽管后者可能上报上电视而前者不能。比如于坚，就是一个惯于书写小事件的写作者，他笔下的事物甚至连小事件都算不上，比如在镜子面前的窘困："没有镜子，我永远看不见自己的样子，但从镜子那个方向我也永远回不到我自己的这个有感觉的肉身。只有一拳粉碎了玻璃，我才可以回到我自己。但我看不见我自己的时候，我也不能自我肯定我就是我，我只是在对自我的无意识里面在着，我不能思考观察我自己，我对我自己的任何思考，都不能确证为是对我自己的思考。"（《似是而非的镜子》）散文，使得司空见惯的镜子具有了空前的阐释空间，它和我们的精神处境密切相连。世界历史归根结底是由每个人的历史组成的，而无论是史学还是新闻报道，恰恰忽略了个人的历史，尤其是内心的历史，这刚好使文学具有了不可取代的作用，而散文，则是表达这种历史的最恰当的工具。每个人所面对的现实都是最具体的现实，新闻事件，乃至所谓的历史，只有在与每个人的生活发生联系时，它们才有意义。所以，张锐锋表达了这样的观点："无论对于世界的哪一部分，大的命运都是由小的细节决定的。尤其对于作为艺术的小说，其材料的选取，不能在大的方面考虑。”散文不是《焦点访谈》,《布老虎散文》也不是《南方周末》，散文以自己的眼光发现现实的意义，恢复那些被遮蔽的现实，并重新思考我们自身的命运。

2006年秋之卷

《我们时代的语言》。

以“挑战”一词为例，讲述词语的命运。

张锐锋始终对词语保持着高度的敏感，这与他作为“新散文”最早实验者之一的身份是相呼应的。散文的堕落，首先从词语的堕落开始。在主流意识形态的主谋下，词语曾经受到极大伤害，词语内部的复杂性、神秘性和流动性消失了，它的所有隐秘被全部公开，词语变得单调、僵硬和呆板，更重要的是，词语的独立地位被取消了，它成了某种附属品，在经过意识形态的加工之后，词语已经被模块化，而不再是一个有生命的个体，拒绝成长、变迁，乃至转向。也就是说，几乎所有的词语都已被意识形态征用，并且为其效忠，它们将按照意识形态分配的功能，履行自己的职责。它们将安分守己，不越雷池一步。

我正在写作的《反阅读》一书，涉及这一语言改造（即意识形态对语言的改造）问题，我写道：对语言的改造实际是对语言的价值限定，它限制了语言自身的张力和弹性，取消了语言的多义性和多变性，使它们价值趋同，语言之间的转换价值几乎为零。青松、翠柏、高山、云海，它们的象征意义几乎相同，差不多可以相互取代。在价值语言的作用下，世界呈现出一种简单的面貌，而意识也沦落为一种简单的价值判断——善 / 恶、美 / 丑、黑 / 白。

即使时代场景已经转移，即使在当今的知识分子书写中，这种惯性仍然存在。词语的模块化归因于思维方式的模块化，它又势必加深思维方式的模块化，这使文学陷入一种万劫不复的恶性循环中。词语限制了文学的命运。在词语面前，文学变得日益懒惰，萎靡，缺乏想象力。

在这种情况下，散文生产已经变得日益经验化，只需从意识形态的流水线上选择恰当的词语，并根据固定的图纸进行组装，就万事大吉。文学的创造性、文学的多义性，都成为天方夜谭。

更重要的是，词语的这种影响，已经渗透到写作之外。张锐锋敏锐地意识到：一个日常用语可能构成一种危险的征兆，尤其这个词染上时代的色彩，它不仅日益变得平庸和让人厌倦，而且比平庸和让人厌倦更可怕。因为它的危险性在于，它是以教唆和挑唆的方式出现的，它用自己反复出现的姿态来改变人们原来的、藏于内心的思想的姿态。

文学的伤痛已经深入每个细胞。所以，恢复文学的活力，首先应当从对词语的疗伤开始。

于坚说："写作就是对词的伤害和治疗。你不可能消灭一个词，但你可能治疗它，伤害它，伤害读者对它的知道。""一个词总是来自历史的形而上中，而我们永远只能在生活的现场，在形而下中与它遭遇。"[①]

敬文东也表达过类似的看法。在他看来，时代始终是个大于个人的事物，它甚至要比所有个人之和的总数还要多，以致让我们试图陈述它时，总有一种狗咬乌龟无从下口的尴尬。但是，对那些思维敏锐、强健的人来说，仅仅是给他一个或几个词，给他一个或几个鲜明的意向就足够了。正如米兰·昆德拉面对自己的小说不无得意地说：看啦，给它一个词，捉住它！[②]

这样的进程已经开始。《布老虎散文》发现，并且见证了这一点。

或许，对于每个写作者来说，这都是"挑战"。

——如果我们不甘于宿命。

---

① 于坚：《于坚集》，卷四，第244页，昆明：云南人民出版社，2004年版。

② [法]昆德拉：《小说的艺术》，第28页，北京：生活·读书·新知三联书店，1995年版。

卷三　万卷如雪

我读史铁生

史铁生失去了行走的能力。他的生活范围已十分狭小，但他的时间却被拉长。大部分人的生命都是快镜头，仿佛钟摆，奔走不息，唯独他的生命是慢镜头，像飘浮的游丝。仿佛他从上帝那里盗取了时间，或从爱因斯坦的相对论里获得了时间。其实，他的时间来自他自己，来自他思想的时速，来自他每一寸时光的价值。

在他当初谋生的那家小福利工厂附近，有一座古旧的寺庙。他常摇着轮椅到庙墙下闲坐，寺院的沉静空寂使他终于有了一个寄情的对象，使他可以抛开一己之痛，陷入一种形而上的思考。当上帝试图摧毁形而下的生活，对形而上的执着，则显示出它的高贵。如友人孙郁所说："大病一场后，世俗的东西好像便失去了以往的效用。茫茫尘世，无边的苦恼，一切一切的身外之物，都被另眼看待了。"[①] 史铁生不是张铁生，他是对自己的生命有更高要求的人。在《我与地坛》里，他便完成了个体对宇宙、

---

① 孙郁：《痛感与智慧》，见《声音的重量》，上卷，第480页，北京：作家出版社，1998年版。

有限对无限的对话。

史铁生为什么要选择地坛呢？离家近，景色清幽，无人打搅，固然都是原因，却又不是根本。地坛是人与大地“通话”的地方，在那里，人可以找到与自然对话的频道。只有在这里，思想才能聚拢起来，考虑一些根本性的问题，就像当年在庙墙下一样；也只有在这里，思想者才能得到天地万物的启蒙。在此，度过了生命中最重要的一个时段。他在地坛冥想、参禅，他并不是以殉道者的姿态出现的，没有“我不下地狱，谁下地狱”的悲壮。他没有把自己精心打扮成思想的斗士和精神的圣徒。他是一个凡人，有着太普通的悲欢，但他拥有自己的时间和空间。只要祭坛的石门不倒，他的大道就永远铺满太阳的光辉。

我读苇岸

苇岸对世界的要求并不多。他住在乡下，对物质的需求几乎降至最低——就像他所崇拜的梭罗；他吃素食，粗茶淡饭，朋友也不多；他的节俭甚至体现在他的创作上，读得多而写得少，谨于言而慎于行，这么多年，我只读到过他一本散文集子，就是 1995 年由中国对外翻译出版公司印行的《大地上的事情》。几乎没有人关注他的存在，如同没有人在意原野上一只羚羊的存在。可上帝还是收走了他。上帝是如此刻薄。

我是关注他的为数不多的人之一，尽管我们从未见过面。几年中我们只通过有限的几次电话。1997 年 1 月 24 日，他给我写了一封信，表示希望有机会与我坐在一起交谈。但是他住得太远，我这个人又一向比较懒，一直没去找他，想必他也不善交际，故而我也从未在饭局上与他不期而遇。今年新生代散文界在楼肇明先生的策动下搞了一个散文朗诵会，但我没有参加，不知苇岸去了没有——我想他是应该去的。总之我不知道自己和苇岸之间算不算是朋友，但这种不需时时提起却又彼此挂记的情感却令我感到温暖。

苇岸在那封信中还说："你具有一种我不具备的（亦是令我钦慕的）快速运用文字的能力，这与思维的敏捷相关。我则迟讷得多，故我有些反现代（它的效率和竞争）。"与他相比，我自然写得多、写得快，奔忙的岁月中，效率成为我保持创作状态的唯一途径；而苇岸则从容悠缓得多。他热爱他的文字，他说："作家应该是文字的母亲，她熟悉她所有的儿女，他们每个人的技能和特长，当她坐在案前感到孤单，她只要轻轻呼唤，孩子们便从四方欢叫着跑来，簇拥在她的身边。"[①]

他的素食主义不仅仅是出于一种个人的癖好，而是得之于一种自觉的认识，那就是通过对物欲的节制完成精神的自我完善。他并非主张禁欲，但他号召节制，不应该破坏自然的法度。"文化大革命"岁月里曾经盛行的禁欲主义是物质生活贫乏的结果，是被迫的，而时下我们却从一个极端走向另一个极端。物质进步的同时，潘多拉的盒子也被打开，欲望与邪恶没有限度地泛滥，精神却日趋沉沦。所以，后工业时代里苇岸的抉择同工业时代里梭罗的抉择有着相同的价值，他们都是"把思想与行为完美地结为一体的人"[②]。苇岸说："土地借助利奥波德之口，向忘形于主人幻象中的人类，发出最后呼声。这呼声包含一个内容：'征服

① 苇岸：《作家生涯》，见《大地上的事情》，第186页，北京：中国对外翻译出版公司，1995年版。

② 苇岸：《人必须忠于自己》，见《大地上的事情》，第99页，北京：中国对外翻译出版公司，1995年版。

者最终都将祸及自身。'对此，阅尽人间的土地，充满信心。"[①]这种感悟可能是他长期与自然、与土地对话的结果。在这个时代里，节制，无疑成了最高贵的品德。他写道：

《历史研究》的著者汤因比即认为，工业革命以来被刺激的人类贪欲和消费主义，短短二三百年间，便导致了地球资源趋于枯竭和全面污染。面对未来，人类不能再心存科学无敌的幻觉，科学虽有消除灾害的一面，但（现实已经表明）一种新的科学本身又构成了一种新灾害的起因。人类长久生存下去的曙光在于：实现每一个人内心的革命性变革，即厉行节俭，抑制贪欲。

而在自律方面，曾严厉抨击西方社会的实利主义的索尔仁尼琴，反对"贪婪的文明"和"无限的进步"，提出应把"悔过和自我克制"作为国家生活的准则。因为纯洁的社会气氛要靠道德的自我完善来造成，稳定的社会只能在人人自觉地进行自我克制的基础上建立。托尔斯泰也曾讲过，人类不容置疑的进步只有一个，这就是精神上的进步，就是每个人的自我完善，人类如果没有内心精神上的提高，那么徒有外部体制上的改革，也是枉然的。[②]

① 苇岸：《土地道德》，见《大地上的事情》，第105页，北京：中国对外翻译出版公司，1995年版。

② 苇岸：《素食主义》，见《大地上的事情》，第90、91页，北京：中国对外翻译出版公司，1995年版。

他对奉行素食主义的梭罗、列夫·托尔斯泰和萧伯纳推崇备至。素食主义在苇岸的生命中不是最重要的内容，但他至少以此表达了他与物质对峙的决心。这是他所选择的自我救赎之路，让我肃然起敬。

我觉得他的生命中没有时间的概念。他居住在钟表发明之前的年代里，通过自然的变化感受四时的变化，他说："望着越江而过的一只鸟或一块云，我很自卑。我想得很远，我相信像人类的许多梦想在漫长的历史上逐渐实现那样，总有一天人类会共同拥有一个北方和南方，共同拥有一个东方和西方。那时人们走在大陆上，如同走在自己的院子里一样。"[①] 土地是人类的母亲，让我们安详地梦想。屠格涅夫在巴黎病逝前，在庄园门口留下了一句话："只有在俄罗斯乡村中才能写得好。"

苇岸最后也把这句话留了下来，留给我们。我们都是小人物，苇岸也是。但苇岸与我们的不同在于他是个伟大的小人物，他对自己的生命有所要求并付诸实践——尽管它很短暂。他生存的自觉意识值得我们学习。在这样一个时代里，苇岸的存在仿佛一段难以置信的传奇。他死后，这样的传奇不再有了。所以他的死不仅是他个人的宿命，更是我们这个时代的悲剧。

---

① 苇岸：《美丽的嘉荫》，见《大地上的事情》，第59页，北京：中国对外翻译出版公司，1995 年版。

我读于坚

于坚的散文集《人间笔记》是真正来自人间的笔记，其中沾染着太多的人间烟火，有着太多的人间气息。它把中国的散文拉回到人生的现场。他与读者的对视是平行的。难怪他在这本书的跋中说：

我的写作方向一直是向下的，是回到大地上的。在 20 世纪的革命中，尤其是 50 年代以来的普通话革命，导致汉语改变了它的传统的与世俗世界和日常生活血脉相通的位置，它升华了，悬浮在意识形态以及由此决定的所谓“精神生活”的高处。作为诗人，我一直试图使诗歌的翅膀回到大地之上。

他的散文（还有诗）一直指向人生的琐屑部分，那是令我们心痛、尴尬、惶惑，同时也令我们沉醉、留恋、心安理得的部分。《火车记》《治病记》《住房记》《城市记》无疑是当今中国最优秀的散文。在于坚的这些“记”里，他调动了所有的生命记忆和生活经验，简直就是一个应付生活的老手，充满着现实的智慧。

于坚对个人琐事的描摹里，透露出他对集体命运的关怀与悲悯。生命最大的敌人或许不是苦难而是无奈，是庸碌卑微、枝节横生的现实对理想的挤压和绞杀。于坚看穿了生命的本质，也从而看穿了文学的本质。于坚在第一线生存，在第一线写作，从不忌讳现场每一个真实的细节，而所有来自生活的真实感受在他那里孕育成一种力量，成为继续生活下去的动力。

于坚“超低空飞行”式的写作姿态，表现出对某些先验写作的不屑与对峙。据说现在诗坛上的两个阵营正在冷战——“口语写作”阵营和“知识分子写作”阵营，后者的成员包括王家新、西川等，而于坚显然被归入前类。谢有顺在对此进行评论时写道：“时间给了于坚以公正的回答。今天，越来越多的人开始意识到于坚的特殊意义。当晦涩成了大部分诗歌的通病时，于坚的诗歌显示出了朴素的力量；当越来越多的诗人远离生活现场，转而臣服于二手的阅读经验时，是于坚，在诗歌界为当代生活挽回了尊严；当整个诗坛都热衷于麦地啊、王子啊、神明啊等集体乌托邦的事物时，于坚却清醒地从其中转身离去……”[①] 于坚也说：“我们已经养成了只关心远方的思维习惯”，“细读某些先锋诗歌，不过是词汇的变化史，基本的构词法——升华，从50年代到今天并没有多少变化，不过把红旗换成了麦地，把未来换

① 谢有顺：《回到事物与存在的现场》，原载《当代作家评论》，1999年第4期。

成了远方而已。像海子这样的人进入神话，也可以看出在这个国家形而上学有多么广泛的基础。海子的写作还反映出所谓的先锋派的一个基本倾向，就是大词癖。脱离常识的升华式写作必然依靠大词。”①

这样的论争虽然仅限于诗歌，但不可能不投射到文学的其他领域。我欣赏于坚对传统写作立场的反叛，但却深感于坚对“现场”的阐释流于简单和褊狭。问题并不在于是否“二手的阅读经验”，以及是否使用“大词”，不在于是细部观察还是宏观叙述，而在于他们是否与心灵的真实血肉相连。技术主义的写作是远离现场的，但这不等于所有的知识分子写作都在现场之外，如同所有的口语写作未必都在现场一样。只要不是象牙塔里的概念游戏，只要带有精神的温度，“阅读经验”和“大词”、麦地和远方，同样都是现场。抄古碑的鲁迅、注宋诗的钱锺书、读梵文的季羡林，无不怀揣着鲜活、悲悯的情怀。所谓现场，可以是现实生活的现场，更可以是精神现场。也就是说，于坚的现场并不仅仅表现为他的车厢、病房、街道，而在于他心灵道场的清晰和真实。于坚属于自己，因而属于民间，王家新也是。民间的于坚和民间的王家新，实际上是殊途同归的。

---

① 于坚、李劼:《回到常识走向事物本身》，原载《南方文坛》，1998年第5、6期。

我读庞培

庞培不止一次地邀我到他所居住的城市——江阴去，是一座长江边的小城，我想象得出它的宁静，适合于诗人和过小日子的市民。这两种人，都可爱，而且，可敬。而我的时光，却时常被大都市绊住，被一些莫名其妙的脸所围困，寸步难行。每个人都有自己的生活，相逢并不是件容易的事情，中国人将此称为缘分。缘分让我认识了庞培，我将此看作命运的某种犒赏。

与庞培谈话是愉快的，如果在江边，无人，有茶，有干净的风，就更愉快。这是我向往那座江南小城的唯一原因。如果没有庞培，我可能一辈子也不会产生去那里的愿望。那座城市的市长一定不愿意听到这一点，他可能会拿出一大堆 GDP 反驳我，但在我这个偏执狂眼中，那些 GDP 不过是“狗的屁”，所有的 GDP 加起来抵不过一个作家，尽管在那座小城里，可能没有几个人对这个写字的人有所耳闻。

我珍惜与庞培的每一次交谈，尽管我们的语言无比散漫，没有主题，也没有逻辑，但它们令人怀念。我们曾经不止一次地共同旅行，我们说过的话都被风吹走了，但我觉得它们是有意义的，并以某种秘而不宣的方式影响着我内心的成长。

在大多数情况下，谈话已不是谈话，是谈事，每场交谈都有实在的内容，并且，必须取得切实可行的、哪怕是阶段性的成果。人们关注语言的“有效性”，把没有成果的交谈视为浪费时间。它更像是谈判，城市里的所有语言，正日复一日地演变为某种谈判语言，我们的交谈，正沦为谈判的一部分，每个词语都明确地指向利益（即使谈恋爱也不例外），为显示隆重，还须以酒色财气，以及一整套眼花缭乱的潜规则作为陪衬，这使交谈变成一种仪式。在这里，我发现自己已经越来越丧失交往能力。在纸页上，我掌握着调动和支配语言的权力，但在现实生活中，我已经无法控制语言，却被语言所控制。在不同场合，对不同的人，说不同的话，必须小心翼翼，切忌随心所欲，这令我无所适从。

这使我真正的谈话对象局限于一个较小的范围内，具有某种内部交流的性质，此外，除了一些吃喝拉撒、衣食住行的必要话语，我已不愿多说一个字。我的语言区域日渐萎缩，城市的规则让我逐渐失语——它把一切都安排好了，我的意见已经无关痛痒。我只在纸页上表达自己的想法，我最后的发言权就在这里。我想，庞培也是一样。所以，我们喜欢彼此交谈。正是像庞培这样的朋友，使我的交谈欲望再度膨胀起来，语言重新变得丰沛。我喜欢庞培，原因之一是与他交谈体现了语言的快感，我们的谈话，像一只小船，在水上漂浮，没有方向，却让我领略许多风景，诉说或者倾听，都是幸福的。这是一种真正有效的谈话，而别人的有效原则，在我们眼里则统统无效——那些直扑功利的谈话，或曰谈判，饿虎扑食般，令人望而生畏，对我们而言，那才是真正的浪费时间。

庞培年龄不小，已坐四望五，人到中年，但他没有一张风尘的脸。他表情干净，憨态可掬，语言中不乏孩童般的鲁莽，清澈见底。秋天里，我们一起沿川藏线行进，在一个村庄，他被藏族少女的笑容感染，他说："只有在不通柏油马路的地方，才看得见这样的笑容。"但在我看来，庞培的笑，与其有相似的属性，令我想起一句俗语："从心底乐开花。"我第一次意识到这句话的准确性。我惊异地感到，当我们试图寻求某种最佳的表述方法的时候，最准确的表达，早已被前人说过了。庞培的笑容，是中国式山水的产物，与柏油路无关——犹如他笔下的乌篷船，"是典型的中国式梦境的产物"，"是中国古代人民对于河流、水乡、日夜的精妙看法"[①]——它与道路上一切美好的事物遥相呼应，但那道路不是城市里的柏油路——在城市里，像他所有的语言和行动一样，他的笑会显得另类，不合时宜，并被做出错误的判断。通常认为，与山野相比，城市是安全的，以红绿灯为代表的各种规则确认了这一点，并通过警察、小脚侦缉队以及层层叠叠的"组织"得以贯彻，令行禁止，而在山脉与江河之间，

---

① 庞培：《乡村肖像》，见《五种回忆》，第23页，北京：解放军文艺出版社，1999 年版。

则隐含着风险。但庞培的世界观完全相反，他的语言和表情，表达了他对乡野的充分信任，以及对都市的深刻怀疑——那里遍布歧路、旋涡与陷阱，只有在乡间，人类才像自然界所有的事物一样，保持着它原有的面貌和秩序。

从他的谈话，乃至文字间，我闻得到山川草泽的气息——那次川藏之旅，我和泽仁康珠在甘孜州首府康定等他，他一下车，要做的第一件事，不是与我们寒暄，而是径直奔向路边的折多河，他对河流的渴望超越一切——这种对比，在他的《旅馆：异乡人的床榻》一书中表达得清清楚楚。他笔下的《噩梦旅馆》《疯旅馆》《失忆旅馆》，与《徽州旅馆》《银杏旅馆》《走廊飘浮在幻觉中旅馆》有着本质区别。他说：

我不懂推土机、掘土机、标尺、钢钎。敲向明末马头墙的铁锤——某种程度上也在敲向陆游、辛弃疾、金圣叹、范成大、陈子龙——我也不懂电视机（我小时候就不懂）、电话、电脑、广告、游乐场、公安、导游……这些我一概不懂。我只懂房子的内封闭结构、门楣、门雕、雀替、抱鼓石、古代诗词和田园美景的血肉相连。我只懂天上的云，“瞧：那些云——在飘，多么美妙……”（波德莱尔诗句）——我只想对着路人（周围仍旧活着的路人）发问：你们的家园在哪里？变成了什么样子？为什么？[①]

---

① 庞培：《徽州旅馆》，见《旅馆：异乡人的床榻》，第92—93页，北京：中国文联出版社，2002年版。

我理解这种情感。多年前，我们一起上了三清山，又一起去的婺源。在那里，我觉得他说出来的每一句话都是诗。或者说，那些诗句不是他说出来的，而是婺源借用他的口说出来的；婺源又以这种方式表明了对他的充分信任。在山野、村庄，以及老房子中，他像发言人，拥有某种表达的特权，因为他熟谙它们的命脉，所以，他的语言比我们任何人都要准确和生动。可惜他说的很多话我都没有记下来，只记住一句，那时，我们住在一座老房子里，庞培说，在清晨，房子里的家具是一件一件醒来的。我之所以记住它，是因为我后来把这句话剽窃进了自己的文章里。我把他脱口而出的这句话蔓延开，这才有了我的《婺源笔记》。

我相信很多人不喜欢庞培的文字，因为他的著作里不能提供关于成功学的任何信息。在世俗的眼光里，他不能称作“成功者”。他甚至曾经把自己的处境命名为“落魄”：

贫穷就像吸毒，也有一种特异的魅力，容易使人上瘾，尤其对于穷人中间那些性格孤僻、懦弱的人。我曾经跟一个朋友讲到这一点，他瞪大了吃惊的眼睛，似乎没有听懂我的话。一个人在社会上落魄，一般的境地尚不算凄凉，如果有一天，他忽然从中尝到落魄的甜头，他就成了真正落魄之人，可以说是拿到了此一行业的合格证书。就像车工、钳工们有升级考试，分成八级来衡量其手艺高下，贫穷也有它不同的层次。很多年代里，人类对于贫困保持着精细的味觉，这是使人叹为观止的准精神领域。因为贫穷使我们的身心坠向真正的民间，孟子说的“饿其体肤，劳其筋骨……”正如一个人在完全绝望时反而获得清醒的神智，非常恶劣的窘迫和贫困同样带给我们异常敏锐的感官。我想，波德莱尔、坡·维康、德·昆西和哥尔德斯密，以及克·汉姆生、哲学家斯宾诺莎、小说家让·热内，全都深谙此道。因为，人本质上是一名乞丐。而人所能够做的最华美的一件事情，就是在大地上沿途乞讨，终生流浪。人一旦在其苦涩的根部尝到贫穷的甜头，他就会丧失掉他在世上的大部分味觉。另外，在现代社会中，人要学会在贫穷中保持从容的风度，是多么困难啊！需要怎样的勇气，我们才能在此黑暗的角落安然入睡？“贫穷而能听见风声也是美的”（布莱语），这是诗人简洁的概括。而我把贫穷本身看作一笔不菲的财富。它就像一把磨不快的钝斧头，虽不灵便，使用起来效率很慢，但是结实，耐久。我并不愿眨眼之间就把它丢弃进废料箱里。①

我实在不该作这么长的引用，但这是当代中国散文中最令我痴迷的文字之一，我不愿在谈论庞培的时候舍弃它们。在川藏线上，我向庞培谈起这篇文章——《纸上的季节》，发表已经7年，我还记得它的某些片段。这使我相信文字不会消失，我相信在好的文字中，存在着某种守恒定律，它们可能被分化，成

① 庞培：《纸上的季节》，原载《人民文学》，2001年第5期。

为一个个微小的碎片，在时光中流失，但它会像米粒一样，以隐秘的方式进入我们的身体。它们看上去不在了，实际上还在，成为我们身体的一部分，并为我们提供力量。尽管在庞培看来，这并不是他最看中的文章，而且，当初在发表的时候，《人民文学》作了许多删节。这段文字以残章断简的形式出现在我面前，但它并不是残茶剩饭，我没有见过有一段话像这段话这样深刻地表达了写作者在世界上的处境——既落魄，又优越。我相信他写下这些话的时候，不是带着自怨自怜，而是掺杂着某种优越感，某种超越于物质层面的轻松和自由，就像孔子表扬过的颜回，“一箪食，一瓢饮，在陋巷，人不堪其忧，回也不改其乐”。[①] 我没有打听过庞培的私生活，但我相信他对贫穷的描述是真实的，一个不在困厄中的人，写不出如此深邃的话。

这使他的目光始终在下方，在民间。他写了厚厚的一本书——《阿炳——黑暗中的晕眩》，献给瞎子阿炳——一位困厄的天才。在民间，他保持着平视的目光，像在《乡村肖像》里那样，写肉墩头、摇面店、小学堂、乡公所、蚕种场、白铁匠店、浆粽店、澡堂、旧桥、钟表店、乌篷船、芦苇、琵琶、目连戏、青衫、水袖、黄酒……所有平凡的事物在他的描述中变得让人眷恋，就连街边上一字排开的肉墩头，上面神情悲愁的整猪头，以及在冬天的风中皱缩着灰白色膜的猪肝，都令我们备觉温柔，想起贫乏而丰盈的旧日时光。他从来不好高骛远，只有

① 《论语》，第 99 页，郑州：中州古籍出版社，2008 年版。

屈膝者的目光始终向上，但他的目光是由多种复杂物质构成的，其中不乏慈母般的悲悯。

他的语言是细致的，从不粗枝大叶地伤害民间的自尊。他的每一句话都饱含着对民间中国的敬意。贫穷无损于他的高贵，也丝毫没有妨碍他的自由，相反，赋予了他更多的自由——如果我们一定要为自由牺牲什么，那么，牺牲金钱，可以说是一种最小的牺牲，这也是读书人很少对清贫心怀不满的重要原因——他们失去了自己不需要的，得到了自己最需要的。我们一起逛书店，他随手从书架上抽出一本书，推荐给我。是萨囊彻辰的《蒙古源流》，厚厚的一本精装，定价只有三元四角五分，还要打折。这是贫穷训练出来的能力。这个功利世界的漏网之鱼，当世俗的规则步步紧逼，他非但没有就范，反而更加游刃有余。

庞培的作品，从来不教你如何投资、炒作、养生、谈恋爱，原因很简单——他自己也不会。他老老实实地体会和表达，他甚至不指望依靠写作来“出名”——文坛的各种热闹里，从来不见庞培的身影。当所有的功利色彩褪去以后，他对世界的辨别，就令人信服。一个不指望从文字中获得利益的人是干净的，这份干净挂在他的脸上，埋伏在文字中，一眼可辨。他像他笔下的江南手艺人，拥有不可动摇的职业耐心。他的工作是与一些他所看不见的虚拟人进行纸上交谈，但他从不偷工减料，他呈现了文学所能呈现的神奇魅力，以不寻常的视角、腔调与感受力，展现民间的寻常事物。如果一个民族对文字的精妙无动于衷，那么这个民族就是由一些酒囊饭袋、行尸走肉构成的。庞培的文字中没有高深的道理，但它训练着我们对美的味蕾，在日常细节中发现我们民族文化的浩瀚底蕴。这使他的文字充满一种轻盈而浩大的气势，如他笔下的乌篷船——“它一代一代被多少朝代的打鱼人承袭下来，像人们承袭这个国家和民族的其他诗词格律、文房四宝一样，提供了恒常的心理庇护，也挖掘出了大自然中的母性，抚育了一代又一代中国人的感情；像嘴角微翘的少女，像坐月子的女人，像长辫子的乡村姑娘，羞涩、安然地漂浮在故乡月明之夜的水面……”①

庞培的文字经常唤起我朗诵的欲望，因为他文字的细腻中暗含着一种金石般的铿锵感。他文字清瘦，有骨骼感，却像江南的薄雪，依托在一个斑斓丰沛的世界之上，意象强悍而汹涌。这一点很像他的性格——比如他唱歌，不是在麦克风前忸怩作态，而是在酒桌上，撕破嗓子地唱，温文尔雅的江南口音，变作气运丹田的歌吼，使我们从这个江南秀才的身上感受到一种豪放气质—— 细致、坚韧，这就是庞培，也是他笔下的古典中国。他曾经的坎坷、困厄，与中国的命运几乎如出一辙，但贫穷不足以使这个国度堕落，也不足以使一个写作人变得卑微。他的强大蕴含在文字里，在文字的庇护下，比某些人通过金钱买来的强大更加真实和持久。

---

① 庞培：《乡村肖像》，见《五种回忆》，第24页，北京：解放军文艺出版社，1999 年版。

我读宁肯

很多年前，第一次读到宁肯的文字，就痴迷了。那段关于西藏的文字是这样写的：

寂静的原野是可以聆听的，唯其寂静才可聆听。一条弯曲的河流，同样是一支优美的歌，倘河上有成群的野鸽子，河水就会变成竖琴。牧场和村庄也一样，并不需风的传送，空气中便会波动着某种遥远的、类似伴唱的和声。因为遥远，你听到的可能已是回声，你很可能弄错方向，特别当你一个人在旷野上。①

读着这段文字，我心里想着，这个叫宁肯的人可能是一位音乐家，所以他才对声音无比敏感。后来读到他的第一部长篇小说《蒙面之城》，书上的作者照片似乎验证了这一点——瘦脸，大眼，面目清秀骨感，长发飘逸，脸上洋溢着一种桀骜不驯的笑容，有摇滚青年的味道。岁月流转，今天的“80后”“90后”

① 宁肯：《藏歌》，见《说吧，西藏》，第12页，北京：北京十月文艺出版社，2013年版。

见到他们的宁老师，恐怕想象不出眼前这位面目和善、略微发福的宁老师从前的洒脱。

那几乎是宁肯写作的开始。他一发声，就令我浑身一震。

宁肯从西藏进入文学，而我，通过西藏了解宁肯。

20 世纪 80 年代，西藏的面目突然在文学中大量涌现。本来是小说在驰骋，如扎西达娃《西藏，系在皮绳结上的魂》，马原《拉萨河女神》《拉萨生活的三种时间》《冈底斯的诱惑》，毕淑敏《昆仑殇》，带给我们一个异质化的西藏，既不是“黑暗的农奴社会”，也不是“翻身农奴把歌唱”的新西藏，而是一个人文的、地理的，甚至是日常生活的西藏。西藏依旧是西藏，带着它“皱纹深处的安宁”，但它在文学中的形象却被刷新了一次，成为人们向往的远方。到 90 年代，“风起云涌”的，已不再是小说，而是散文，这一批用散文描述西藏的作家有：马丽华、巴荒、龙冬、唯色、唐韵，当然，还有宁肯。

西藏的苍穹下，散文浮现。这是因为与小说比起来，散文更接近西藏的本质——它的神秘性、节律感，以及它隐藏在无数具象事物背后的抽象感。西藏并不拒绝故事，高原就是一片盛产故事的土地，著名史诗《格萨尔王》就是高原的产物。这部史诗共有 120 多部、100 多万诗行、2000 多万字，是世界上最长的史诗，比世界上最著名的五大史诗，即古代巴比伦史诗《吉尔伽美什》，希腊史诗《伊利亚特》《奥德修记》，印度史诗《罗摩衍那》《摩诃婆罗多》的总和还要多，似乎只有这般的体量，才能和高原的空间感相匹配。但更重要的是，当世界上的那些著名的史诗都被装进了书册，放进了图书馆，《格萨尔王》还以歌谣，或者藏戏的方式，在这片草原上流传。与《格萨尔王》比起来，所有的故事都不叫故事，所有的讲述，只能是这片高原的一鳞半爪，吉光片羽。而散文，恰恰具有吉光片羽的性质，是散碎的、隐秘的、模糊的，诉诸感觉和心灵。故事是时间性的，依托于时间的流动过程，而西藏恰恰是一片消解时间的土地，像宁肯所写：

对于我，时间从未流逝过。我待在时间中，就像待在羊卓雍、纳木错或斑戈湖的湖心。湖水不会流失，反而会有许多的时间注入。有那么多赶来的时间、河流、鸟，我活得寂静而充实，还有这么多成长的孩子。[①]

甚至在他后来写的长篇小说《天·藏》中，他都放弃了对叙事的追求。如果把它定义为一部小说，那也是游散的、情绪的、印象的西藏，更像长篇散文。他的这份勇气，依旧是来自西藏。在他看来，“西藏并不先锋，甚至很古老，但却拒绝用古老的故事方式对她进行叙述，故事不仅不能表现西藏，反而扭曲西藏，

① 宁肯：《沉默的彼岸》，见《说吧，西藏》，第72页，北京：北京十月文艺出版社，2013 年版。

失去西藏”。[1]

发现这一点是不容易的，所以，尽管宁肯早在 1984 年就去了西藏，尽管对于西藏，宁肯始终怀着强烈的表达冲动，但很多年中，他几乎什么都没有写。2013 年 11 月，他把刚刚出版的散文集《说吧，西藏》送我，这居然是这位“老散文家”的第一本散文集。他发现自己的笔是那么的艰涩、无力，面对绚烂的西藏，束手无策。直到从西藏回到他熟悉的城市十多年后，这一切才发生改变。那是 1997 年的一天，在广告事业中游刃有余的他，开着雪铁龙从王府井经过，路边小店播放的一首歌将他突然间拉回西藏。

2012 年，面对湖南卫视为西藏电视台制作的《西藏往事》节目镜头，我和宁肯谈起他的创作。在那档节目里，我已经客串了一年的主持人，前面提到的那批作家，一律被我请来做嘉宾。许多谈话模糊了，那天与宁肯的谈话却记忆犹新。他回忆起，自己在那一刻突然被那首歌震蒙了，立刻掉头，找回那家小音像店，询问刚才播放的是什么歌曲。对方回答说：《阿姐鼓》，演唱它的歌手，名叫朱哲琴。

那个被他封藏在心灵一角的西藏，突然间变得那么明亮和尖锐。所有正在远离他的人物和经历，也纷纷返回他的心里，“从来不需要想起，永远也不会忘记”。在喧闹的都市街景中，西藏

---

① 宁肯：《为什么不同》，见《说吧，西藏》，第92页，北京：北京十月文艺出版社，2013 年版。

没有消失，还停留在原处，等待他的重返。一瞬间，他明白了西藏是什么，也知道了如何表达青春年代里的孤独和放纵，表达藏地高原音乐般的质感。失语的宁肯，这时懂得了表白。他辞去了报酬丰厚的广告工作，回到书房，拿起笔，写下这样的句子：

只有藏歌才能将苦难和苦难的记忆化为抒情，少女一旦成为母亲，歌声就不再是呜咽着，不再酿成出神的泪水；歌声就会化为饱满的乳汁，化为石头底下涌动而出的叮咚的泉水；歌声就是圣母、月光、摇篮曲。如果天上真有音乐，那一定是藏歌。①

卧榻上的老人身体内部不断传出有节奏的声响，这种节奏随着神秘而盛大的仪式继续，那时鼓声激越，寺顶高处吹响了低沉的法号，把被度者脱身而去的体滑声传向四野和天空。②

这组散文，就是他 1998 年在《大家》杂志“新散文”栏目下发表的《沉默的彼岸》。这些散文，也是我“认识”宁肯之始。2012 年，面对镜头，我们谈论西藏，谈论布达拉宫。我在文章里这样描写它：“我看到了世界上最高的纪念碑，选择了接近天堂的位置，仿佛高悬的灯，即使在遥远的距离以外，人们

① 宁肯：《天湖》，见《说吧，西藏》，第 14 页，北京：北京十月文艺出版社，2013 年版。

② 宁肯：《沉默的彼岸》，见《说吧，西藏》，第 50 页，北京：北京十月文艺出版社，2013 年版。

也投以仰视的目光。它比阳光传播得更远，因为它更慷慨、仁慈和神圣，它能穿透黑夜，抵达阳光不及的死角。”但宁肯却脱口而出：“布达拉宫像一架巨大的钢琴，坐落在红山上。”这句话再度令我为之一悚。我惊讶于宁肯对于西藏有如此精准的把握力，你看布达拉宫一层一层的台阶，那些方方正正的折角，不就是此起彼伏的琴键吗？一架巨大的钢琴，架在拉萨的最高点上，多么的魔幻，却比纪念碑更加真实。因为纪念碑是用建筑来形容建筑，而宁肯则是把建筑当作一台真正的乐器。

依此类推，青藏高原，也是架设在大地高处的一台巨大的乐器：

即使是荒野的石头，只要你愿意感觉，石头也会发出某种细致的铿锵声响，甚至如某个人久远时代的歌唱。石器时代我们粗糙的手掌自然过于遥远，但歌声不从来就是遥远的吗？尤其在某些时刻，譬如黄昏，夜深人静。[①]

西藏这台乐器，为宁肯的写作提供了源源不断的背景音乐。宁肯在倾诉，但是我想，他的心里，一定是在歌唱。

---

① 宁肯：《藏歌》，见《说吧，西藏》，第12页，北京：北京十月文艺出版社，2013年版。

我读彭程

认识彭程，应该是 1994 年。

20 世纪 90 年代，我们这批人，刚出校园，在各自的工作岗位，秘密写作，公开发表，相互勾结串联，在京城奔走，以文会友，不像现在，早已懒得再见一个人，再听一个电话。

与那段记忆相关的名字包括：李书磊、苇岸、钟鸣、伍立杨、王开林、冯秋子、杜丽、周晓枫、凸凹、彭程……

所有的朋友中，只有彭程是“领导”。在《光明日报》的《书摘》杂志社，开始是副主编，后来做主编，工作就是看书。非常羡慕他，因为别人是花钱看书，他看书挣钱。

第一次见他，是在他的办公室里。虎坊桥光明日报社的老楼，一间不大的办公室，桌上书刊零乱。想起苇岸编的一本书:《蔚蓝色天空的黄金》——当时出版不久的一本新锐散文集，里面有一幅照片，作为新锐的彭程，正坐在堆满书的桌子上，意气风发。

“你还年轻吗？不要紧，很快就老了。”张爱玲这句话，曾令他——还有我们——心头一惊，以至 14 年后，彭程在他的新散文集《急管繁弦》中，还对这句话念念不忘。同样令他吃惊的，还有厄普代克式的刻薄："这些三十五六岁、生活中已经没有多少可能性的人们。"年轻的彭程用了十几年的时间才弄明白，厄普代克这句话，指的是自己。

14年过去，彭程只出了三四本书，其中包括我主编的《三声文丛》中的一本——《漂泊的屋顶》。生活企图一点点剥夺他对文学的理想。"所有连缀在一起的日子像是被切割了，成为比自身的物理单位更为细碎的片段，因为缺乏完整的特性。当然，这些碎片有着冠冕堂皇的名字、责任或者义务什么的，但也许只是许多鸡零狗碎的算计和争斗，为蝇头小利和蜗角虚名所驱使"[①]，但他用他的文字负隅顽抗。我从不怀疑彭程在写作上的志向。即使最初的作品，也已经有了鲜明的个人标记。一个生长在河北平原，生活履历中找不出任何传奇的年轻写作者，已经决定把目光锁定在那些凡庸的事物中，在貌似寻常的道路上穿行，并举重若轻地为我们提供一系列不同寻常的经验；日常生活的平凡浩大没有把这个敏感的读书人吞没，相反，赋予他更加强大的能量和言说冲动。与此同时，作为职业阅读者，他也痴迷于文本的探险，在各种幽深迷离的书页间不知疲倦地奔走。他将这两种不同性质的探险结合起来，将书斋岁月变作一种惊心动魄的传奇。写作如同植物的茎脉，使他和世界气息相通。他和他

① 彭程：《急管繁弦》，见《急管繁弦》，第21页，北京：东方出版社，2008年版。

的文字都不是孤立的。他说："诗潜藏于大地的深处，节气是它涌现的泉眼。水声汩汩。"①

但所有的一切都在不动声色中进行。他的历险只能在文字中，而在生活中，他一如既往地谦虚谨慎，遵纪守法，集好干部和新好男人于一身，但文学是他的另一个世界，他离经叛道的根据地和仓皇无依时的归所，一个复杂汹涌却不为人知的角落。没有什么能取代他对文学的信赖，文学把他彻底包裹起来。

《急管繁弦》更加明确地表明这一点。这本书中，生活向更加庸常、平淡的方向，不可救药地滑落，如他所写："失去了完整和恢宏，时间的流淌自然会让人觉得快了。日子与日子之间，面目模糊，大同小异，相互重叠交叉，好像一条没有落差、体现不出跌宕之势的河流。"② 只有文学，依然具有某种挽救的力量。这本书，彭程不知写了多少年，断断续续，一种漫长的、被割成碎片的写作，与生活本身相呼应。对于世界和语言的二位一体的新奇感，转变为对内心的拯救。

在这本书中，我发现，学理层面的玄思少了，像我喜欢的《母语中生存》那样的文章已不大多见；他的文字，更加肆无忌惮地在现实生活的层面上做超低空滑行。他从不以"成功者"的口吻粉饰自己，相反，他的文字充满了对碎屑式的生活的愤懑

---

① 彭程：《解读节气》，见《急管繁弦》，第268页，北京：东方出版社，2008年版。

② 彭程：《解读节气》，见《急管繁弦》，第21页，北京：东方出版社，2008年版。

和不满——“风平浪静的情感水面下的潜流暗洄，外表的恬然自若后不足与旁人道及的惶惑和哀伤，疲惫如何一点点累积以及自尊如何一寸寸丧失”[①]。年轻时我们都曾以一双干净的眼睛张望世界，但对于一个正大踏步地向中年进发的读书人来说，生活已不复当年的光泽，每个人都在卑微而认真地活着。拥挤的现实容不下梦想，外在世界的华丽对我们来说已经无足轻重，这使彭程的文字义无反顾地转向内部，更加专注于灵魂的自省。在他看来，那些光芒四射的大话早成了奢侈品而非必需品，它们光滑、剔透，只能在纯粹的真空里空转，而无法与现实世界发生有效摩擦，其结果只能是：各种事物在优雅的大话中变得形象单一、口感寡味，如敬文东所控诉的，“整天浸泡在大话或巨词的福尔马林溶液中”，变成一根幸福的羽毛，光洁而轻松。那是一个永远无法返回的虚拟故乡，如果能够回去，我相信每个人都愿意立即启程。在这个年龄上，生活早已原形毕露。他诚实，而且诚恳地写作，目光收缩，从葳蕤茂盛的大千世界（如他写过的《野草莓》《解读节气》）移开，穿透灰尘与蛛网，在办公室、街道、医院和厨房间，寻找到最后的停泊地。这使他的文字充满了人间烟火的气息，把对生死、聚散的考量，落实到生活的凡庸细节中，他的文字变得更加冰冷而温暖，伤感而悲壮。我看得见他微笑中的倦意。他用破碎形容自己的处境。他说：“随着年

① 彭程：《一个人怎样变得衰弱》，见《急管繁弦》，第32页，北京：东方出版社，2008 年版。

龄一同增加的，除了皱纹、白发和日渐沉赘的肚皮，就主观体验来说，颇为强烈的，便是一种破碎之感了。”[①] 他对破碎有着精彩的注解：

破碎，作为一种感觉而言，缺乏像刀具或带棱角的东西的坚硬锐利，而是浮泛，模糊，不确定，若有若无，仿佛捏起一团丝绵，踩过一堆落叶。它好像是许多种东西，但实际什么都不是。就其本质来说，是精力的游移不定，是偏离正常轨道的行走，是资源的随意耗散，是缺乏中心造成的无序漫溢，是一种“不可承受之轻”。后果是使目标模糊，最后竟至于失去目标，于是生命的暧昧也就不可避免了。此时，它的含义的明朗确切倒是同喻体本身严丝合缝：当许多棉絮、落叶样的碎片在眼前飞舞时，你还能看清楚什么吗？碎片遮掩了真正的目标，以至于它所承载的那个人的生活，也不再有什么意义。[②]

他推崇张爱玲的一句话：“生命是一袭华美的袍，爬满了蚤子。”但我觉得他描述的世界，更与鲁迅不谋而合，一种看上去平淡无奇，却密不透风的“无物之阵”。在《急管繁弦》中，他用“沥青”来形容时间的粗暴专制，这种笔触让我透不过气来。

① 彭程：《破碎》，见《急管繁弦》，第33页，北京：东方出版社，2008年版。

② 彭程：《破碎》，见《急管繁弦》，第36—37页，北京：东方出版社，2008年版。

这是我最看重的一类作品——平淡中透着深意，它的轻与重形成尖锐的反差，以平静的口吻，对某种来自深处却不明病灶的痛感娓娓道来。所有的道具都是我们熟悉的，所有的处境都是我们体验的，只是我们羞于，或者不屑于表达而已。铁屋子里的清醒者，不但要承担所有的痛苦，而且要承担所有的罪过。我们每个人都在有意或者无意地回避什么。然而，在彭程的叙述中，我们的身体、内脏、血液和神经，粘连在一起，剥离不开。这使他文字的魅力不是来自遣词造句，而是因深沉的张力而与我们共鸣。他的自言自语，包含着对我们共同处境的关心。这是我们信赖他的根本原因。我们都是现实中的流亡者，文学是我们随身的护照，我们可以打探来自彼岸的小道消息，但我们无法确认哪条道路是正确的。我们无法逃离，无法牵着自己的头发飞离地球，我们只能在沼泽中越陷越深，在这个越来越冷酷的世界上苟延残喘地活着，但我们不放弃自省的权利，至少，它可以使我们的牺牲看上去有些尊严。在这个满目繁华而内心悲凉的时刻，我更认同彭程的诺言："我们只能以暗淡的心情，来凭吊这些人生疆场上的失意者，同时祈祷，远离这一切负性的因素，并在灵魂中注入足以与之抗衡的神秘的力量。"

文章如酒，喝的时候是冷的，一旦进入五脏六腑，一丝暖意就会涌现上来。

我读蒋蓝

我相信，蒋蓝这个名字，对绝大多数读者来说是陌生的。这并非蒋蓝的苦恼，而是表明了中国文化的困境——在目前中国语境下，一个人的写作水准与他的影响力成反比，已经成了一条铁律。以“文化口红”制造者、电视名人、网络写手为主力的庸俗文化集团，已经在文化传播方面占得先机，取得决定性胜利，但即使在这样的“大好形势”下，我们仍然不能忽略一个常识：那些将现实利益奉为最高真理的文化商人，无法承担一个知识分子所应当承担的使命，无论他们怎样身手不凡，在文化市场上翻云覆雨，但是，除了制造产值和利润以外，他们再也不能干别的了，在理想建构和文化（文学）建设方面，他们手无缚鸡之力。如果我们对此抱有幻想，那错误的就不再是他们，而是我们。时代的献媚者不可能是一个富于理性的写作者，而对于一个丧失理性的写作者，我们是无法信赖的——我们首先对他们写作的真诚性与真实性持怀疑态度，其次，我们对他们的文本创造力不抱奢望。

蒋蓝是中国目前文化语境下一位不可多得的写作者。他生存于底层写作，很少有人知道他的名字，但他并不因此而丧失观察和批判社会的热情。相反，他因此而获得了更加强大的动力。在我眼中，他是一个拥有热情、力量的人，我相信蒋蓝的内心中拥有一种强大的力量，来应付生命中的困局，而个人的困局，从不对他关注群体的能力产生负面影响。我每次听到他说话的声音，都会感到他身体内部的力量，一种昂扬、振奋、畅通无阻的力量。他是一个具有感染力和辐射力的人，这构成了他写作的第一个前提，因为内心冷漠的人，有可能成为一个手艺出众的技术工人，但绝不可能成为一个真正意义上的写作者。这种辐射力，即使我在千里之外，也能感觉到。早在我认识蒋蓝之前，就已经感觉到来自他内心的力量——读过他的文字。是学者敬文东最早向我推荐了蒋蓝的文字。初读它们，令我倒吸一口凉气。这些长期遭受冷遇的文字，使得文坛上的诸多热闹文字变得一文不值，使许多炙手可热的名字显得无比尴尬，甚至，我在下意识中对自己的写作价值进行了重估。它们在一定程度上影响了我对于写作的认识。也就是说，蒋蓝的出现（所谓“出现”，是一个具有自我中心主义的词汇，蒋蓝并不需要“出现”，因为他一直都在那里），使得当下中国文学业已形成的系统结构发生了变化，它原有的稳定性消失了，规律的有效性削弱了，写作变得再次动荡起来，而这种动荡，正是中国文学和中国文化所需要的，因为所谓的稳定（指文学上的），带来的只有寂静和死亡。自 20 世纪 90 年代以来，这种动荡就发生了，小说界中的马原、洪峰、余华、格非、孙甘露等成为“始作俑者”，而张锐锋、钟鸣、于坚、庞培、宁肯等，又先后成为散文领域里的叛徒，对原有的价值进行了颠覆与重构。蒋蓝在这一基础上，无疑又加了一把力，文学的结构性震荡进一步升级。这引起文学保守势力的极大不满，而文学，尤其是蒋蓝和他的散文，正是在指责、困惑以及貌似宽容的冷漠中，茁壮成长。

在这里，我们必须回到蒋蓝的文本。我认为，把蒋蓝与其他人区别开来的，首先是他的文本，而不是他的面孔。但他文本的异质性，又与他的面孔有关——他与生俱来拥有一双属于底层民间的眼睛。这使他所看到的世界，与其他写作者截然不同，而他所呈现的精神品质，也就与众不同。唯物主义将此称为“存在决定意识”。当我们的文学热衷于虚拟歌舞升平的盛世景象时，他所看到的是世界的破碎图景，而这些破碎图景，又在隐蔽处彼此勾连、纠结，遥相呼应，形成一股庞大的势力，进行有系统的集团作案，妄图置我们于死地。如同希区柯克，蒋蓝是一个能够透过平静的日常生活表象，看到潜在危险的人。而这种危险，又是无比深刻的。蒋蓝的目光尖锐、深邃、毒辣，并非因为他生性刻薄——如我前文所说，蒋蓝是一个热情洋溢的人——而是因为世界的本质就是如此。这使我想到，鲁迅或许就是一个热情的人，我们有理由通过他文字的冷酷，揣测他内心的热度。将蒋蓝与鲁迅相提并论显然并不明智，但他在某种程度上继承了老先生的气质与风骨，包括他的冷峻与深刻。蒋蓝眼中的破碎图景包括：

《死亡的字型演变史》《葵花的修辞学》《韵脚何以带血？》《作为鸡蛋的林昭》《汉字的异质和郁金香的翅膀》《异端的宿命史》等，以上与印刷品有关；

《掌声的精神分析》《那只半夜怪叫的鸡》《有关警报的发声史》等，以上与声音有关；

《闹剧时代的心跳》《卡在上面与下面之间的赘肉》《掐脖子以及意识形态的锁喉术》等，以上与身体有关……

从以上文章我们可以得知，写作者蒋蓝，是从视觉开始，进而动用他身体的所有知觉，打探现实与历史的信息，搜寻那些破碎的图景。当所有的图景依据自身的本能相互靠拢，蒋蓝亦根据自己的逻辑对它们进行整合，合并同类项，对它们进行测量、推理和分析。我注意到，蒋蓝的许多文章都带有“史”字，这表明了他对那些散碎信息进行集中处理，进而进行他整体性的精神建构的志向与能力。《火的宿命史》《异端的宿命史》《死亡的字型演变史》《有关警报的发声史》……在业已形成的叙述结构中，它们显然属于那种无关紧要、可有可无的历史，或者说，它们根本不是历史，它们像我们的日常生活一样是一盘散沙，而无法凝聚成历史。对历史构建者而言，它们是首先要被丢弃的部分，在他们看来，历史是一种由一些重要的事件组成的庞大固体，业已定型，并且从不改变形状。他们武断地相信，“历史”（他们所命名的历史）之外，不再有历史。但在蒋蓝眼中，历史是无限的，它像空气一样存在且不被察觉，并且，历史是流动的，对历史的捕捉是一项艰辛的行为。历史存在于一切事物中，蒋蓝为它们建立了历史，他拥有为一切琐碎的事物建立历史的能力，在这之上，他最终建立了自己的文学世界。蒋蓝的最终贡献，不是作用于史学，而是首先作用于文学。所有的琐碎史，都是他文学世界的一部分，当然，我们也可以把它们视作历史的一部分（如果真有一个历史的话）。正是有了这样的历史观，蒋蓝的文学世界才如此庞大、离奇和细致。许多作家把这些琐碎事物称为“素材”，而在蒋蓝眼中，它们是理性世界中的一个元素，每一个词，对他而言，都是通向世界深处的秘密通道。蒋蓝的所有文字都不乏诗人的感性，但它们最终是高度理性的。然而，蒋蓝对它们的阐释不是系统性的、符号性的，至少表面如此。所以，他的文本无法归入哲学、史学、社会学、数学、统计学……而只能被文学所收容，但它又包含了以上所有学科的功能。它从属于文学，同时又大于文学（至少是我们目前所认识的文学）。作为一个来自民间的观察员，蒋蓝注重的是那些局部的、琐碎的、隐秘的事物，但它们是重要的，而且是非常重要的，它们决定着我们的命运，而我们大多数人，对此一无所知。蒋蓝在我们的世界之外发现了另一个世界，在人满为患的风景区外，发现了无数条被深草掩埋的小径，并且从这些小径出发，发现了世界的本质与真相。

蒋蓝的文字技巧是卓绝的，我这样说并不夸张，在中国文坛（论资排辈的“坛”），拥有这项能力的人寥寥无几。这一点，读者会从他的书中得到实证，因而，此处不再引述。这当然要归功于他敏锐的知觉器官和灵巧的手，但比这些更重要的，是他的道德理想主义和悲悯情怀。作为写作者的蒋蓝，首先是作为一个知识分子和人道主义者存在的。他写肮脏、丑恶、残酷、绝望，不是因为他对以上事物有癖好，相反，是因为他具有高度的精神洁癖，在这种洁癖的作用下，那些坏事物都那么刺眼，与理想格格不入。它们愈是强大，就愈是坚定了蒋蓝与它们决一死战的决心。蒋蓝是一个优秀的文体作家，在他的文字中，展现了不同寻常的跨文体写作的能力，在此之上，他是一个道德型的作家，表现出对于写作的宗教式的狂热，对自己写作能力的信任，以及圣徒式的牺牲精神——为道义而牺牲世俗的利益。蒋蓝的每篇文章都是从形而下开始的，但它们整体上是形而上，而对于很多读者来说，他的道德建构是很容易被他令人炫目的写作技巧所掩盖的。

现实困境中的蒋蓝是写作事业上的幸运儿，所有的痛苦（形而下与形而上的）施加在他身上，刚好成就了他，使他具备了写作者的所有优秀素质。他在很多方面令我望尘莫及。所以，我十分珍视我们之间的友谊。我知道，像蒋蓝这样一个可以谈话的人，在生命中是不可多得的。我在写作我最重要的一本书：《反阅读——革命时期的身体史》时，在蒋蓝那里得到了许多宝贵的材料与灵感。而对于我主编的思想性丛刊《阅读》和文学性丛刊

《布老虎散文》，蒋蓝给予的支持也是巨大的。蒋蓝因他卓越的散文实践获得了2004年“布老虎散文奖”，在授奖辞中，我写下这样一段文字：

这是一份并不显赫的奖励，它不是来自官方的加冕，也许，并不能给获得者带来足够的荣耀，但它自存在以来，就始终坚持严肃的文学立场，它必将属于那些不甘于散文界的陈腐局面、从而为我们重建散文信仰的人。真正的散文不需要辩解，它的存在依赖于一如既往的付出，有时甚至不计代价。它可能是遍体鳞伤的斧子或者有豁口的刀，但它的尊严恰巧就存在于它的伤痕里。优雅、得体、如鱼得水的生活注定不会属于散文领域里的冒险者们，但他们让我们苏醒，让我们在被脂肪堵塞的生活里，呼吸到另外一种空气。

作为一名散文实验者，蒋蓝已经走出很远。在他的散文里，找不到浮肿的浪漫主义，虚张声势的文化至上主义或者高歌猛进的英雄主义。他经常以自身的感官印象（比如视觉，或者听觉印象）作为他的写作题材，诸如他在《阅读》上发表的《那只半夜怪叫的鸡》，以及在《布老虎散文》上发表的《死亡的字型演变史》《有关警报的发声史》等，注意采集某些令我们司空见惯却毫不在意的符号。当那些符号进入他自身的价值系统之后，其意义空间就会发生奇异的转向。在他的题材与主题之间经常有着巨大的反差，所以当我们进入他的文本的时候，通常会觉得自己进入了一个深邃莫测的迷宫，我们无法预测脚下的路会将我们引向哪里，不可能提前知道，最后的出口在哪里。他的写作目的并不在于对他的感官印象进行复述，不是炫耀情景再现的技巧，而是让那些散碎的印象在经过思想的整合之后，变成他自己的武器。在童年记忆或者日常经验的表面之下，我们可以感受到他句子里的寒光，他的文字彻骨冰凉。周伦佑先生对蒋蓝文风的概括是："坚决、粗粝、义无反顾而又毫不妥协。"他的散文与众不同，这不是因为他的生理感官系统具有特异功能，而要归因于他的思想向度。尽管他无法打造一把手到病除的手术刀，但已经从自己渺小的个人经验里，透视出某种深入骨髓的集体病变。

作为传统散文的叛徒，蒋蓝死心塌地地坚持着自己的事业。成功或者失败，对他都不会有太大影响。他已经不可救药。这正是他（以及其他新散文写作者），获得这份奖励的理由。

特录于此，与读者朋友们共飨。

2007年3月17日匆匆于北京

致天堂里的姜威

姜威兄：

你好，好久不见——准确地说，是一年不见了。自从 2011 年 11 月 7 日收到大侠从医院发来的你辞世的短信，就再也没有你的消息了。前几天我问大侠，最近见过你没有，他斩钉截铁地回答：没有，他说你那边儿他不熟。我觉得他有点谦虚，因为在我心中，他一直是你的官方发言人，所有关于你的消息，他没有不知道的。你们俩就像连体婴儿一样不离不弃，后来想想，这也怪不得他，你现在待的那个地方挺远的——我在北京，它比深圳还远；我在深圳，它就比北京还远。你来不了，没飞机票；我们也去不了，或者说一时还没有去的计划。这问题就无解了。

回想起来，我们似乎还没有分别这么久过。20 世纪末（一说 20 世纪，就好像是一百年前的事），我第一次来深圳，借出版社公差的机会，到深圳这个大城市旅旅游。初来深圳的那个晚上，你和大侠、康延在景明达酒店为我接风。一个读书人，就这样在遥远的城市里找到了“组织”，那份高兴，无以言表。高兴的后果相当严重，我醉得一塌糊涂。我这七尺男儿，居然变得柔弱无骨，后来你和大侠不耐烦了，以老鹰抓小鸡的豪迈，联袂把我架回酒店。这一事件和辛亥革命一样，都是20世纪的历史，但仿佛就在昨天。就在前几天，我又来深圳，又是和大侠喝酒。去酒店的路上，下着微雨，地面上的路灯反光，看上去很幽魅，我突然想起来，十几年前那个景明达之夜，竟然是一模一样。那一刻我的心动了一下，我在想，这个晚上，你会不会来呢？

没有姜威的酒宴，还叫酒宴吗？没有姜威的深圳，还叫深圳吗？这话有点过分，全深圳一千万人民，少一个人，当然算不上重大事件。但这话分对谁讲，至少对我而言，没有了姜威的深圳，绝对是一个不完整的深圳。这是因为你的收藏、你的文字、你的学识，还有你的性情，在这座城市里绝难找出第二人，在全中国也屈指可数。只是你藏而不述，述而不作，作而不印，所以上面的话，有点像说大话，只有了解你的人知道，这不是大话，而是常识，是多余的话。

我最早见过的你的书，是广东人民版的《老肖像新打量》，我记得是在北京图书馆（现为国家图书馆）的书店里见到的，纸是20世纪末流行的姜黄色，有怀旧感，是你的风格，你当年编《心香泪酒祭吴宓》，就用的这种纸。更重要的，是你剑走偏锋的胆魄。在那本书的序言中，你说：

本书所收百名历史人物，都曾被各式各样的历史刀笔，使用种种整容技术装修过。他们的被装修与时下人们主动往自己脸上涂脂抹粉式割双眼皮之类有本质的不同，前者是被动的。尤其不能让人容忍的是：原本奇丑无比的，却被美容得像人样儿；原本丰神俊朗的，却被涂抹得人不人鬼不鬼。我弄这本影集的主要意思，就是想让大家看看这些历史人物的面目，他们原本如此，并不像我们原来间接了解到的那副模样。

前些日子读杨天石关于蒋介石与现代中国的文章，又回想起你要通过自己的文字“拨乱反正”的执拗与可爱。大侠送我一部可以砸死人的砖头书——《真相》，真相可以砸死人，也可以让死人复活。你写下这些文字的时候，心里也一定是这么想的。所以，在大象出版社出版的那本《一枕书声》中，陈石遗、郑孝胥、王闿运、梁鸿志、江淑海、费行简这些被时间遮蔽的面孔，都一一复活了，在信息时代里露出一张张苦涩的面孔。藏书也罢，写书也罢，编书也罢，印书也罢，不过是你挑战时间的一种方式。你爱书，实际上是爱真相，痛恨时间的化妆和伪饰。你爱书的真、书的善，更爱书的美，但你最爱的，首先是真，最恨的，首先是伪。如果伪和美相结合，那就是大恶，你会为之撕破脸皮，撕破外衣，总之把能撕破的全都撕破。你有爱憎分明的立场，在生活中、在文字里，都是如此。我最敬重你的，就是这一点。我的性格里少了你的这点鲜明，所以就喜欢狐假虎威，这个威，就是姜威的威。你收藏古今性文物，是因为你真，不装孙子，也不装圣人，装孙子和装圣人是一回事，都是装，都是大尾巴狼，所以你才是上流，不是下流。你把性当作学问，也当作情趣，所以你有性情。你谈“亵语”，即古代的黄话，从经史子集里找线索，兴之所至，旁若无人，还堂而皇之写进书里，那是《一枕书声》里最好的一篇——《亵语琐记》，是探究中国人文化潜意识的一篇绝妙文章，胆大、心细、手狠，在全深圳、全中国、全世界、全银河系，只有你姜威写得出来。

从那时起，我不知来了多少次深圳，即使没有上百次，起码不下几十次，以至于我下一次来，有人还以为我上一次没走呢。后来，你病了，我更是每月都去深圳看你。我们就坐在你长长的书架下面，饮茶、闲聊。你的虚弱，于谈话间依稀可见，这却是你化疗后精神最好的时候。大侠说，每次化疗后，你都像脱了形，但这副形象，你秘不示人，除了亲人，只有大侠知道。你以文字挑战时间，让时间有些不爽了，准备报复你，于是开始克扣本属于你的时间。后来看到你的微博，心中无尽感伤，你是这样写的：“二十年前的今天，我从故乡哈尔滨出发道经天津转火车赴广州，出广州站是早六点，没出站即转广深火车，开了一上午才到深圳。身上背三个破包，裤衩缝一个钱包，里边巨款两千，是安家立命之本。二十年后的今天早晨，专程去香港化疗，两千元只够包往返专车费了。躺在化疗椅上，半梦半醒之间，写下这些。”

我不能表现得过于关心你，就说这病没事，我一个朋友癌了20年，屁事没有，等你好了我们北京见，我请你喝冰镇啤酒。我们像平常一样胡侃，实在倦了，你就说："我累了，先靠会儿，你自己看书。"你的书房，就变成了我的书房——当然，是临时性的。你的藏书，多为珍稀品种，我去看你，自己也开了不少眼界。梁众异的《爰居阁脞谈》等日伪珍贵史料，都是在你那里第一次见到的，当然，不是公开出版，而是你自编自印的线装书，带藏蓝色函套，比公开出版的多了十倍的精致。你见我读得入神，就索性送我一套。回京后因为瞎忙，也因这套书装帧考究，没有顾得上，也没有舍得打开来翻看。你过世后，这套书是我手边仅有的你的遗物，便小心翼翼地打开，顿时大惊——每本书的扉页上，你居然都手写了一篇题记，每篇都有几百字，繁体竖写，一丝不苟，专门为我讲明该书的来龙去脉和史料价值，其中一卷还写了这样的话："辛卯四月，老友祝勇兄自京飞深，探视余病。时余患肺腺癌晚期，正化疗期间，药石有效，日渐康复，诸友皆喜。余拟认真疗病，愈后去京，与勇兄饮冰镇啤酒也。色香味居主人记于第五园寓居。"从这段话中，我读出两层意思：第一，你有点相信了我的话，认为这病能好，还记着我们在北京喝冰镇啤酒的约定，所以这句话让我眼睛潮湿；第二，你病中还惦记着兄弟，把四段长长的题记，一丝不苟地写在卷首，这对病中的你，是何等艰难！这句话，更让我泪腺失控，泪雨滂沱。我还真没想到你会来这么一手，让我感到温暖和辛酸。问题是，你是什么时候写上去的呢？我仔细搜索记忆的边边角角，一点也想不起来。不是你太有心，而是我太粗心。此刻，我更愿把这段文字视为你自天堂发来的信息，在你过世之后，神秘地降临在书卷的纸页上，这样，我就可以向大侠庄严宣告，我打探到了你的最新消息。

我坚韧不拔、锲而不舍、旷日持久、死皮赖脸地耗在深圳，耗在你的书房。就算你想躲清静吧，也不至于躲得这么远啊，连见个面都很困难。我见过你笑、你醉、你哭，也见过你怒、你骂、你砸，唯独没见过你死。即使最了解你的人，也没有心理准备。你这个性情中人、性中情人，我行我素惯了，但这一次断然离去，还是太极端、太任性了。你过世那天，2011 年 11 月 7 日，我远在北京，盯着大侠发来的短信，久久发呆。我相信像往常一样，这只是你的一个玩笑，只要过了这一晚，只要我拨通你的手机，耳机另一端还会响起你带着东北口音的深圳话：“哎，哥们儿……”

长久以来，我都怀藏着来深圳的冲动，就是因为有你、大侠这一班狐朋狗友、亲兄热弟，有彼此间海阔天空、痛快淋漓的畅谈，这座城市才变得生动。如果一个城市连“诗意”这东西都没有，怎么好意思叫人“栖居”下去啊？我一直渴望着有朝一日，我们能在这座城市里朝夕相处、朝思暮想，只要不是朝不保夕就好。现在，我终于可以正式通知你，我来深圳了。不是像往常那样匆匆来去，而是有了一个稳固的根据地——深圳大学祝勇文化创意中心。从此将在北京故宫和深圳大学之间两头奔走——在故宫搞研究，在深大教学生、搞创研。人生就是这样奇妙，早在景明达狂醉那一夜，我就知道我与这座城市有故事，只是这故事的酝酿期过于漫长，等它真正发生的时候，你这个急性子已经等不及了。我不知道如何通知你才算正式，想派信使，没有人愿意去。本月下旬，深圳大学祝勇文化创意中心揭牌仪式那一天，如果你还在，必然又是一顿豪饮，可惜这样的如果，只是我的一厢情愿。

代我向上帝他老人家问好。

祝勇顿首

2011 年 11 月 7 日

我读凸凹

你的母亲是樱桃

我的母亲是血泪

——海子

一

凸凹是一个让人过目不忘的名字。关于这两个字，史湘云曾有一段解释："这'凸''凹'二字，历来用的人最少，如今直用作轩馆之名，更觉新鲜，不落窠臼。可知这两处一上一下，一明一暗，一高一矮，一山一水，竟是特因玩月而设此处。"[①] 她指的是大观园里的两处景致，一曰"凸碧"，一曰"凹晶"。湘云还对陆放翁"古砚微凹聚墨多"一句颇为赞赏。黛玉进一步引证，如江淹《春苔赋》"悲凹险兮，唯流水而驰骛"；东方朔《神

① ［清］曹雪芹著，无名氏续：《红楼梦》，第1061页，北京：人民文学出版社，2008年版。

异经》“其湖无凹凸，平满无高下”；以及张彦远《历代名画记》中南朝画家张僧繇所绘凹凸花，远望如凹凸，近看却平。难怪黛玉说：“(凸凹两字)古人中用者太多……只是今人不知，误作俗字用了。”①

凸凹在决定自己笔名的时候，未必会有这样雅致的用意。在凸凹看来，“凸凹”两个象形字包含着对道路或者命运的隐喻。它们像图画一样，直观、质朴和互补，简直是对道路暨命运的图示。

首先，“凸凹”可以被视为对他家乡的描述。他出生于京西的山中，四周被大山包围。自生命之始，凸凹的视线大都被山所占据。大山成为他生命中无法回避的第一个事实。对于土著而言，山是他们最高的神，用饱绽肌肉的巨大躯体向他们炫耀力量。大山决定了他们的命运，封锁了他们投奔远方的道路，因而，山美丽雄壮，同时也无比残酷。作为一介山民的凸凹，对山的情感是复杂的，因为山既养育了他（们），也对他（们）进行虐待。他们既对它满怀感激和敬意，内心又充满了复仇的意愿。这是一介山民自出生那一天起就要面对的两难处境。

实际上，这也是文明的处境。如果说山区是农业文明的象征，那么城市就是工业文明的代言人。农耕生活是人类文明的奠定者，而在现代社会，以城市为中心的文化霸权又对农业文明

---

① ［清］曹雪芹著，无名氏续：《红楼梦》，第1062页，北京：人民文学出版社，2008 年版。

进行否定和打击，它唆使艺术家们对农业文明倒戈，从而对光怪陆离的现代文明顶礼膜拜。

这种两难处境，成为凸凹创作的一个出发点。无论是他的散文，还是小说，都同时充满了对山的鞭挞和感恩。山规定了他们的命运，控制着他们的身体，使他们蹒跚于凸凹不平的山路。山对山民的最大惩罚就是饥饿。在凸凹的早期散文中，不乏对饥饿的描述。父亲说："饿着肚子，能安生地吸几口灶膛的热气，也好受得很呢！"风趣中蕴含着对饥饿的控诉。类似的描写在他的小说中反复出现，比如在长篇小说《慢慢呻吟》中，就有饥饿的村民哄抢种子粮，把捍卫种子的村长翁息元的三根肋骨打断的震撼性描写。作为一个山民的儿子，饥饿是凸凹面对的第一个也是最重要的一个身体困境。我在《反阅读——革命时期的身体史》一书中写道："身体苦难的传统形式是：饥饿与疼痛。二者相比，饥饿显得更加重要，因为它对一个人的生命存在具有某种决定权。"[①] 饥饿不仅有可能剥夺人的生命，使人们随时处于生命停止的威胁之中，它本身还是一种残酷的身体刑罚，它可以使人长期反复处于一种身体挫折中。"饥饿规定了人类的界限，它使人类的一切活动，首先要围绕自己的胃部进行。可以说，胃是人类身体上自配的刑具，它将对人类进行定期惩罚。饥饿具有无法控制、无法克服的特征。人类对性的欲望可以通过自慰等

① 祝勇：《反阅读——革命时期的身体史》，第63页，台北：联合文学出版社，2008年版。

方式予以解决，但人的身体上没有任何器官可以协助胃部解决饥饿的问题，所以，胃总是显得孤立无援，更何况，胃担负着比性器官更加重要的使命——维持生命。在基本生存无法保障的情况下，性的繁衍几乎是奢望。”①

这种身体困境是由身体的弱点造成的，它与生俱来，难以克服，大山正是利用了这一弱点。饥饿奠定了凸凹与山地的最初关系。应当说，这是一种不平等关系。这种不平等关系，几乎成为他生命和创作的母题。当然，这种控诉不是以激烈的方式进行的，原因是：大山所带来的痛苦是一种长期的钝痛，而不是短暂的锐痛。这种痛苦是沉闷、持久和几乎没有解除希望的，也就是说，这种痛苦不是偶然性的，而是命运性的。就像李敬泽在评论毕飞宇时说过的那样：“那是属于中国乡村的身体，劳作不得喘息，天和地的纪律驱策着它，历史也如同天地一样驱策着它，它的向往和行动伴随彻骨的疼痛。”② 持久的痛苦给人带来某种耐受力，人们的生命，均以承认这种痛苦为前提，反抗，更多的是一种心理姿态，它实际上是没有方向，也难有具体举措的，是鲁迅所描述的“无物之阵”，不可能像对某些具体事物的反抗那样明确和激烈。

我注意到凸凹的散文中颇多对山村食物的描写，诸如《杏的

---

① 祝勇：《反阅读——革命时期的身体史》，第66页，台北：联合文学出版社，2008 年版。

② 李敬泽：《想象一部名为〈平原〉的书》，原载《新京报》，2005年10月 14 日。

故事》《老核桃》《童年粥事》《难忘瓜豆》《青玉米、焦玉米》等，对野菜的各种吃法更是精通：

马齿苋、车前子、山韭、大蓟、黄芹、榆叶、香椿和木榄芽等是野菜中的上品，味道好，吃之不以为苦。现在吃山野菜是城市的一种时髦，差不多都是吃这些菜。

这些菜很快便被吃光了，于是又把嘴巴伸向本来不能吃的东西。人说臭椿叶子不能吃，味道奇臭，令人窒息，但那年头也吃了。我清楚地记住了臭椿叶的吃法：

把叶子在开水锅里煮上一个时辰，将支棱的叶片煮“伏吃”了，即叶软如泥，叶卷如须。捞出来放在铁桶里，拎到山溪旁，用清水一过一过地浸滤。滤出的水由浑黑到无色，要用很久的时间。滤菜的母亲，嘴唇变得紫了。

后来，那叶被浸得一点味道都没有了，放什么调料就是什么味道。一般均放炸辣椒，辣味强烈，能吃得顺当。其实吃的已不是臭椿叶，而是一般概念上的纤维。

那时候，很盼着雨季到来，可收一些芜青、地萝卜和泛白菜等伏菜。自己种出的菜，当然比野菜好吃得多，是垭里人的细粮。

显然，这段描述与眼下电视里给主妇们传授的烹饪秘籍有所不同，它不是小康生活的点缀，而是透露了山民对于饥饿的本能恐惧，它从反面证明了饥饿的力量。这一点从另一位民间作家莫言的作品中同样可以得到验证——莫言的许多作品，诸如《透明的红萝卜》《红高粱》《酒国》《食草家族》《天堂蒜薹之歌》等，单从名字上，就与食物保持着密切的联系。这反衬了饥饿势力的强大，以及它对作家写作的煽动。

饥饿是山对山民进行身体控制的一个撒手锏，它把山民们固定在土地上，进行着艰苦的劳役，目的便是摆脱饥饿的控制，它使抗争本身成为一种劳役、一种屈服。人们像西绪弗斯一样，陷入周而复始、永无休止的劳作之中。食物只是生命的一项基本条件，而对于山民，则几乎成为他们全部的人生目标。摆脱饥饿，成为山民们生活的全部意义。而他们的努力，随时可能被冷酷的大山瓦解。也就是说，他们的生命是脆弱的，生存意义是虚无的。凸凹用他的笔，注视着那些在命里注定的逼仄中苦斗、梦想和受难的人。

出走与背叛，这是自现代主义以来文学的基本主题之一。《大师的伤口》一书中，我那篇对鲁迅和沈从文的乡土观进行比较的文章，题目就叫《出走与归来》。凸凹在学生时代就产生了鲜明的背叛倾向："于是，我便拼命地读书。母亲便偷偷地落泪：柴棚里已没几根柴草，猪栏里也积水汪汪……砍柴垫圈等均是孩童们的课业，却被我无情地荒芜……终于考中了，去走一条宽阔的道路。出垭里，垭里极欢腾，鞭炮欲将垭壁崩破。村长牵来迎亲用的花轿，差四条大汉抬我。我极不屑：'莫费事，我自己走。’祖父便对父亲说：‘小心点儿，这小子准是个叛逆！’”而城市（及其所代表的工业文明），几乎是山民们出走的唯一方向。凸凹那部讲述山民苦难史的长篇小说《慢慢呻吟》，便以翁大元考出山村作为结局。从散文《老叔》的这段描述我们得知，小说中的翁大元，就是以作者自己为原型的。

与此同时，凸凹承认：“从垭里走出来的，仅两个人：一个是老叔；另一个，便是我。”这等于承认，对于大多数山民而言，他们的命运是无从改变的。大山遮蔽了世界的通路。它有时给山民们犒赏是为了对他们施加更深的奴役。我们可以认为，山民们的努力是徒劳无益的。但是，也可以说，山民们的生存意义恰在于这种看似无望的努力之中，这一点与西绪弗斯异曲同工。大山企图通过摧垮山民的身体来摧垮他们的精神世界，这反而给了山民们重新塑造身体的机会。正是在这种辛苦的劳役中，山民们拥有了健壮的体魄、强烈的欲望和畅快的歌哭。于是，这种奴役非但不是对生命的剥夺，反而成了对生命的赐予，山民们在大山这种近乎残酷的帮助下抵达了人类忍耐力的极限，并且在对身体苦难的抵抗与超越中，获得了最大的自由感和酣畅淋漓感。

如果站在一个更大的视角上，我们便会发现，大山与山民构筑的是一种和谐的关系，一种对立的统一,一种共生共长的关系。山民们用自己的隐忍和坚强，化解了他们与大山之间的矛盾。在山民们看来，大山不仅赋予他们生命，而且使他们强健；

既是他们的生门，又是他们的脐带。所以，凸凹的长篇小说《慢慢呻吟》，起初的名字就叫《生门》。他在这本书的后记中说：“产道，也叫产门，又叫生门，是生命出生的路径。每个人都要出生一次，所以，人人都有一个生门。生门，在这里便是一个扩展了的意思：指人们生存的路径，生活的路径，追求自由和幸福的路径。”那些重复、刻板、单调、乏味的山峦，在凸凹的婉转长吟中，转变成埋伏着万物的、神秘狂野的浩瀚风景。

二

于是，山民与大山达成了某种谅解，由拒斥痛苦，到将痛苦转化为生命的一部分，甚至当成生命的一种养分。对此，凸凹的态度是：“人一生下来就要承受苦难；人的一生，几乎就是痛苦的一生。人寻求自由与幸福的路径，是由一个一个的苦难连接起来的；这一重痛苦，未等你叫出声来，新的苦难又不请自到，你来不及喊出疼痛。……默默地承受痛苦，既是一种无奈，也是一种生命的高贵与自尊。”

这并非因为中国农民具有某种自虐性格，而是因为长久而深重的苦难反而使他们获得了自由与超越。通常的情况是，小的苦难常常令人无法自拔，而大的苦难反而使人获得解脱。与其在痛苦中绝望地挣扎，不如承认痛苦、接受痛苦、与痛苦共处。这种民间精神与宗教精神有着相通之处，即把痛苦和磨难幻化成期待再生的“炼狱”。这表明了中国农民“向死而生”的人生态度。这种气质，不仅渗透进凸凹的文字，而且深入他的骨血。

来看小说《慢慢呻吟》中的一段描写：

此时的翁上元，正贪婪地啃食着一只咸萝卜。他朝刘淑芳龇一龇牙，他其实是朝刘淑芳笑了一笑，但昏黄的灯晕下，牙齿的白光，酷如兽之龇牙。刘淑芳心里咯噔一下。定睛一看，翁上元的腰背瘦了许多，但仍显得精壮有力；他的皮肤很白，灯光下，泛着惨白的光泽。小腹间一片黑黑的体毛，森森然直刺眼目；他的男根软沓沓地垂着，虽疲惫却也硕大有分量。看着刘淑芳注视的眼光，他并不去遮掩，只是专注地啮啃那只咸萝卜。吭哧，吭哧，他咬噬着刘淑芳的心——

“在日子面前，有这么精壮玩意儿的汉子，怎竟也这么无能为力呢？”刘淑芳很困惑，心里生出一股悲哀。

萝卜啃完了，翁上元咕嘟咕嘟地喝下一大瓢凉水，长出了一口气，他惬意极了。

翁上元上了炕，捏了刘淑芳奶子一把：

“咱干一次。”他说。

“还有那闲心？”

“闲着也是闲着。”

“还干得动？”

“干得动！”[①]

这是这部小说中一个普通的段落，描述的是山里人在饥荒年代的日常生活，却不失回肠荡气的效果。这并非因为这段并不长的叙述同时涉及了食与性的主题，而是因为它让人领悟到来自中国民间自由、个性和生命的风骨。

尼采曾说：“肯定生命，哪怕是在最异样最艰难的问题上；生命意志在其最高类型的牺牲中，为自身的不可穷竭而欢欣鼓舞——我称这为酒神精神，我把这看作通往悲剧诗人内心的桥梁，不是为了摆脱恐惧和怜悯，不是为了通过猛烈的宣泄而从一种危险的激情中净化自己（亚里士多德如此误解）；而是为了超越恐惧和怜悯，为了成为生命之永恒喜悦本身——这种喜悦在自身中也包含着毁灭的喜悦。”[②] 尼采对生命价值的肯定与凸凹笔下山民的生命姿态虽有不同，但也不无相似。山民们用他们的“生命精神”照亮阴暗的生活，“不是为了摆脱恐惧和怜悯”，而是寻找着生命的意义。他们的生命姿态既是对自我的肯定，也是对痛苦的权威身份发出质疑乃至挑战。这是更深刻的复仇——用微笑来面对淫威，用宽容来回答残暴，用琐碎的日常生活来肢解巨大的苦难。翁上元尽管“腰背瘦了许多”，但仍然表达着与

① 凸凹：《慢慢呻吟》，第38页，乌鲁木齐：新疆人民出版社，1999年版。

② ［德］尼采：《悲剧的诞生》，第345页，北京：生活·读书·新知三联书店，1986年版。

命运对峙的决心，在这里，性爱，成为对精神和体力的双重肯定。实际上，这段叙述的时间背景和空间背景并不重要，重要的是它传达了中国农民的内在气质。

凸凹的作品也因此不再在与大山的对抗或曰感恩的二律背反中徘徊，而是与痛苦共生共长。痛苦也因此在他的内心中拥有了合法地位。我在这里将凸凹的小说与散文相互对比参照，是因为它们源自相同的精神体系。二者相比，小说更加系统，而散文更加丰富——凸凹的散文实际上已经成为乡土民间精神资源的信息库，担负着类似水库“蓄水”的功能。

他小说中的许多素材都可以从散文中找到原型，比如《慢慢呻吟》中的南明阳，与散文《南先生》之间的对称关系，清晰可见。但散文是一个更浩大的存在，它杂芜、广阔而嘹亮。他把山地扩展为更广大的乡土社会，囊括了更多的命运悲喜。凸凹有一篇名为《残人》的散文，文中描述的文婆、云伯，都是命运沼泽中的个性人物。他在小引中说：“垭里同样有残人。垭里的残人很少哭泣。他们明白，人横竖得自己活，自己的日子不会有别人替过，犯不上自己跟自己过不去。”这些散文赋予苦难一种审美价值。人们的激情、意志、耐力和智慧全部就是与苦难战斗，从苦难的囚禁中出逃。

凸凹的散文——特别在早期，处处标明了他的山里人身份，比如《中国媒婆》《蛊医》《铜杆烟袋》《两碗酒话》《渔猎的故事》《干草与香椿》等。这些散文已经奠定了凸凹创作的基本色调——表面上平静、质朴、粗俗、温婉，实际上火热炽烈、刚健丰饶，有着超常的吞吐力和消化力，像他笔下的翁上元，一瓢凉水也能为他的肌体注入能量。这使他的文字具有了不同寻常的涵括力和穿透力。

三

除了刘亮程《一个人的村庄》《风中的院门》等散文集，乡村几乎成了当代散文家（尤其是青年散文家）们的写作盲区。乡村在当代小说中还保持着强大的势力，但在散文中却被忽略和遗忘，好像散文对它无能为力。无所不能的当代散文面对苍茫的山野突然沉默下来，有些不知所措。

中国散文已经不屑于，或者无力表达乡土社会的生命状态。在中国的社会结构中，乡土社会居于最底层的位置。对于作家个体而言，从事何种主题的写作是他的个人自由，但就文学整体而言，乡村的缺位将会使整个文学大厦成为一幢危楼。由于城市业已成为文学乃至整个时代文化的中心，乡村沦为边缘，所以，在以商品消费为主导的城市文明中，乡村已经变得日益廉价。城市文明强化了文学作品的消费性，而忽略了它的代言性——实际上，除了作为消费品以外，文学还应以一种文化精神代言者的身份存在。乡村没有失去它的文化代言者，那些丰富的民间说唱，就是它的代言者；而文学正在失去乡村，失去血液奔流伤痕累累声势浩大的生命现场。

在以美国为代表的西方强势文化的冲击下，各种想象的虚拟空间隆重登场。作为网络时代的新生事物，显示出某种不可一世的自负。问题在于，被时人追捧的美利坚合众国绝对不是一个文化上的富裕户，这是个只有两百年历史的国度，文化家底堪称捉襟见肘，所以，该国的文学制品更多只能依赖天马行空的想象，而不像欧洲文学、拉美文学和亚洲文学那样对历史、对现实人生有深刻的省察，像梭罗、马克·吐温、杰克·伦敦、海明威、索尔·贝娄、苏珊·桑塔格这样的大师在美国历史上屈指可数。不幸的是，在虚拟世界的号召下，一些年轻写作者越发痴迷于臆造故事，甚至于割断个体生命与历史时间的联系，使人物只能像飞行员一样在大气层中飘浮。这注定将使真实的身体变成没有神经、骨骼和筋脉的机器人（或曰虚拟人）。对此，略萨将对现实的关注程度与“文学抱负”联系在一起：“重要的是对现实生活的拒绝和批评应该坚决、彻底和深入，永远保持这样的行动热情……关于现实生活的这种怀疑态度，即文学存在的理由——也是文学抱负存在的理由，决定了文学能够给我们提供关于特定时代的唯一的证据。”① 所幸，一批严肃作家仍然附着在土地上，打量这里的风吹草动，体验人性的伟大和软弱，他们是：莫言、铁凝、刘恒、李锐、张承志、贾平凹、刘震云、刘庆

① [秘鲁]略萨：《给青年小说家的信》，第6—7页，上海：上海译文出版社，2004年版。

邦、格非、李洱、迟子建、张锐锋、吕新、钟晶晶、红柯、刘亮程、谢宗玉……无疑，他们都是具有“文学抱负”的写作者。凸凹就掩藏在这一队伍中，不露声色，不事张扬，在苍白的纸页上创造他喧哗躁动的文学世界。

无论大地山川给他提供的是痛苦还是幸福、福音还是灾难、保护还是迫害，大地都是一个不可忽视的存在，失去了它，也就失去了生命。凸凹曾经陪我深入他故乡的山村，我们相约写一篇关于土炕的同题散文。我从民俗观察者的视角叙述我眼中的土炕，而凸凹则把土炕视为自己生命的摇篮：

母亲说，虽然我是她的头生子，却没感到疼痛：因为土炕被烧热了，那奔窜的热力因身下绵绵土均匀而持久地传播，让她感到了彻骨的温暖，她把自己全部展开了；同时，绵绵土也把恣肆而出的血无声地吸收了，没让她看到骇人的血光。

作为生命的催生者甚至催萌者，土炕规定了人的宿命——他必须接受土炕强加给他的规定性成长：

家人三代同着一条土炕，夜晚的棉被下，大人的睡相也是赤裸的。原因很简单：一是土炕之热容不得半丝衣缕；二是“穷长虱子，富长疥”，穷人的棉裤只有一条，经冬而穿，衣服的皱褶里就住满了一粒一粒异常饱满的虱子。它们是不请自来的房客。于是，农人的父母是很容易给自己的子女上人体课的。而土炕上的温暖，使年轻的父母几乎夜夜缠绵，即使是十二分周到，也终有消息外泄的时候。……十二岁的我就也有无眠之夜了。躺在滚烫的土炕上，血液里竟游走着一种蠢蠢的欲望。

于是，土炕不仅是大地的延伸物，也成了身体的一部分，参与身体内部的血液循环，使身体成为生命的主语。梅洛·庞蒂说：“世界的问题，可以从身体开始。”至少这一点在凸凹身上得以应验。作为身体与大地的中介物，它化解了身体与大地的对立，使身体牢牢地附着在土地上，也使土地进入身体。在此，对于大山所规定的命运，已经无从进行道德评价（就像胎记一样，可以依据审美标准进行评价，却无法依据道德标准进行评价），因为所谓幸福与痛苦（比如土炕所承载的幸福与痛苦），是黏结在一起，无法剥离的。我们无法对这些情感进行分类处理。幸福里面蕴含着痛苦，而痛苦本身也意味着幸福。

这使凸凹的文学义无反顾、死心塌地地投靠他的乡土社会。我想用“大地道德”来赞美他——凸凹本人对“大地道德”有清晰的阐述：“‘大地道德’在他们那里，已非生态学意义，对土地的热爱与尊重，已作了伦理学的延伸——尊重生命、崇尚和平、完善道德、节制自奉、忠于精神、勤劳向善等，已成为一种生活原则。写作对他们来说，不是生命的派生物，而是生命本身。人格与艺术的一致性要求，使他们回到了生命的原点——人性与爱。”[①]

在我看来，“大地道德”是一种比社会道德更加高尚的道德，与中国的“天道”有相近之处。在中国当代文学的处境下，这种道德尤为可贵。但是，凸凹与提倡“大地道德”的梭罗及其中国继承人苇岸有所不同，后者更多是把乡村当作抵抗物欲横流的工业社会的有力武器，而在凸凹那里，乡村并不储藏枪支弹药，城市也不是标靶。乡村始终是乡村本身，它更像一个庞大的躯体，五脏俱全，有它自己的生命节律。它既宽阔绚烂又狭窄残忍，既生机勃发又藏污纳垢，既败坏我们又成就我们，既有伤痛又有抚摸，既混乱又有序。它不是陪衬，不在与城市文明的比照中存在，也无须兼任乌托邦或者世外桃源的职能，而是一个完全依靠自身的新陈代谢而吐故纳新、生生不息的世界。

四

尽管乡土是一个相对稳定自足的世界，但是，绝对封闭的乡土是不存在的。民族战争、阶级斗争、全球化浪潮，都或多或少地对乡土民间进行过干预。对于文化形态，陈思和先生曾经提出过国家权力意识形态、知识分子的新文学传统和民间文化形态的“三分原则”。那么，在我们阅读凸凹的散文时，我们不能不

① 凸凹：《感性的大地道德》，见《以经典的名义》，第30页，北京：中国国际广播出版社，2007年版。

注意到他的另一个身份——知识分子。中国有一类知识分子是由乡土培养起来的，鲁迅、沈从文、萧红、废名等皆如此，他们兼具了知识分子和乡土民间的双重身份，在文化形态的“三国演义”中，他们身兼二职，左顾右盼。他们在由农民成长为知识分子以后，继续关注乡土社会，只不过他们把乡土视为观察中国历史和现实的切入点，乡土于是成为知识分子精神版图的一部分。作为中国民间的后裔，凸凹观察乡土的眼光，既有别于本土父老乡亲，也有别于书斋知识分子。他写下大量有关文学名著的阅读笔记，实际上是在用另一种方式考察土地与人的关系。在对于乡土的价值判断上，他试图超越山民的原生态而达到理性的高度。

乡土大地，不仅在很长时间内是文学关注的主题，甚至是中国历史的主题。中国的政治斗争，在很大程度上是围绕土地展开的。中国的改革开放，也是从改变人与土地的关系开始的。从这个意义上讲，乡土是牵动历史与现实的一根敏感神经。乡土与生命的直接关系，使它始终处于历史的舞台追光中。正是由于乡土无可比拟的重要性，知识分子一直试图把它纳入自己的话语地盘，对它进行改造和利用，从梁漱溟到晏阳初，“五四”以来中国知识分子始终没有放弃借用乡土大地来构筑他们的精神乌托邦，搞笑的是，“文化大革命”中，知识分子反而被置于乡土改造的位置上，“接受贫下中农再教育”成为他们的必修功课。凸凹的写作，试图从古老的农业文明与现代文明的冲突格局中超脱出来，从对乡村社会要么歌颂要么声讨的二元思维模式中超脱出来，从人类究竟应该从乡村逃往城市还是从城市返回乡村的路线论争中超脱出来，而从更深的层次上思考人与土地的关系问题。沈从文说："这世界或有想在沙基或水面上建造崇楼杰阁的人，那可不是我。我只想造希腊小庙，选山地作基础，用坚硬石头堆砌它。精致，结实，匀称，形体虽小而不纤巧，是我理想的建筑。这神庙供奉的是'人性'。"[①] 以游历者、猎奇者或者改造者的态度对待乡土，是对乡土大地的不尊重；而被乡土大地所困囿，也终将沦为土地的奴隶。实际上，人与大地每时每刻都在进行着相互改造，只是这种改造不是以这种强制和激烈的方式进行的。凸凹通过对帕特里克·怀特《人树》的评说表达了他对人与土地关系的最终看法："一般垦荒小说，容易写成人与自然的征服与被征服关系，而怀特却着眼于人在垦荒时与土地建立起来的亲和关系和根性关系：人不仅开发着土地，也开发着自己——人的情感、思想无不因土地的开发而生发，人能感受到土地的脉搏，人其实就是土地的神经。"[②]

天者，夜昼；地者，枯荣；人者，灭生。我看见一个人在大地上奔走。风声在耳，他百感交集。

2006 年 4 月 2 日至 4 日于病榻上

① 沈从文：《习作选集代序》，见《沈从文全集》，第九卷，第2页，太原：北岳文艺出版社，2002 年版。

② 凸凹：《感性的大地道德》，见《以经典的名义》，第52页，北京：中国国际广播出版社，2007 年版。

我读闫文盛

闫文盛的散文世界，灰色、荒诞。他笔下的场景，总让我想起一些内陆地区的某座县城，苍白、灰暗、不土不洋、支离破碎。对于一个年轻人来说，这样的场景，不仅让人迷茫，甚至让人绝望。所以闫文盛的散文里始终洋溢着一种痛感。那痛感并不是来自伤口，没有似刀割般锐利，却是一种持久而深入的磨损。伤口的疼痛无论多么剧烈都可以痊愈，唯有这样的磨损，持久不懈。

我不知这样的基调是如何奠定的，但它已经奠定了。于是我们看到这样的文字："我记得那时的文字充满了难以言喻的伤感。直到我学会了上网，经常在附近巷子里的网吧中流连到深夜，那种伤感的积习仍旧一直伴随着。我在网吧里写作散文，对弥漫在周遭的叫骂声置若罔闻。"[1]

我猜闫文盛早就无须在网吧里写作了，我同样猜他并没有从那个拥挤、嘈杂、混乱的环境里真正脱身。它构成了闫文盛书

---

① 闫文盛:《师范街的黄昏》，见《失踪的旅行者》，第57页，北京：作家出版社，2011 年版。

写的背景——实际上，它也是我们大多数人写作的背景。在网吧里，每个人都忙得四脚朝天，一个人在这里写作，多么的不可思议，又多么的行为艺术！

这却构成了他的现实，或者说，构成了我们今天的现实——每个写作者，不都是在面对这样的虚无战斗？

闫文盛有着超强的写实能力，他的所有篇章，都没有惊心动魄的场面、曲折离奇的情节，只有琐碎而浩大的日常生活，在他的笔下绵密地展开。他所描述的许多场景，都是我们熟悉，却又不够关注的，比如集市、火车站、楼下的小巷。或许是因为司空见惯，所以才会“失焦”。而碎片式的拼贴、无主题的变奏，几乎撑满了他作品的内部空间。这让他的文字更加贴近生活的原色。他笔下的空间形象，也成为当下矛盾、混乱的中国社会的缩影。我喜欢《南方的寒冷》，也喜欢《沉重的睡眠》。这或许是因为我年轻时在南方有过一段生活，对南方冬季的寒冷至今深怀恐惧—— 尤其在那个还没有空调的年代，那种漫无边际的寒冷，追着人跑，让人无处藏身。《沉重的睡眠》写他居住在铁轨边的一段岁月，深夜里隆隆驶过的火车，让睡眠这人生最普通的需求成为天下第一难题。他喜欢在平实的背景下展开现实生活的矛盾，这矛盾也是平实的，不露声色，却招招见血。

血不在脸上，在心上。

在那些沉重悲凉、令人厌倦的生活表象背后，对处境的怀疑、对身份的焦虑，则几乎成为他作品的主题词。在《火车站》里，他用“平行或交叉”的铁轨来象征这种纷乱的生活，那个古老的话题又油然而生：“我从哪里来，要到哪里去？”他说：“每一次经过一个新车站，我都要仔细地观察那站牌。它们无一例外地产生了两个指向。这两个相背而行的指向导致了我们的人生。它们循环往复，永无尽时。”[①]

一个人独自面对杂乱无章的铁轨，定然会产生这样一种苍茫无依的情绪。但这样一种心绪，并不只有置身空旷的空间才油然而生，也是无尽的时间给予的。在《世事如烟》里，作者第一次看到了自己的家谱，但这份家谱并没有把他精密地锁定在一根血脉链条上，没有给他带来一种厚实的归属感，相反，却带来了更大的失落感：

仅就家谱看来，过去的事物几乎都是无解的。因为我们尚且无法从祖先的名字中获得信息，从而知道他们曾经在这个世界上怎样地生活过。但我们总是免不了会去揣测：我们看不到的真实埋藏于什么样的流年岁月中？百余年的光阴足够写就一部庞大的史书，我们所想象中的祖先的生活也是芜杂纷乱的。……在构成世界的谱系中，我们将不再看到从他们这里发端的踪迹。这就形成了一个巨大的悬念。因为时间的绵延变化片刻不停，抑或从另外的途径中会冒出一个、两个人的名字来。如果能够有严密的衔

---

① 闫文盛：《火车站》，见《失踪的旅行者》，第20页，北京：作家出版社，2011年版。

接，那外出者自然会从这个接点上循序渐进，重新返归到原先的序列中去。更为可能的是，那旁逸斜出的部分将繁殖成一个巨大的族群，茫茫人海之中，我们又怎么能够互相辨认？①

这又是一种深刻的质问。不知是青春过于残酷，还是闫文盛的痛感神经过于敏感，他的散文中充满了与年龄不相称的沧桑感，也赋予他的作品一种沉实、稳健的力量，不像许多的“70后”作家那样天马行空。他总有那么多的“现实”需要面对。其实，并非他不走运，这样的“现实”，至少一百年前就有吧。鲁迅先生把它称作“无物之阵”。“无物之阵”的意思是看不到敌人，却到处都是敌人。

世界上还没有人能够发明任何一种战法可以抵抗这样的“无物之阵”。因为“无物”，所以也无从对抗。生命的困境永远都存在，它如影随形，仿佛“南方的寒冷”，对我们围追堵截，所向披靡。我们必须学会忍耐。

按照冯友兰先生的说法，这样的忍耐，是道家哲学范畴中“获取相对幸福”的人生哲学。冯友兰先生认为，道家哲学尤其是它的创始人之一庄子把世间的幸福分为绝对和相对两种，能够自由地发展我们的“自然本性”，充分地发挥我们的“自然能力”，我们就能获得“相对的幸福”。

---

① 闫文盛:《世事如烟》，见《失踪的旅行者》，第40、41页，北京：作家出版社，2011年版。

这个世界上，没有完美无缺的彼岸，也不可能有毕其功于一役的胜利。

所有具体的困境，都需要具体地面对。旧的问题解决之后，新的问题又应运而生。

忍耐是面对现实的一种方式，甚至，也是战斗的一种方式—— 它不是妥协、和解，而是鲁迅所说的“韧的战斗”，是一种漫长的、坚韧的、逶迤曲折的，抵抗。

它让我们“敢于直面惨淡的人生，敢于正视淋漓的鲜血”，更有耐心、心怀悲悯地生活。

我想起一位朋友说过：“只有那些怯懦的人，才迷信生活在别处。一个作家的心灵若是无法在他所生活的现实中展开，他的写作必定是非常可疑的。”①

所以，在《寻常巷陌》里，闫文盛写下这样的话：

“炊烟暮霭里，我就一心一意写我的文字。天地安宁，我再不会无端地惊恐。”②

---

① 谢有顺：《贾平凹的实与虚》，原载《当代作家评论》，1999年第2期。

② 闫文盛：《寻常巷陌》，见《失踪的旅行者》，第10页，北京：作家出版社，2011年版。

路口的邵丹

一

邵丹，女，36岁，或者37岁，现居美国加利福尼亚州，公司白领。我从未打探过她的年龄，她从来一副袖珍女子形象，总给我长不大的错觉。我知道她的年龄，是通过她的散文《美丽的选择》，这篇散文是写给她的一个同龄人的，那个人是李清照。宋代的李清照，隔着时光，与邵丹成了莫逆。她们经常一起窃窃私语，谈话内容纯属机密。至少对于邵丹而言，这是人生中一次重要的相逢。看得出邵丹格外珍惜这种友谊，因为，除了李清照，她再也不可能从别人身上得到这种友情了。她说："我需要面对一个你。面对你，我如何与你connect？原谅我选择这个英文词来精确表达我的愿望。中文是连接的意思，太过生硬；你与我是目光的交换，心灵的互动，温软而无形。有点像米开朗琪罗在西斯廷大教堂威盛的穹隆上留下的那张上帝造人画，上帝与亚当飘在半空云际，两个若即若离的指尖，一道电流，从此有了人，从此人以崇敬与膜拜成就了上帝。”①

《美丽的选择》是我读到的第一篇邵丹作品，它让我觉得意外，内心被一件暗器击中。那暗器经过精心磨制，细腻精巧，不用说，它主人的武功也绝对一流，一招制敌。她显然对我们内心的软肋了如指掌，因为那也正是她自己不堪一击的地方。旅美台湾作家喻丽清说：“我不知道为什么邵丹对于36岁会这样的敏感，可是36岁的李清照却在她的笔下活起来了。阅读像是双向的召唤，从字里行间我们看到活生生的消逝，活生生的印证，从南宋到现代，从青州到加州，只需要一位写作者的笔和思维就可以带领我们在时间无涯的荒凉中，照见我们生命中或许也曾经有过的抉择。”②

二

我不知对于邵丹的叙述应该从何开始。在我的脑海里，邵丹是作为一盘散沙存在的。记忆像风一样，无法聚拢。况且，所谓的开始是不存在的。这个世界并没有一个通用的开始。任何开始，都是被指定的。我们似乎已经习惯于把某一件惊世骇俗的事件作为开始，那是因为它们具有明显的标记功能，并不意味着

① 邵丹：《美丽的选择》，原载《布老虎散文》，2006年秋之卷，沈阳：春风文艺出版社，2006年版。

② [美]喻丽清：《〈美丽的选择〉读后》，原载《布老虎散文》，2006年秋之卷，沈阳：春风文艺出版社，2006年版。

它们是时间的生产者。还有一些妄自尊大的人，自告奋勇地承担创世者的重任，像诗人那样声嘶力竭地宣布："时间开始了！"但他们自己却在时间中粉身碎骨。由于并没有一个标准的"开始"，所以当我们踏上重返"开始"的逆向之旅时，依然是四顾茫然。

已经忘记究竟是哪一家咖啡馆，就像忘记我在路上遭遇的任何一张具体的面孔。我们的大脑是根据什么原则筛选记忆对象？加州大学伯克利分校南面的电报街，是咖啡馆云集之地，作为一个著名的喜新厌旧者，我几乎光顾过它们的全部。我也忘记那一天点的什么咖啡，服务生是哪国血统，但我还记得那张桌子，一张笨重的、已经黯淡发黑的老式木桌。桌上的餐具十分精致。白瓷的咖啡杯旁，有一个文件夹，是邵丹给我的，里面是她打印出来的作品。

这个文件夹在我的抽屉里度过了一段漫长的寂寞时光，这或许与我对女写作者的性别歧视有关。自从邵丹把它交给我，我就没有再碰过它一下，所以，当我在时隔许久之后再度把它拿出来的时候，它还像当初一样崭新。忙碌是一个放之四海皆准的借口，在图书馆，每天都有铺天盖地的资料等待着我，它们与我正在写作的一部学术书稿关系密切，比邵丹重要得多。可能对我的这一恶习有充分的估计，邵丹从未追问过一次，仿佛对于这几篇文章，她比我忘得更加干净。所以，几次见面，我都把吃喝玩乐当作更重要的主题。但是那天，不知我为什么会良心发现，重新想起它们，并且有了一种莫名其妙的阅读欲望。或许，我突然直觉到自己可能的错误。我从一堆乱七八糟的资料里把它们重新挖掘出来，准确地说，是想给自己的预感提供一个答案。

如果开始是必需的，那么，那个上午就是我认识邵丹的开始，至少是无数种开始中的一种。那个上午，我意识到，那个经过奋力打拼终于过上中产阶级生活的美国小资身后，居然隐藏着一个如此幽深复杂的世界。

三

小兰仙，一张清纯无辜的面孔，混迹于那叠厚厚的文稿中，即使再过很多年，我也能把她辨认出来，不是因为她的美丽，而是因为她的不幸。小兰仙用自己的命运证明了一个道理，在那个以阶级斗争为主题的年代，阳光雨露并不是均匀地洒在每个人的身上，它是经过认真选择的，这种选择，具有理性和非理性的双重特点。也就是说，这种不幸落到小兰仙身上，既有充足的理论根据，也有很强的随意性。但不论怎样，它的选择将小兰仙对于命运的所有憧憬化为泡影。与别人的成长不同，小兰仙的成长是限制性的。而一个成长中的少女，对此显然是无法理解的。小兰仙不具有洞察历史的目光，她的目光甚至连超越 20 世纪 70 年代南方小镇的沉闷街景都是困难的。所幸，小兰仙从来没有认为自己不幸，这对她反而成了一种幸运。小兰仙自然没有机会研习阿 Q 先生的精神胜利法，她对于命运的一切回应，皆出于一个少女微弱的本能。对命运的全盘接纳，是她（们）对抗命运的唯一方式。

美丽的小兰仙，被命运裹挟着，在岁月中随波逐流。她最终嫁给了小镇上的瞎子，一个终生无法目睹她的美丽，也无法解读她的命运的人。与世界交流的最后一扇窗子关闭了，小兰仙的绝望，令人毛骨悚然。但邵丹自始至终保持着轻描淡写的口吻，她有非凡的文字演技，表面平静，内心汹涌。她反对在文字中虚张声势，她知道，叙述语气越是平淡，就越让人感到惊心动魄。这种反差，正是她所需要的。我对邵丹说，《小兰仙》的结局是神来之笔，她一脸诧异，对自己作品的结局已经全无记忆。为了证明我的论点，我只好把小兰仙的故事——尤其是结局，向她讲了一遍。她说："我写的时候并未觉得怎样，听你这么说，还有点意思。"

四

生活中的邵丹似乎与这些文字毫无关系。她是一个上足了发条的人，在硅谷如鱼得水，并不时吐几个美丽的水泡。这是邵丹留给我的最初印象。最能证明她生存状态的，是她纯正的美式英语、快速如飞的说话速度，以及多动症似的生活节奏。她标准的英语发音，令老外（在美国，她才是"老外"）都赞叹不已。

与老外们的态度相反，我对此颇为不满，因为它彻底打消了我与老外们用英语交谈的念头，并对这个现成的翻译产生了强烈的依赖感，据此，她应对我英语的止步不前负有不可推卸的责任。

文字外的邵丹，始终如一地保持着精致的生活品质，对于品牌有着灵敏的嗅觉，她对此一丝不苟，但实事求是地说，她在圣塔·克拉拉（Santa Clara）——硅谷中心一座风景如画的小镇——买的那套复式房子，却时常天下大乱，被子整日不叠，未洗的餐具叠得老高。当然，这样的场面也可以为他们日理万机的生活节奏提供佐证。我有时会从伯克利坐 Bart 到圣塔·克拉拉，在她家中小住几日，也有时她开车来我办公室楼下接我，去她家中小聚，这使我有机会对她的生活有了近距离的观察。

在她的家中，她的先生余怀民同志撑起了最重要的那半边天。怀民在美国攻读的是指挥专业，我时常能从他的工作台上，看到他正在作曲的曲谱。他有一双瘦长的、魔术般的手，那双手不仅会炮制动听的音乐，而且会炮制美味佳肴。这来自精神和物质的双重抚慰，使邵丹的生活充满阳光。相比之下，邵丹唯一会做的是锅贴，是从超市里买来的半成品，然后根据上面的说明书如法炮制，那是邵丹为我做的唯一一次饭，它成为我至今为止最痛苦的早餐记忆。

我至今对我们三个同龄人共处的时光充满怀念，尤其是在美国那个遥远的异乡。有一天，喻丽清老师夫妇、程宝林夫妇和我去邵丹家做客。那天晚上，怀民用小提琴拉了一曲《白毛女》，于是，旧社会的寒冷北风，吹进硅谷的温馨之夜。来自台湾的喻丽清第一次听就喜欢它的旋律，而我的眼眶则有些湿润，或许，那是一个异乡人对故乡记忆的本能反应。严格来说，我与怀民是同龄人，而与“70后”的邵丹有着显著的代沟，尽管年龄差距并不大。在我的怂恿下，怀民又演奏了《台湾同胞，我的骨肉兄弟》，当然，这是给喻丽清夫妇提供的专项服务。令我惊异的是，怀民对于这首20世纪70年代的老歌曲谱的记忆却丝毫无误。在我心中，怀民始终是一个成熟、稳健的人，与邵丹叽叽喳喳的性格相映成趣。为了与我们保持一致，有一次，邵丹说，她最近看了《红灯记》，哭了，李玉和一家宁死不屈的光荣事迹令她潸然泪下。我和怀民一致认为这很搞笑，于是密谋，一定找一个货真价实的催泪弹给她。在我们的共同策划下，我们为邵丹播放了朝鲜电影《卖花姑娘》，在我们的记忆中，没有比它更正宗的催泪武器了。但事与愿违，我和怀民泪飞顿作倾盆雨，邵丹却依然无动于衷，更有甚者，整个观看过程中，她喋喋不休地提出了差不多十万个为什么，她坚持认为剧情不合理，不能自圆其说。对于这种无谓的争论，怀民和我既不感兴趣，又无可奈何。

五

我想一定会有许多事情让邵丹深感茫然。她是一个生存在夹缝中的人，她生长于一个理想主义向现实主义彻底妥协的年代，在青春时期带着她的黄色皮肤以及与黄皮肤有关的文化记忆进入美国，至今仍在文化与商业、中文写作与英文写作之间徘徊不已。在各种混乱的价值观中，寻找一条自己的道路，并非易事。作为女性，喻丽清对邵丹的观察显然比我更加细致，按照喻老师的说法，36岁的女人已经到了生命的一个路口，喻老师说："她以为36岁是女人青春与迟暮的分水岭，殊不知青春与迟暮之间才是女人生命中真正的战场。"①

我完全可以想象邵丹初到美国时的兴奋。在伯克利，许多来自中国的学生向我表明过这种心情。而邵丹就读的学校，是距伯克利一小时路程的斯坦福。"美国大学的教学楼道，大理石地面，我将背包坠到地上，两眼望天，盘腿坐下。是的，就这个动作的那一瞬间。你不明白吗？我不需要查看地面的清洁程度，我不需要铺垫什么将我的屁股与地面隔离，我想坐，我就坐下，坐到了赤裸裸的地面上。你能明白这份欲望到行动过程高度简化的快感吗？我坐在那里，有一种飞翔的快感。这是我曾经追求的，我飞到美国来追求的。过道里人来人往，谁都不会大惊小怪。"②

我当然不会奇怪。我没有见过斯坦福的邵丹，但在那里，我能够找到更多的邵丹。他们在举手投足之间，证明了邵丹的心

---

① [美]喻丽清：《〈美丽的选择〉读后》，原载《布老虎散文》，2006年秋之卷，沈阳：春风文艺出版社，2006年版。

② 邵丹：《美丽的选择》，原载《布老虎散文》，2006年秋之卷，沈阳：春风文艺出版社，2006年版。

情。那种兴奋是重要的，却是不能持久的。现实问题越来越多地摆在面前，每个人都必须面对自己的困境，并不会因身在美国而得以赦免。在美国，顶多是以一种困境代替另一种困境。

喻丽清又说："邵丹正站在中国与美国之间，宋代与现代之间，像36岁的分水岭一样，她急于看出自己人生的方向。""不过以她的聪明和早慧她不需要看到战场上遍体鳞伤的女人，她是只关注灵魂的，所以她宁可选择一个soul mate来聊天，以排解她身在异国的孤独与反思。在灵魂与肉体之间，她绝对选择灵魂。但在舍弃物质的极简主义当中，天真无邪是危险的，李清照的舍弃换来了诗词上的成就，而文明的极简主义说不定只能换来伊甸园里的苹果。"①

我猜想她全部的写作动机，皆出于她的困惑。站在十字路口，四周是呼啸的车，这种喧闹反而加深了她的寂寞，使她对倾诉的渴望变得更加强大。根据喻丽清的定义，作家并不是喜爱写作的那种人，而是不得不写作的那种人。从这个意义上说，邵丹堪称标准的作家。因为在美国，写作，尤其是中文写作，不会给她带来任何好处，相反，它只能带来艰辛。作为写作者的她，无论是在美国文坛，还是在中国文坛，都将被置于边缘的位置。没有任何一束追光会投向她，没有人会关注她的亮相，即使她的亮相无比精彩。这种非主流写作，尤其要面对难耐的寂

---

① [美]喻丽清：《〈美丽的选择〉读后》，原载《布老虎散文》，2006年秋之卷，沈阳：春风文艺出版社，2006年版。

寞。而对于文学的所谓信念，在美国一文不值。所以，作为宠物的写作，比起作为宠物的猫狗更难存活。邵丹是坚定的写作原教旨主义者，我们不必对她的写作动机抱有任何怀疑。无论她的生活怎样忙碌，她都会在天亮以前起床，伏案写作大约一个小时，然后再开车上班。与中国国内许多职业作家相比，邵丹对于文学更加忠诚。

邵丹开车在高速公路上飞驰，但每到岔口，她都要犹豫一下，有时在决定之后突然转向。所以，做邵丹的乘客，需要具备良好的心理素质，以及视死如归的大无畏精神。她的这一性格具有很强的象征意义——即使像她这样伶俐的人，也时常被道路所迷惑。但她毕竟拥有选择的权利，而选择是幸福的，她远比小兰仙幸福得多，尽管所有的抉择，都不可能立见分晓。邵丹对李清照说：

“36 岁了，你我都懂得抉择的真谛——实质上并没有抉择。我们都注定糊涂一次，然后用下半生偿付这糊涂的后果。亚当与夏娃傻到想去了解智慧，但我们何须智慧才能幸福？”“36 岁了，你们知道剩下的只有一个选择，那就是继续。悔恨与否无关紧要，我们懂得继续需要真正的勇气。”[①]

即使选择一万次，写作仍会是她的最佳选项。在写作中，她发现了一个大于自己的世界，那个世界对她充满诱惑。所以，

---

① 邵丹：《美丽的选择》，原载《布老虎散文》，2006年秋之卷，沈阳：春风文艺出版社，2006 年版。

她的每个写作的早晨，既是时间的开始，也是空间的开始，她可以发现许多条隐藏在她文字间的道路，并通过这些不同的道路，抵达她无法预测的远方。

2007 年 9 月 10 日改定

我读格绒追美

一

刚从楼兰回来，就参加中国社科院主办的"'康巴作家群'作品研讨会"。那天，我和宁肯相邻而坐，窃窃私语。我们说康巴这块地域很像拉美，神奇、魔幻，充满了种种不可思议的变数，是孕育文学的天然沃土，好的作家在这里层出不穷，阿来《尘埃落定》《格萨尔王》，江洋才让《灰飞》，格绒追美《隐蔽的脸》，都是很好的长篇，连生活在云贵高原上的范稳也把目光蔓延过来，跑到康巴来吸氧，完成了《水乳大地》《悲悯大地》《大地雅歌》三部巨制。

但我想说的却是散文，因为在我看来，散文的自由度、梦幻感和音乐性，更能表达这块土地的特质。这一点，在《说吧，宁肯》中已经做过表达。宁肯写了关于藏地的小说，却顽固地拒绝着小说的叙事性，因为在他看来，叙事性是与这块土地相抵触的，他说："至于故事，至于叙事，它们只能处于'存在与音乐’之下，以至我多少有点否定叙事的倾向。”还说：“就我个人在西藏的经历而言也是这样，没什么可称之为故事的生活，只有每天巨大的存在。”[①]

对于格绒追美，或者康巴的许多写作者而言，或许只有小说才能表达他们对这块土地的“整体式”印象，完成古老的《格萨尔王》在他们的血液里注入的史诗梦想，像格绒追美所写：“大地无语……不变的是格萨尔王的伟大传奇，不变的是我们对英雄的崇敬。”[②] 但从格绒追美的散文里，我更能感觉到这种杂芜而巨大的存在感。这种存在感，不“完整”，也不“系统”，既看不见，也摸不着，它拒绝评判，没有开始，也没有结局，它是非小说的，甚至是非逻辑的，但它是真实的，如影随形，生动如梦。

二

读格绒追美散文集《在雪山和城市的边缘行走》，我很喜欢他那种碎片式的表达。

年轻的格列，梦见了自己刚刚逝去的奶奶，“魂灵像一股缥缈的风儿飞了起来。她现在摆脱了肉躯的桎梏，那样清晰自在，

---

① 宁肯：《为什么不同》，见《说吧，西藏》，第92—93页，北京：北京十月文艺出版社，2013年版。

② 格绒追美：《精神之火》，见《在雪山和城市的边缘行走》，第178页，成都：四川文艺出版社，2012年版。

一切透彻明亮。她是无拘无束的，想到哪里，转眼间，就能像光一样射向哪里”[①]。奶奶的魂灵在村子里转悠着，“天空下的村庄安恬如画”，也飞回了自家的灶旁，“人们却视而不见”。她的儿子背着她卖掉了家里的牲畜，孙子格列也不想再待在寂寥的山上了，对此，奶奶至死也没有原谅，奶奶的死，于是让他们背上罪孽的包袱，奶奶在村子里飞来飞去的魂灵却弄不明白，孩子们为何哭得这般伤心……

邓珠平生第一次住进了林子里舅舅开的那座豪华的宾馆，手里拿着纸片般的房卡，他的第一反应就是“像在某个幻梦中”。于是，在这个处处有人服侍的高级宾馆里，他忘记了应该怎样睡觉、怎样吃饭。“当他听舅舅说一个房间每夜是 380 元，一桌餐 500 元时，他惊诧得失了神。那么贵，还有人住？……家里一年的盐茶都够了，给每个人都可以添置衣服呢。心底有个声音说：舅舅，你把那些钱干脆给我算了，我可以不住，窝在哪里蹲一夜都行。……在村寨，这样挥霍的人一定会被认为是疯子。”物质优裕的世界里，他第一次感觉到了与这个世界的隔阂，“拉开窗帘，看着雪中的山林，沉默的神山，心中仍空空落落，雪山也变得有些陌生、遥远起来。他与大山之间似乎被什么东西阻隔着，是什么呢？是来自城市的强大‘物质’，还是自己的心理障碍，他不清楚。他感到幸福的忧伤。”当他回到村寨里，曾经

① 格绒追美：《奶奶的魂灵像缥缈的风儿》，见《在雪山和城市的边缘行走》，第 178 页，成都：四川文艺出版社，2012 年版。

横亘在他与物质世界之间的隔阂，居然也在他和村人之间出现了，当他对村寨里的人们讲述他在外面的见闻，没有人再相信他，“村人觉得一贯老实的他一夜间变得不实在了”[①]。

最有趣的还是尼玛的老伴，在汉地里买了房子，住得久了，一回到海拔 2600 米的康定城就开始高原反应了，只得掉头返回，一到泸定，人立马清爽了，从此陷入“回不了家的尴尬”[②]……

读着这些文字，犹如在欣赏一部纪录片，无数种生存的真实情状蜂拥而来。在高原的背景上，在风雪之后，芸芸众生的面孔有如浮雕，清晰入眼。他讲述的不是故事，而是存在。故事有起承转合，存在却只是一种状态。我想起帕慕克的话：“在我们的一生中，会发生成千上万件被忽略的小事，只有文字才能让我们意识到它们的存在。”[③]它们是重要的，而且，在我看来，描述一种状态，比叙述一个故事更加困难。《水浒》《三国》是故事性的，《红楼梦》却是状态性的，故事退居次席，一堆细致繁密的生活场景拼合成为主调。每个人的存在，都是微小而具体的，像风一样，无始无终，却挟带着一股更加真实和强劲的命运感。与传奇相比，后者更接近我们生存的本质。

---

① 格绒追美：《沉默的贡嘎雪山》，见《在雪山和城市的边缘行走》，第 85 页，成都：四川文艺出版社，2012 年版。

② 格绒追美：《雪山的清冽落到心上了》，见《在雪山和城市的边缘行走》，第 85 页，成都：四川文艺出版社，2012 年版。

③ [土耳其]奥尔罕·帕慕克：《别样的色彩——关于生活、艺术、书籍和城市》，第 2 页，上海：上海人民出版社，2011 年版。

作为一个藏族作家，格绒追美能够更加深刻地体验到这种存在的复杂感，像梦一般的“无序、混乱，茫然、忧郁”[①]，体验到“村庄内心的隐痛，农人生活中的苦难，以及最真切的欢乐和忧愁”[②]。它们说不清，道不明，如鲠在喉，难以判断，但文学家不是哲学家，不需要那么多明确的结论，对于文学家来说，提出问题似乎比解决问题更加重要，因为提出问题本身就已经昭示了写作者某种超越性的思考，更何况现实的困境，也永远不会有一个完美的一揽子解决方案。对此，格绒追美有清醒的意识，在文字里，他丝毫没有高估自己的企图，他说：

如果成就不了一个雪域男人大气的事业，就让我做一个记录者，以亲历亲为的心灵历程，记录下人们在一个特定时期特殊的历史情态。留存自己和周围人的声音、语言、思想和生存状态，即使稚嫩和拙朴，人们依然能感受到我们这个时代的气息、火焰，乃至语言背后旷远的思想、意蕴……[③]

---

① 格绒追美：《荒诞迷离的梦》，见《在雪山和城市的边缘行走》，第85页，成都：四川文艺出版社，2012年版。

② 格绒追美：《我的心灵像晨光》，见《在雪山和城市的边缘行走》，第85页，成都：四川文艺出版社，2012年版。

③ 格绒追美：《雪山的清冽落到心上了》，见《在雪山和城市的边缘行走》，第85页，成都：四川文艺出版社，2012年版。

三

尽管我自己也在以散文的方式阅读藏地，但是，读格绒追美的散文的时候，我注意到它与自己散文的不同。就像一本书的书名，我们这些描写藏地的写作者，是在“聆听西藏”。我们的基本动作是“聆听”，在“聆听”中把握藏地内在的音乐属性。但是“聆听”本身，已经表明了我们外在的身份，藏地，只不过是一种审美上的客体而已。

我们描述藏地，着眼点却在自身。藏地成为我们现实生活中的一个巨大的对照体、一个参照物，而不仅仅是它自身。我们这些散文，与其说是对藏族世界的记录，不如说是一场跨文化的对话，所有对藏地的讴歌，也都将转化为与现实对峙的一种谈判手段——我在这里所说的，不是高下，而是不同。共同的主题背后，隐藏着两种不同的文化体系、两种不同的眼光。汉藏之间以文学的方式实现着彼此的对望，这种现象，在中国 56 个民族中间，是十分独特的，也是一个耐人寻味的课题。

像格绒追美这样的写作者，本身就是藏地生长出来的，他们的心跳，就是藏地的心跳。于是，在他们的笔下，观察藏地的视角发生了变化，这种视角是原在的，而不是“进入”式的。尽管格绒追美的散文并非无懈可击，但他所有的絮语，都带着自身生命的温度与血色。

对于藏族作家来说，藏地不是所谓的“香格里拉”，它只是一片生存之所，是他们生于斯长于斯的血缘之地，是一条生生不息的生命的大河。藏地的村庄如同汉人的村庄一样，混合着牛屎和柴草的味道，酝酿着幸福和疼痛，最终使格绒追美的文字，成为“心尖上最烫的那滴精血”。所有的坚守与抉择，都是生命的一部分，就像它们在我们的身上发生时一样。

我读朱迅

朱迅是“70后”，她的新书《说出来就过时》的广告语是“70年代生人的非虚构青春叙事”。现在中国人似乎已经习惯于把每十年作为一个代际的刻度，即使只差一岁，也被划归两种不同的人类。实际上，作为20世纪60年代后期出生的人，我认为自己与70年代前期出生的人没有区别。他们就是与我们玩在一处的小弟小妹，作为“红旗下的蛋”，我们几乎有着相同的结构和性能。

李皖否定了根据时间划代的企图，他说：“代，从本质上说并不是一个时间概念，代就是一群人共同的命运。从一开始它表现为一种共同的经历，随后它表现为对这经历的无可奈何，以后的人生都被这经历所左右。”[①] 这使朱迅一代可以名正言顺地与我们“同流合污”。但他认为这代人的共同经历只存在于生命初年，以后就没有了，因而“‘60年代出生的一代’是一个假问题”[②]，

① 李皖：《这么早就回忆了》，见《“60年代”气质》，第74页，北京：中央编译出版社，2001年版。

② 李皖：《这么早就回忆了》，见《“60年代”气质》，第75页，北京：中央编译出版社，2001年版。

我不同意他的看法。这代人后来的命运可能千差万别，但他们灵魂深处仍然具有相通的精神气质，可以对话，可以“合并同类项”。这种情况在各时代的出生者中都存在，时代话语早已深植在他们的个人记忆中，成为他们通用的语言。

20世纪中国的政治剧变凸显了代际的差异，几乎每个时代的人都能从政治风向的变化中寻找到自己的代际坐标。似乎每代（个）人的命运都是注定的，没有人能够逃避历史强加给他们的规定性成长。于是，在历史的策动之下，中国人的集体记忆十分发达。而政治布景的频繁置换，又使这种集体记忆以代际为单位分别配置。这就是中国人有着鲜明的代际认同感的原因。

20世纪60年代和70年代生人处于理想主义与现实主义两大历史板块的夹缝中，是大历史的宏观叙事向日常生活小叙事过渡的产物。他们不像上面一代那样依靠政治意图来紧密结盟，也不像下面一代那样各自为政，互不相识。用李皖的话说，这代人是极度矛盾的，因为他生在现代中国变动最快的年代，这个年代刚好横过他的整个成长阶段。一开始，他保有纯真，生在新社会长在红旗下，所以他相信善良的价值，并且这几乎成了他在各个时期安身立命去除不尽的底色。从60年代、70年代、80年代再到90年代，刚好是他的童年、少年、青年、成年，他在成长过程中所一点点改换、一点点建立的价值观，又在这成长过程中不断地陷落。所以他相信着什么，同时又不信着什么，他会一边建立，一边拆除，既保有价值的认定和对高尚的敬仰，又对这种认定和敬仰保持距离。[①]也就是说，他们有着自己的理想原则，又抗拒着宗教式的迷狂。朱迅说她在日本的时候“有一段痛苦得直不起腰的日子”，即使如此，她从艺仍然坚守着“三项基本原则”：反华的戏不拍、接吻的戏不拍、暴露的戏不拍[②]，这实际上显示了她的代际标志，表现在民族主义、性、家庭等观念上。集体记忆的瓦解是从70年代中后期这代人开始的，他们开始从整体的板块中游离出来，并通过个人的释放获得了快感。集体记忆分散成各不相同的个人记忆，记忆的主语是“我”，而不再是“我们”。

哈布瓦赫认为，一个人之所以回忆，是因为受到别人的刺激，一个人的回忆常常要借助别人的回忆，进而提出一个“记忆框架”的理论，他说：“我们的个体思想将自身置于这些框架内，并汇入能够进行回忆的记忆中去。”[③]20世纪六七十年代特殊的时代背景下生长的人，他们拥有共同的“记忆框架”，他们的记忆是可以相互交换的，或者说，他们拥有许多共同的记忆符号，彼此通用，如果再跨一个年代，比如与80年代生人之间，这种符号将无法通行。

---

① 李皖：《这么早就回忆了》，见《“60年代”气质》，第85页，北京：中央编译出版社，2001年版。

② 朱迅：《说出来就过时》，第5页，沈阳：辽宁教育出版社，2006年版。

③ [法]莫里斯·哈布瓦赫：《论集体记忆》，第69页，上海：上海人民出版社，2002年版。

朱迅在书中出示了许多这样的记忆图像，也唤起了我的代际认同感。比如她对转型年代的描述。霹雳舞、陶金、《摇滚青年》，我还想起一个消失已久的作家：刘毅然。80 年代以后的兄弟姐妹们会对这一切感到茫然无知。

但这并不意味着同代人的记忆全部是重叠的。这代人在共同的时代主题下恰如其分地保留了个人叙事的可能，并因此成为生活丰富性的目击者。比如朱迅写到的，她 80 年代在午门下跳霹雳舞的经历（这是时代场景转换时一个有象征意味的细节），是作为她的私人叙事存在的，很难与他人置换。

被时代推着走，同时保有着鲜明的自省，是这代人的共同特征。这种自省常常由个人推及群体。他们由个人立场出发，注视集体经验；又透过集体记忆，判断个人的立场。忠诚与背叛、信任与怀疑、激情与沉默、理想主义与反理想主义、积极自由与消极自由，巨大的矛盾性是时代赋予这代人的烙印，也是给他们的礼物。对所有的困惑与难题，他们不会轻易给出结论，这使他们的思想时常处于警觉状态。他们捍卫了大脑的地位，而在他们身后，身体的主语逐渐下移，变成手（操作）乃至性具（做爱）。当现代化用机器（电脑、手机、电视、传真机等）蓄意将人群分割开，使每个人陷于孤立，最后的集体记忆则会使六七十年代生人轻而易举地找到自己的盟友。

朱万章的美术随笔

朱万章与我有“四同”——同龄、同学、同事、同道。第一，我们同生于1968年；第二，我们为中国艺术研究院同一届博士生，只不过专业方向不同，我读艺术学，他读明清美术研究；第三，我们同在博物馆工作，我在故宫博物院，他在中国国家博物馆；第四,万章兄除了画画，还写了很多文字，尤其这几年，佳作频出，有《居巢居廉研究》《书画鉴考与美术史研究》《销夏与清玩：以书画鉴藏为中心》《画林新语》等，而我的写作，近年也开始转向艺术史，尽管与万章兄比起来，我纯属半路出家，但兴趣与志向，还是有许多相通之处。

近些年，美术史忽成热点，被小资读者追捧。但那美术史，大抵是一种粗线条的描述，关注的，也不过一些显赫人物，耳熟能详，人云亦云，对美术史缺乏精微独到的观察，美术史教科书也变成了教条，甚至变成了“为论证政治合法性需要而建构起来的单一宏大叙事”，一些不符合“体系”要求的艺术家都被驱逐在外，从而牺牲了艺术本身的活色生香，那美术史，也就丧失了整体感、肌理感。万章兄对美术史的观察，没有那么“势利眼”，因为他的关注点，常放在一些偏僻人物身上。他们或许不是最重要的，但也是不可或缺的。没有了他们，美术史就不完整，就失去了原有的生态，只剩下几个风云人物，犹如大海里的孤岛，孤立无援。

万章兄的美术研究，是向细微处走的。比如他写居廉、余菱、赵之谦、钱慧安、高奇峰、孙星阁……都曾在海上、岭南，领一时风骚，只不过在大而化之的美术史叙述中，许多人的名字被“化”掉了。万章兄钩沉史料，把他们一个个从故纸堆中翻拣出来，让他们在新世纪里重新“面世”甚至发言，见学术胆识，亦见艺术眼光。所以郑重先生说他：“正是由于他的这特殊的眼光，才能道他人所未道，触发点虽小，但都具有开创性，给人以清新之感。”

这让我想起这些年史学界颇为流行的“中层理论”。在“中层理论”看来，那些宏大的、高屋建瓴式的历史描述，就像高空摄像机，因距离太远而缺乏人间烟火的真实气息，缺乏生动感，进而缺乏真实性的支撑；反之，那些过于微观的描述，则会陷入鸡零狗碎而丧失对整体性的把握。于是，“中层理论”出现了，它不再凭借某种“通用性”理论野心勃勃地创构宏大史观，而是就某一个“严格限定的问题”，说明“一个特定历史时期对其他社会和其他时期所具有的意义”[①]。“区域社会史”就是

① [美]罗伯特·默顿：《社会理论和社会结构》，第79页，南京：译林出版社，2008年版。

在这样的背景下诞生的，因为它不再强调历史的整体性，也不把历史分解到散碎的个人身上，而是限定在一定范围（区域）之内。任何经验，都在一定的限度内有效，不能夸大，也不能碎片化。

在学者看来，美国史学家柯文在考察中国历史的变化时使用的方法，就符合“中层理论”的原则。他以“一纵一横”的方式解构宏大的中国历史叙事：“一纵”就是“眼光向下”，不拘泥于对上层历史的观察；“一横”就是分解中国庞大的历史空间，对之做出区域性的详细考察。[①]

万章兄此书，虽不是学术著作，而是一组美术史随笔，但刚好暗合了这样一种理论，可以被称作美术史的“中层叙事”。首先，它是区域化的，侧重于对海上、岭南（万章兄曾工作于广东省博物馆）的地域美术进行切片式观察，这方面，万章兄是有自觉意识的，比如他对广东“区域书法”的研究（见其《广东传世书迹知见录》一书）；其次，如前所述，他的眼光亦是向下的，而不是停留在美术史的表层，而是深入一些偏僻的角角落落，因为所有的美术史，都是“拖泥带水”、枝杈蔓延的。他像一个潜泳者，只有深入海水的深层，才能在浪潮之外，感受到大海内部的暗流涌动。

因此，“四同”之外，我最确切的身份，其实只是读者，甚

① 杨念群：《中层理论——东西方思想会通下的中国史研究》，第5页，北京：北京师范大学出版社，2016年版。

至于当读者，也未必是合格的，因为阅读，也需要一定的知识储备，这样才与作者对得上话。我喜欢读万章兄的文章和著作，他讲的许多事是我不了解的，因此从中受益不少。至于写序，实在愧不敢当，无奈万章兄一再诚意邀请，只好勉强为之，所幸读万章兄文字，不能不有所触动，于是写下上述文字，算是一点感悟，与万章兄，也与读者朋友们共勉。

孙小宁的电影散文

一

孙小宁书和电影看得多，这一点，地球人都知道。读书是她的职业，因为她曾编过报纸书评周刊，用她自己的话说，“混迹于书界”，现在还是一份晚报人文印记版的编辑；看电影，想必是业余爱好，但她是骨灰级爱好者。在北京，有两个文化人扎堆看电影的地方，一个是小西天中国电影资料馆，另一个是当代 MOMA 的百老汇——名字虽半土不洋，影片却是专业的，一些国家的电影周，非此即彼，不是在小西天，就是在 MOMA。北京的文化人也跟踪追击，两处辗转，传说中的影片（特别是艺术片），能看到影院版，不失为一种幸运。但幸运需要用“坚持”来换取，我没有“坚持”，所以我得到的幸运就少，小宁“坚持”着，所以她占的便宜就多。当然，“坚持”并不是一个准确的词，这个世界上没有一件事物可以迫使人非要“坚持”不可，如果有人“坚持”，背后一定有别的原因，比如“热爱”。

从小宁的“坚持”中，我们看得出她的热爱，而且爱得比较专一。

《看得见风景，望不见爱情》是对这份热爱的证明。小宁的文字，我一直是追捧的，只是我们不善于，或者说不屑于相互吹捧而已。2003年我第一次为春风文艺出版社编散文年选，就选了她的文章。很久以来，读她的文字，当然是从报纸上，有的署名，有的只写“编者”，但也一看就知道出自小宁的手笔。她的文字，干净清爽、精到细致、有骨骼感，不像一般的女性写作者那样拖泥带水、滥情缠绵、漫漶成灾。她的文字不会坍，把那些煽情虚浮的枝蔓去掉，文字的独到性就显现出来了。所以她的文字，一看便知。即使署名“编者”的短文字，过期就作废，不可能收到书里，或许连她自己都未必保存，但她仍当成文章来写。我想，这一定是出于一种习惯，如同衣着饮食，讲究惯了，就马虎不起来。她对文字的这份郑重，让我心生敬意，即使专业作家，对文字轻慢者，也不乏其人。

孙小宁人长得瘦，让我想起明代项穆《书法雅言》中评论“肥瘦”的文字。他说：“使骨气瘦峭，加之以沉密雅润，端庄婉畅，虽瘦而实腴也；体态肥纤，加之以便捷遒劲，流丽峻洁，虽肥而实秀也。瘦而腴者，谓之清妙，不清则不妙也；肥而秀者，谓之丰艳，不丰则不艳也。”[①] 他讲的是书法，文章也是一

---

① [明]项穆：《书法雅言》，见《景印文渊阁四库全书》，总第八一六卷，子部，第一二二卷，第248页，台北：台湾商务印书馆，1983年版。

样。董桥说“文字是肉做的”，那要看是什么肉，起码得是奥黛丽·赫本或朱丽叶·比诺什的肉，千万不能是蒜泥白肉。小宁的文字，属于“瘦而实腴”那一种，语言精练，却有延展性，有一种弹性之美。好的文字恍如音乐，是有弹性之美，可以拉长和缩短的，像她喜欢的那部“忧伤而并不沉重的电影”《外欲》（*Facing the Window*）中“浸着雨天的潮湿的音乐”。音乐没有了弹性，一个一个的音符就分散了，各自逃逸。文字也是一样，失去了弹性，就变成一个个文字的机械组合。有了弹性，才有了神韵，书法、文章、人，皆同此理。

白话文怎么写，当下似乎又成了问题。董桥说：“现代文明世界……总是想把文字凝固成钢铁、塑胶，镶进冷冰冰的软件硬件之中。”[①] 假如说小宁有一种文字使命感，有人会觉得这是忽悠，但从她对文字的态度看，她心里是知道白话文的佳境在什么地方的。或许，向这份佳境靠拢，正是她藏而不露的理想。她像《外欲》中的女主角，期盼自己成为一个好的蛋糕师，这首先需要有精致的味觉，其次要锻炼出精致的技艺，才能接受味觉的挑战。

---

① 董桥：《英华沉浮录》，第一册，第92页，北京：海豚出版社，2012年版。

二

《看得见风景，望不见爱情》，这个书名，脱胎于《看得见风景的房间》，这是一看便知的。《看得见风景的房间》（*A Room with a View*）是英国作家 E.M. 福斯特于 1908 年发表的一部小说，小说主人公——生活在爱德华时期的英格兰年轻女子露西，在意大利旅行期间，由于一个名叫乔治的淳朴青年将一间“看得见风景的房间”让给她，使她的命运和人生观都发生了戏剧性的改变。这是福斯特最为浪漫，也最为乐观的一部小说。1985 年，英国导演詹姆斯·伊沃里把它搬上银幕，这部既有普契尼音乐和佛罗伦萨人文景观，又不失英国式幽默的影片从此成为电影史上的经典。小说原著中，露西是站在一片紫罗兰花盛开的原野上吻了乔治，但影片拍摄时并不是紫罗兰开放的季节，所以导演选择了大片的麦田作为背景。

在“看得见风景的房间”里，观众孙小宁看到了什么？至少，她看到了一扇窗的存在。因为有了这扇窗，才能看见风景，露西也才走向了全新的生命境界。在这部影片中，窗的隐喻性是明显的；从某种意义上说，《看得见风景的房间》就是一部关于窗的电影，正是在窗的开合之间，主人公的命运发生了转向。小宁敏锐地意识到这一点，那扇窗，正是观察这部作品的最佳视角。

于是，小宁不仅由那扇窗进入了“看得见风景的房间”，也在所有的电影中游刃有余。比如前面提到过的《外欲》，同样是一部关于窗的电影。“仍然是一间看得见风景的房间，有两扇隔楼相望、对面而开的窗户。窗子这边是一个英俊男青年，单身，偶有女性拜访。那边是一个四口之家……女人 29 岁，漂亮当然没的说，但总被不如意的生活弄得忙碌不堪……直到夜深人静，她才会到厨房抽一根烟，想一想心事。有一天不经意的一瞥，她看到了对面楼上的那个男青年。他戴着一副黑框眼镜，面部轮廓非常俊朗……”[①]

我佩服小宁的描述能力，仿佛这个故事是出自她自己的笔下，所以才与她的文字如此契合，叙述得既冷静又投入。这是一部关于选择的电影。每个人的生活，都是自己选择的，也正因如此，我们无须对自己的选择抱怨。有意思的是，这部片子的结局与《看得见风景的房间》完全相反，面对新生活的诱惑，女主角乔凡娜选择了家庭，转折点就是她与男青年约会，站在了男青年看她的位置上，蓦然映入眼帘的，是她自己的孩子，还有丈夫踱步的身影，那个家庭，温暖或者纷乱，都已经成为她生命的一部分，她终于不能割舍。

于是，窗也成了电影中的一个角色，参与到故事中。有多少电影名字里带“窗”（Window）？我们可以数出希区柯克的

---

① 孙小宁：《看得见风景，望不见爱情》，第 3 页，北京：生活·读书·新知三联书店，2013 年版。

《后窗》(*Rear Window*)、大卫·凯普的《秘窗》(*Secret Window*)、米亚·高德曼的《开窗》(*Open Window*),当然还有琼瑶小说改编的《窗外》(*Outside the Window*),稚嫩的林青霞通过它初登银幕……又有多少电影里有窗的镜头?那就数不胜数了。很难有一部电影把窗子完全屏蔽掉,这不仅因为窗子是我们日常生活中最司空见惯的布景,更因为与每个人的命运有着深刻的纠缠。这让我想起读大学时,看《雷雨》剧本,里面也有一扇关键性的窗,就是四凤家的那扇窗。周萍想从那扇窗跳进去,四凤在窗内抵住那扇窗,不让他进去。他强行翻了进去,险些被鲁贵发现,周萍想跳窗而逃,跟踪而至的繁漪又从外面将窗子顶住。看过这段戏文,我当时就笑了,不禁要问:这扇窗子,到底是向里开的,还是向外开的?怎么四凤从里面关,繁漪从外面关,让周萍里外不是人?或者曹禺先生发明了一种内外双开之高科技窗户?(其实每个作家都有他的死穴,不必较真)这里放下曹禺先生的创作漏洞不谈,只说这扇窗,在整部作品中,同样是一个隐喻性的符号。小宁引用哲人的话说:"理想的爱人总是从窗子进出的。"[①] 开或关,对剧中人来说,都可能成为决定命运的通道。

而电影本身,难道不是一扇放大的窗吗?封闭的电影院,不就是个"看得见风景的房间"吗?剧中人透过窗子看风景,我们则透过银幕这扇窗看剧中人,就像卞之琳的《断章》诗所

① 孙小宁:《看得见风景,望不见爱情》,第 4 页,北京:生活·读书·新知三联书店,2013 年版。

写："你站在桥上看风景，看风景的人在楼上看你。明月装饰了你的窗子，你装饰了别人的梦。"电影本身就带有窥视的性质，是视觉的延伸，它能让人们看到另外一个人甚至是完全不同时空的人的命运轨迹，而这，在我们日常生活里是看不到的。一部电影，之所以大家爱看，正是因为观众与剧中人的命运或多或少有着契合点，因为"那份生命的疼痛与拉扯，来得如此真切"[①]。

会有人的命运，因为电影这扇窗而改变吗?

三

小宁说，这本书是她的"处女作"，只不过这个"处女"有点"老"。小宁文字好，这本书的确是来得晚了些，然而，只要是好书，永远不怕晚。文字需要沉淀，而一个人的阅历，更需要在时间中累积。人生这门功课，无法走捷径，更不能提前毕业，只得一课一课地积累、体味。柴静有一篇文章的标题，我觉得好——《没有深夜痛哭过的人，不足以谈人生》。

小宁对电影的精致"味觉"，通过她的文字得到精确的表达。而这种体味与表达，是以阅历作后盾的，年轻的时候，我们常追求轰轰烈烈，而忽视了寻常生命中一些细微却深刻的体

① 孙小宁：《看得见风景，望不见爱情》，第117页，北京：生活·读书·新知三联书店，2013年版。

验。只有在这个时候，别人的故事，才能最终融入自己的经验，水乳交融。书中有两个令人难忘的例子，一个是关于王全安的电影《纺织姑娘》，被生活摧毁的女主角李丽（余男饰）决定卧轨自杀，“当火车轰响过后，她被火车边上的巡视员发现、追着要教训她时，她一边逃离一边露出笑容。这是银幕上的女人唯一一次笑，笑得灿若云霞，亮如闪电，让你突然意识到，这个被生活的困顿埋没的女人，原来是如此鲜亮。她的悲情被这突然的呵责打断，自以为万劫不复的悲情，因此有了转折”。[①] 我没有看过《纺织姑娘》，但看到小宁的描述，心不由得一惊。我惊讶于王全安的功力，及他对人物命运感的把握。他不是在讲故事，而是在讲内心，绝望中的天真一笑，比号啕大哭更有力量，也更能展现人的勇气和尊严。我也惊讶于小宁的敏锐，几秒钟的镜头，被观众孙小宁捕捉到，融入她的文字。她说：“在她展颜一笑——而不是大哭特哭时，已经预示她和这个世界的关系又重新打通了。”[②]

另一个例子，是台湾电影《父后七日》，在小宁的眼里，这部描写父亲之死的电影比获得奥斯卡最佳外语片的《入殓师》更“让人悲欣交集”。片子描绘了父亲葬礼程序的繁复、刻板、纷乱，描绘了亲人装哭的辛苦，“与之有关的人全都变成了仪式的

① 孙小宁：《看得见风景，望不见爱情》，第175页，北京：生活·读书·新知三联书店，2013年版。

② 孙小宁：《看得见风景，望不见爱情》，第175页，北京：生活·读书·新知三联书店，2013年版。

道具”[①]，使整个葬仪过程具有了不大不小的幽默感。然而，小宁的笔调陡然一转，一个不经意的镜头将她打动：那时，逝者的女儿已在机场，“一辆免税店的小推车从面前经过，她看到了车上的黄长寿烟，想起以前曾为父亲买过，一下子就哭了，哭了一个多小时，哭得旁若无人”。[②]

生命中有些重要的事，在当时似乎并没有太特别的感觉，只有在事后，因一个场景的触发，我们会突然意识到它是那么的重要，比如小宁评论到的两本书——菲利普·罗斯的《遗产》和布雷克·莫里森的《那么，你最后一次见父亲是在什么时候？》，两部书异曲同工地强调了为衰老的父亲换洗尿布的重要性。小宁说：“一切仿佛生命的轮回，父亲终于虚弱到了需要你为他们做这一切的时候，别皱起眉头，这将是你对父亲回忆中最珍贵的部分。菲利普·罗斯、布雷克·莫里森的这两本书，都在告诉你这一点。书中，他们的角色都是儿子。提笔写作时，父亲已经离世。”[③]又如电影《父后七日》中父亲的葬礼，不过是一道繁复而枯燥的手续，而父亲的死却不同，它是另外一件事，当女儿在机场看到小推车上的黄长寿烟时，她才

---

① 孙小宁：《看得见风景，望不见爱情》，第102页，北京：生活·读书·新知三联书店，2013年版。

② 孙小宁：《看得见风景，望不见爱情》，第103页，北京：生活·读书·新知三联书店，2013年版。

③ 孙小宁：《看得见风景，望不见爱情》，第105页，北京：生活·读书·新知三联书店，2013年版。

明白，父亲永远不会再回来了。“你和那逝者真正的牵连，从没有过去”[①]。

四

于是要说到《看得见风景，望不见爱情》的另一特色，那就是书与电影的互证。有许多电影，都是有原著可本的。研究原著与改编，也是一个有意思的课题。小宁这本书，不仅有对原著与改编电影的比较，更在不同的影视与书籍之间玩穿越，这使小宁的作品，成为一种独特的文体，既不是书话，也不是电影札记，它是一种原创性很强的散文，它的原创性，来自她对生命的认识深度，带着她自身的生命温度，而不仅仅是对他人作品的重新阐释。

它跨度大、信息量大，却“形散神不散”，始终叩着命运的主题。比如她从严歌苓的小说、电视剧《小姨多鹤》一路穿越到王小帅的电影《左右》（这部片子我终于看过），讲到生命的本质，就是一种两难，只不过在《小姨多鹤》里面，它体现为“家国之恨与儿女私情，被齐齐地搁在一个热络的东北之家，柴米油盐般搅和着，不是小葱拌豆腐的清明”[②]，而在《左右》里，

---

① 孙小宁：《看得见风景，望不见爱情》，第104页，北京：生活·读书·新知三联书店，2013年版。

② 孙小宁：《看得见风景，望不见爱情》，第117页，北京：生活·读书·新知三联书店，2013年版。

它体现为在良心与理性之间的选择之难——在前妻和现任妻子之间，张嘉译演的男主人公肖路必须背叛一个。我们从小就会背诵范仲淹的《岳阳楼记》，里面说“进亦忧，退亦忧”，人近中年，才深知这句话的含义。人生就是由一次又一次的选择推导过来的，只有“选择”这件事是不能选择的，就像《看得见风景的房间》里的露西，还有《外欲》里的乔凡娜，她们的选择，都带着蝶变般的疼痛。她们之所以做出了选择，是因为她们必须做出选择。其实所有的选择题都没有绝对标准的答案，因为打分的人是自己。只要自己认定，每一种选择都是正确的，每一种选择都没有反悔的机会，每一种选择也都必须承担失去其他选择所带来的痛苦和煎熬。

一部好的电影，与一本好书一样，无不是对生命的一份担当，也因这份担当而显得高贵。即使是白日梦，那也是建立在现实之上的梦。电影不是幻听幻视，电影中发生的一切，都能找到现实的版本，即使是历史的和科幻的，也不过是现实生活的变种而已。电影这扇窗，永远向着现实的街区敞开。因为小宁认识到这一点，所以她的文字连着血脉，连着筋骨，既冷峻，又有着深沉的暖意，“带着你去探究生命深处无法厘清的模糊与复杂”[①]。像许多电影一样，她并没有回答任何问题，只是直面了它们，因为生命中的许多难题是无解的，正像小宁在书中所引

① 孙小宁：《看得见风景，望不见爱情》，第197页，北京：生活·读书·新知三联书店，2013年版。

用的荣格的名言：

“人生中那些最重大的问题是不可能解决，而只能被超越的。”①

① 孙小宁：《看得见风景，望不见爱情》，第175页，北京：生活·读书·新知三联书店，2013年版。

卷四　对谈·独白

写作是我们的信仰[①]

读一个作家的单部作品是一回事，读他的文集是另一回事。这两年，我开始注意一些作家文集的出版，因为从那里，可以更清晰地看到一个作家成长探索的轨迹。只有当多卷册的文集放到你面前，你才能知道聚沙成塔的威力。它同时也是一种冒险，因为需要写作者有不悔少作的勇气。到底是写作技艺的精进，还是功力的衰退或重复，都暴露在读者眼皮子底下。而好的文集，会呈现出一种坚持，既有时间上的坚持不懈，还有写作信仰的坚持。这是我在看到新散文作家祝勇出版的八卷本《祝勇作品集》时的感慨。也是逛书店时看到韩东、朱文那些作家文集时的感慨。

时间不禁算，说起来，有许多作家好像已经在写作路上走了好多年。当年积攒的那些声名，可能早已被现在的新秀所替代，但他们似乎却越来越从容，越来越有自己的写作信念。这些从他们的文字中散发出来，也从他们的言谈举止中散发出来。

---

① 本文是2009年于江苏常熟举办的《祝勇作品集》（八卷本）分享活动嘉宾对谈的整理。原载于《北京晚报·书香周刊》，2009年4月27日。

在网络的平台越来越把写作变成一马平川的上传与粘贴之时，我反而更愿意多听听这些人对写作的看法。因为关于写作这件事，他们已经思考了几十年，现在也依旧在思考。这些思考，对我们也不无启发。所以在此将散文家祝勇与诗人于坚、小说家韩东今年春天在江苏常熟昭明太子读书台进行的一次对话发表出来，和真正热爱写作的人做一次分享。这里所涉及的话题，我在华语文学传媒大奖的活动中，又一次听于坚说起过。他有句话我至今记忆犹新："我不相信才情。我觉得真正的写作是持续不断的、工匠式的写作。"

——孙小宁

祝勇：首先感谢于坚兄、韩东兄参加这次谈话。我们分别来自北京、昆明和南京，见面的机会很少，所以我很珍惜这次谈话，尤其在这样一个美丽的季节，在南朝梁时期著名的昭明太子读书台。我想它一定会成为我写作生涯中一次难忘的记忆。

韩东：谈话录实际上是一种古老的书写方式。这种方式自有它的优异之处，有它的顽强。"文如其人"，话，就更是如此。谈话录的现场感、即时性以及对抗性（问答之间）的和谐使得思想成为可流动的、可触摸的，使得叙述成为可感和富于人情的。好的谈话录就像剧本，使读者身临其境。作者在其中也变得柔软，不可能不顾他人反应地自说自话。差的访谈录则是一种掩饰，以掩饰为目的，在掩饰访谈录这种方式带来的“不利”（矛盾、漏洞、啰唆、平常）的同时也取消了它的功用。从某种意义上说，访谈录是对被采访者的“精神赤裸”程度的一次考验。羞于见人者害怕访谈录，或者利用访谈录做风度的表演（通过粉饰、篡改、另写）。和文字打交道的人首先得说话。连话都说不好的人或许能通过文字欺世盗名，但在访谈录中其平庸乏味难免会显露无遗。

我喜欢访谈录这种方式，因为它是一种考验，因为它“赤裸”的程度，也因为它的“现实”性。读与写（或说）的关系在开始就是真实的，你不得不在一个具体的场景中对着一个现实的人说，渴望对方的理解，并接受刺激以及反馈。当然这种方式也是要经过学习才能把握的——整理修订过程的松紧程度以及它所产生的后果。访谈录是一柄“双刃剑”，作为一个有责任能力的写作的人，不仅需要了解它的性能，也得按规则行事。

于坚：我想说我们与所有写作者的不同之处，在于我们都是职业写作者。祝勇、韩东和我，包括已经去世的王小波，都是这样。这个职业不是什么人、什么组织赋予我们的，而是我们自己赋予的。我们都在坚持职业写作，不仅把写作当作自己的事业，也当作自己的职业。尽管写作给我们带来的现实利益屈指可数，但我们仍然靠写作养活自己，而不是从事一份其他的工作，再用业余时间写作。这是真正意义上的职业写作。

祝勇：于坚几乎每天写两千字。刘庆邦不会使用电脑，每天手写，三百格的稿纸，写七页，就不写了，天天如此，我很喜欢他的这种风度，不动声色，驾轻就熟。我也已经习惯在白天写作，越来越从容不迫。这是一个作家最理想的状态。写作是一生的事业，必须常态化。实际上每个作家，特别是业余写作者，都有这样一个梦想，就是写作成为他唯一的工作。从前，在出版社上班的时候，我就梦想成为一个职业写作者，把自己的有效时间都投入写作中去，不再有时间上的压迫感，不需要为赶稿子而一蹴而就。这样才能对作品进行千锤百炼。我觉得我这些年最大的收获就是能够安心写作。我的作品集收录的作品，几乎都是在这样一种状态下写出来的。我很满足。我同意于坚对于职业写作的界定。我认为我们这代人已经有了从事职业写作的空间和能力。这是历史赋予我们的机遇，我们应该珍惜。

我想强调一点，职业写作与专业写作有所不同。专业写作，是指作协体制内的专业作家的写作，而对于职业写作者来说，是否从属于某一组织并不重要，可以是，也可以不是，如刚才于坚所说，写作是他的个人选择，与他人无关。这样，写作不仅是他的唯一工作，而且，他也不需要为组织完成什么任务，是一种听从于自我的自由写作。这样，至少在写作状态上，与国外的作家接轨。所以，职业写作不仅仅是一种状态，也是一种心态，自由、平和，同时不乏执着的心态。

韩东：真正意义上的职业写作是民间性的。民间是真正的个人性得以存在和展开的场所。个人性这个东西很简单，就是我们的根据，我们每个人的立场。你要发言，你要写作，你要做事情，那么你的立场跟你本人是要贴的，很贴的。那么就是说在“民间”，这样一个比较不受约束的状态下才能显示出来。

但是，我反对用概念来思索。所谓体制内、体制外，民间与官方，都是概念。我们活在一个世界里面，不是依赖某个概念而存在的，而且也不是非此即彼的状态。我认为用这些概念思考或是描述很复杂的现实都是言不及物的。

祝勇：西方的作家基本上都是职业写作者。他们的写作处于一种常态，是每天都必须面对的工作，既不伟大，也不卑微。他们像理发师、商人、律师、演员一样生活和工作。在美国、欧洲、日本的书店里，都把纯文学书籍摆在引人注目的位置上，甚至诗集，都印得那么考究。这令我有些意外。我曾经以为纯文学，特别是诗歌，在西方商业化环境里已没有立足之地，实际情况刚好相反，它们都健康地活着。

于坚：帕慕克写作，会用摄像机把素材拍下来，然后回来再看录像。他把每个细节都记录下来，不管这种写作方式你是否同意，但这种写作态度就是职业的态度。

祝勇：苇岸也这样。他写《二十四节气》的时候，每年的某一个节气，都会在他所写的乡村的同一个地点，拍一张照片。他要在相同的位置上观察时间的变化。很多年后，他把相同地点的照片放在一起，比照它们的不同，一篇千字文，他会写好几年。

于坚：乔伊斯也是的，都柏林的乔伊斯。文学的所谓现代性就在这里。如果你永远是才子式的，即兴的，风花雪月散文式的，你的汉语就永远停留在浅表的层面，没法深入。所谓现代性，并非遵从于某种时髦观念或者主义，现代性，就是对待写作的职业态度。这是我们与前辈作家区别的最根本标志。

祝勇：也区别于以后的作家。或许，像我们这样对待写作的人，以后不会有了。

韩东：贾樟柯说，他看剧本，觉得本子写得不够考究，就反复修改，直到满意为止。你知道，电影剧本只是拍电影的参照，它的语言最终要全部转换为镜头，所以，它的修辞好坏并不直接影响影片质量，如果说人物对白考究一点，还可以理解，那么，将剧本中的描写打磨得很精美，就没有必要了，近似于无用功。但贾樟柯坚持这样做。他认为，这对他是一种训练，训练他集中精力，沉浸到一个事物中去。如果我们不能使一个剧本变得完美，我们也同样不能使其他任何事物变得完美。

对于写作者而言，有没有用心写，写了一遍还是两遍、三遍，在文字上是呈现得出来的。可能对于只看故事的人来说，效果没有什么不同，但要使文学或艺术达到精微，就不能不呕心沥血。一个敷衍的写作者，可能骗得过普通读者，但骗不了同行。

做一件事情，你得按你的理解力去做，不敷衍了事，或者不像别人那样敷衍了事。做别的事情也是这样，只要我是主动的，我会尽量不去敷衍它。当然，我也有敷衍的时候，但我不会让它出现在正常的情况下，不正常的时候我也会去敷衍。你说的严谨可能是指的这个吧，你问是怎样导致的，因为我的东西跟我是很贴的。或者我尽力让它贴，我不太相信跟我不贴的东西。

祝勇：所以，写作者必须专注于过程，有了这个过程，才有结果。我喜欢改自己的作品，不断地改。《旧宫殿》已经出版了四版，我还在改，现在收进《祝勇作品集》的，是第五版，与以前的又有变化。我愿意把自己的作品视为流动的作品，像水一样，永不固定，这样才有活力。《旧宫殿》我还会改下去，因为还有新的想法。或许，我会用一生的时间，来最终完成这部作品。我痴迷于这样一个缓慢的、渐进的过程。

现在很多人的写作，只是为了呈现一个结果，他们只为结果而写作，在动笔的一刹那，每一个笔画都在朝着结果飞奔，比如评奖、改编影视、翻译、向 ×× 献礼等。实际上是对自己的写作不负责任。

于坚：这些都是写作者的一些基本原则，但这些最基础的东西到了今天就变成了一个问题。

韩东：这种实用化写作，是工业化，或者说是商业化的结果。电影虽然是工业化的产物，但是电影行业有很多地方值得学习。有些东西可能没有必要学习，但是它操作的规范和严谨，职业的态度，我很欣赏。

西方的写作早已职业化，职业分工很细。包括悬疑小说、商战小说、情感小说，也都职业化。作家的写作也都很职业，他们都是某一方面的专家，甚至以化装、卧底的方式收集素材，他们的职业精神，让我们的许多作家望尘莫及。

西方的评论体系，也十分严格，这无疑有利于文学的正常发展。马建跟我说过一件事，让我很吃惊。英国有一位著名批评家，马建第一本书出来，她写了一个书评，刊登在报纸上。马建第二本书出来时，就主动跟她联系，想请她写个书评，她说，不行，因为我们联系过，或者说，我们已经认识了。在这个行业中，认识的人是不能写评论的，要避嫌。他们的行业规范已经严格到这个程度，每个人都自觉地约束自己，令我们肃然起敬。

于坚：我曾经在纽约遇到过一个擦皮鞋的黑人。他每天的工作就是擦皮鞋，他热爱，并且享受着自己的职业，没有想过去做别的事情，现实中的各种热闹，在他面前无足轻重。我请他为我擦皮鞋，他擦鞋时娴熟的动作让我着迷，擦完后，他双手一举，亮出一个 pose，说声："OK！"他的声音里带着快乐和自信。

职业写作中必然渗透着一种职业精神。我们的工作就是写作，像他擦鞋一样，无论遭遇什么样的处境，都不会中途退场。

实际上我们都对自己的写作有所要求。我们不会按照既定的模式写作，我们把阅读、田野调查、思考、文本上的探索，结合在一起，实际上形成了一种"综合文本"。有人把它们称为"散文"，但我们都知道，我们的作品，包括《祝勇作品集》里面的作品，都不能简单地用"散文"这个概念囊括，完全可以给它们取另外一个名字。

韩东：就叫"它文体"。"它"，就是另类、与众不同的意思。

祝勇：所以说，职业写作，不同于专业写作。专业作家，是一个身份，而职业写作，则是一种态度、一种精神。真正的作家，以职业写作的方式，表达着他对写作的忠诚。

于坚：有些人的写作不是常态的，他们的热情只能在短时间内燃烧，他们信奉“一本书主义”，这种缺乏坚持的写作，并非真正的职业写作。

他们的写作是灵感式、偶发式、即兴式，正是这种写作方式导致“一本书主义”。“一本书”完成之后，他们再也不去写，或者说写不出优秀的作品了。真正的作家，必须有一个量作保证，《鲁迅全集》16卷、《沈从文全集》32卷、《雨果文集》20卷，这是他们一生完成的工作量（还只是部分，或者说大部分工作量，并不是全部）。职业作家必须有这样的工作量，这样的工作量，表明他在认真地干活。

电脑为我们的写作提供了便利，为我们进行量的积累提供了物质条件，这是我们这一代作家与毛笔时代作家的重要区别。是好是坏我们另当别论，但是我们必须接受这个现实。我们用电脑写，就必须比古典作家写得多。以前留下的文献那么少，比如诗、赋，都是短的。我认为这和书写方式有关。但是现代写作某种意义上也被纳入了全球化的范围之内。汉语实际上被拼音化了。我们不能回避这一点，这会决定我们的思维方式。年轻一代的散文或小说，它的语言流动方式和以前的作家是不一样的。

过去的许多作家，一生就写几本书，屈指可数，但一个当代作家如果是这样，显然是说不过去的。

祝勇：也就是说，作家的职责不是提供一本，或者几本书，而是要提供一生的写作。作家的价值，也不再根据一本书来评判，而是根据他一生的贡献，来综合判断。或者说，职业作家正是在这种漫长的、看不到头的努力中完成自己，而不是通过一两本书捞得现实的好处。况且，好的作品，也不是天外来客，只有在长期的磨砺中才能产生。所以我相信量的累积，是一种缓慢的进展，渐进的过程。我认为只有写得多，才能写得“精”，写得少，未必会“精”；前者是必然，后者是偶然。文学永远不是一蹴而就的事业。金庸说过，有人向他推荐 14 岁的“天才”写的武侠小说，请他看一看，金庸拒绝看，因为他认为一个 14 岁的孩子，无论怎样聪慧，对人生的体验都是有限的，换句话说，她受到的打击还不够多，所以不可能提供深刻的文本。美术大师张仃先生也说过类似的话，他认为大器晚成是艺术的规律，是长期探寻的结果，在艺术上，没有捷径可走。这是从事写作，与从事其他行业——比如从商、从政——的不同之处。写作不能坐直升机，每个人都要经历漫长的煎熬，所以，与其他行业相比，写作的成功来得更加艰难。

韩东：这个时代似乎使作家们很容易浮躁。作家们的急于求成，与整个社会的急于求成相吻合。我们的作家，包括某些知名作家，经常会标榜自己“大跃进”式的写作速度，比如，某一部著名的长篇小说是在一个月内完成的，等等。

祝勇：写作是一次长达一生的长跑，只有到了最后的时候才能做出评判。他们太急于见出分晓了，对于文学已经失去了耐心。

失去耐心的极端化表现，是对文学的放弃。文学的叛逃者层出不穷，他们已经失去了在阵地上坚持的勇气。即使他们一度写过振聋发聩的作品，他们也不是合格的作家，这暴露了他们投机分子的本性——他们把写作视为一种投资，人生的投资，而不是信仰，当文学带给他们的利益少于预期的时候，他们就会改变投资渠道。

韩东：艺术评论家王小山用排队来比喻他们——他们在人群中排队，心浮气躁，焦急不堪，快排到他们时，他们却换了一个队。

于坚：无论如何，我知道在座各位是要玩到底的。我们写了多少年了？至少二十多年了吧，显然我们还会再写一个甚至两个二十年。现在这个时代，对于作家来说应该说是最好的时代。历史上几乎没有一个时代能像现在这样有利于写作。在这种情况下，已经没有理由不好好写作。如果一味强调运动了写不了、革命了写不了，那现在，已经三十年没有革命，也没有运动，你为什么依然放弃写作？或许，贫穷是作家们推卸责任的最后借口，但现在的作家没有吃不上饭的，“五四”那代作家即使在战乱冻饿中仍然写作。所以，对于一个有信仰的人而言，贫穷并不是一个有力的借口。如果说作家只有吃山珍海味才能写作，我是无论如何不能苟同的。

以灵魂为世界拓片①

开场白："在世界的来路上逆行"

从开埠起，上海就是中国人走向世界的大码头。一百多年来，无数国人从这里出发，奔赴世界的每一个角落。不少人把这份域外见闻体悟付诸文字，这便开启了近现代中国文学独特的书写流派，汇成了郭嵩焘、康有为、梁启超、王统照、周作人、徐志摩、朱自清等蔚为大观的作家群体。龚曙光也是这样一位书写者，《满世界》也是这样一份文本。

2019年8月14日，刚刚拉开帷幕的上海书展迎来了一场文学与文化的盛宴。作家、纪录片导演、故宫博物院影视研究所所长祝勇和评论家、上海文艺出版社副社长、思南读书会策划人李伟长一道，向口味挑剔的上海读者推荐龚曙光的新作。身兼《潇湘晨报》创办者、中南出版传媒集团董事长、出版家、文学评论家等多重身份的龚曙光，在2018年重启了自己的创作生涯，以

① 本文是2009年上海书展龚曙光《满世界》新书发布会上的谈话整理。原载于《潇湘晨报》，2009年8月16日。

一部勾勒故乡风土人情的散文集《日子疯长》惊艳了整个华语文坛。而在短短一年后，他携纪行散文《满世界》再度亮相上海滩，为这座多元、开放的城市带来了崭新的文学视角。

用龚曙光的话说，旅行是一桩关乎灵魂的事。在这部作品中，龚曙光穿行14个国家的城市与乡村，解读不同文明的语码与腔调，勾勒不同民族的生存逻辑与文化心理。他用身体的抵达和灵魂的邂逅，为当代世界拓出了一叠鲜活的拓片，也为中国文坛留下了一卷余音绕梁的文本。正如《满世界》出版方，人民文学出版社总编辑应红在致辞中所言：龚曙光的写作重新定义了“旅行的意义”，“通过这本散文，我们可以看到一个对中国文化、中国历史有责任感、使命感、有担当的写者笔下多元而丰富的世界，也能引发我们无穷的思索”。这份文本究竟有怎样的魅力，能让作家、评论家和编辑们纷纷为之倾倒？在这样一个全民旅行的时代中，它又为何能够躲开旅行攻略的“围歼”，成为一份珍贵而另类的文学样本？就让我们透过这场跨越时间与空间的对谈，揭开这部作品背后的灵魂探险，还原一位当代中国人“在世界的来路上逆行”的心路。

龚曙光：灵魂的在场与生命的充沛

主持人：在座的许多读者都读过曙光老师去年在人民文学出版社推出的第一本散文集《日子疯长》。与它相比，今天您带来的《满世界》选择了完全不同的关注领域。《日子疯长》探讨的主题是“我从哪里来”，而《满世界》则在思考“世界从哪里来”的问题。因此首先想请您和上海读者分享一下，创作这本新书的思维原点是怎样的？现在市面上有关旅行的作品并不算少，您觉得您的书写与这些作品相比有哪些不同？

龚曙光：我不是个“人物”，但是我是个“人”。是人，就必须得回答“我从哪里来”的问题。在经历了中国社会最独特、未来也难以重复的这半个世纪后，我们这辈人成为中国历史上带有标签意义的一代人。所以“我从哪里来”这个问题，对我而言既有鲜明的个人色彩，也有独特的时代印记。《日子疯长》有没有写清楚我个人的来路？我觉得写清了，但有没有从我的来路中概括出这个时代的特征？这个我不能下结论，要交由读者去判断。但我相信，在《日子疯长》中，这个时代的标志性还是非常清晰的。在写完我的来路后，我开始思考我的去路。于是我深刻地认识到：我们这代人在当下最不能回避的，就是世界在向我们走来，而我们没有办法不向世界走去。而作为一个当下的中国人，我们究竟要以怎样的心态和姿态去完成这样一次行走？这也构成了我在第二本书《满世界》探讨的主题。

因为工作的关系，我关注并阅读了我国近现代很多政治家、作家旅欧、旅美、旅东洋时留下的作品，其中有些文字我是很喜欢的，但在字里行间，我总能感觉到他们走向世界的目的性太过具体。他们走向世界是为了寻找个人和国家的出路，而在姿态上，不是“乞和”便是“乞学”，有深重的屈辱感，也有莫名的虚妄性，总之心态十分扭曲。与晚清、民国时期相比，我们国家现在确实是强大了，这种强大不仅表现在经济上，也表现在政治上。但这种强大是否已培育出一种健康的大国心态，倒并不肯定。至少到如今几乎没有一个中国作家的作品能够展现出这种强大心态。

对于一个作家而言，究竟怎样算是心态上的强大？我个人理解的强大由下面几点构成：平等、平视、平和。《满世界》由14篇文章构成，记叙了我曾行走过的14个国家。从我的文章中，大家能看到，我对这14个国家和它们的文明的态度是平等的。我欣赏本民族的文明，也欣赏古希腊、古罗马的文明，甚至欣赏包括像保加利亚这样的小国家，像波希米亚这样“另类”民族的文明。我没有用政治化、历史化的“证据”把文明机械化地分作三六九等，与之相对的，我深信人类在不同的自然环境、不同的社会际遇中创造的文明，都是对我们这个物种的贡献。人类之所以能够成为莎士比亚所说的“万物之灵长、宇宙之精华”，成为这样一个伟大的IP，也正是因为不同民族的贡献。我以平视的眼光看待异质文明，包容任何一种文化“他者”，不盲从、不迷信，也不偏执、不愤激，心态很平和，的确像有些评论家说的，我看巴黎和罗马如同看农家乐。

我在写作中特别强调在场感，即生命的在场感、灵魂的在场感。旅行对于我们已经不是稀罕事了，现在我国每年有一亿多的民众在世界各地旅行。和众多的旅行者相比，如果说我存在某种独特性的话，那就是我的旅行中，灵魂必在场。在这14个国家旅行中，我有什么独特的际遇吗？没有。浪漫和惊险的故事都没有。但每当我把文章写出来，同行的人往往会感慨：明明全程都在一起，为何感觉我去的和你去的是两个国家？我想这可能是因为我的灵魂在场，而同行者出于工作或个性的原因，并没有带着灵魂上路。

我希望对于这些文明的记叙具有饱和的生命感，它们不应该仅仅是文字，同时也应当承载着某种生命，就是一个健旺的生命与历史对撞时，必然激起的生命浪涛甚至海啸。我在读祝勇《远路去中国》的时候，文字间的这种生命力就让我有种热血偾张的感觉。虽然我的文字多数时候是很节制的，简洁理性、没有过多抒情，但这种节制是为了把情绪的“压强”加大，让文字具备引而不发的强大生命感。

此外，其实我也试图把很多关于我们这个民族、这个社会和这个时代的一些思考融入写作。这些思考体现了我人生的宽度和生命的深度。比如我的书中有大量的关于文化、文化产业的探讨，这当然是由我作为一个文化产业从业者的身份所决定的，也基于我对时尚业、影视业、动漫业、出版业多年的探索与认知，并把我对于这个民族在文化产业中的优势劣势的思考寄予其中。比如谈电影，我会写：美国人拿着电影玩资本，法国人拿着电影玩艺术，印度人拿着电影玩文化，伊朗人拿着电影玩信仰，中国人拿着电影玩什么，似乎还没有想清楚，又似乎什么都玩过了头……像这样的一些体悟就是只属于我个人的，带着认知的独特性和充沛的生命感。灵魂的在场感和生命的充沛感对我而言非常重要，也是我在这本散文中的重要追求。

祝勇：平视与欣赏，是大国国民应有的心态

主持人：曙光老师的这部作品是以旅行的目的地为样本，把握一个一个民族、一个一个国度和一段一段历史。而祝勇老师的很多作品都是以故宫作为样本，展现我们民族的文化和文明的无穷魅力。如果说龚老师是打开国门来看世界的奥秘，那么祝老师可说是打开了神秘的“宫门”来看文明的世界。这二者之间是否有相通之处？

祝勇：通过故宫可以看世界，通过世界也能看到我们自身。刚刚曙光先生的那番谈话其实挺触动我的。虽然他比我年长一点，但我感觉我们都是同时代的人，有很多心情和心思是一样的，语言中有很多心有灵犀的地方。

刚才他讲，我们这代人应该是中国历史上不可复制的一代，这种特殊性部分体现在我们对世界充满好奇心。他去过几十个国家，我没有去过那么多，但在走向世界的过程中，我和他一样，总会自觉不自觉地带有人文的眼光去观察这些国家，这跟我们这一代人的成长有关。

我们这代人都是伴随着改革开放的进程一起成长的，而我们对西方的认识首先是通过阅读来完成的，这可能是我们跟当下的 90 后、00 后的一个很大的区别。在《满世界》里，龚先生写道：到莫斯科一下飞机，最惦记的事是去托尔斯泰故居。对此 90 后小导游就非常不理解："大老远从中国来，为什么要花一天的时间去一个两层的小楼？这有什么可看的？"他不知道的是，托尔斯泰在我们这一代人心中分量实在太重。不仅龚先生如此，我也一样。如果到俄罗斯只能看一样东西，我也一定会选择托尔斯泰故居。这是我们这一代人的共通之处——当我们来到一个地方，不自觉地会用文化的眼光去观察。

我也认为，这种眼光对于今天的大众来说同样重要。故宫博物院每年会迎来超过 1700 万名游客。我不知道我们有没有调查过游客的文化诉求，但从我的感官和接触来讲，大多数人还是来看热闹的，并没有明确的文化诉求。当我戴着工作牌从游客区经过时，很多游客马上围上来问："老师，甄嬛住哪儿啊？"这让我觉得，在这 1700 万名游客里，有相当大一部分其实不知道自己要看什么。在故宫如此，在国外亦然。今天国人出国旅行已是司空见惯的事，对于许多读者而言，《满世界》中的文化视角在他们周游世界的旅程中，会是一个重要的弥补。

刚才龚先生讲到"心态"问题。其实关于世界的游记不好写，最不好写的地方就是心态。中国人对待外部世界的心态始终处于一种微妙复杂的状态。从唐宋元明清一路走来，中国对外的心态一直是漂泊不定的：要么是“大国心态”，认为中国是无所不有的天朝大国，把国外的一切都看作不值一提的奇技淫巧；要么就是“小国心态”，也就是我们通常说的“崇洋媚外”，觉得国外的月亮都是圆的。

这两种心态虽然都藏在人的心里，但仍有很多外化的表现，并对中国历史的进程产生了很大影响。中国人在走向世界的过程中，正像龚先生讲的那样，始终显示出很强的实用主义倾向，比如留学。鸦片战争以后，中国人的第一留学目的地是英国，北洋水师的主要干将全都是留英的。为什么当时没有人去日本留学？因为国人那时瞧不起日本，觉得他们不过是蕞尔小国。日本什么时候开始进入中国人的法眼？是在甲午战争之后。全中国从皇帝到百姓没有一个人想得到，中国居然会被日本打败，在那之后，国人的第一留学目的地就换成了日本。中国近代史上的许多著名人物都有留日的经验。“二战”以后一直到今天，我们的第一留学目的地也变成了美国。

我想说的是，留学虽然是件很个人化的事情，但它反映的是民族对于外部世界的心态。今天中国号称第二大经济体，但在文化上有没有一个成熟的“大国心态”？这个结论不难得出，因为在许多细小的方面都有体现，具体到我们走出去以后的言谈举止和关注到的每一个文字、每一个细节。从这一点来讲，我觉得《满世界》把握得特别好。

《满世界》这本书，如果用很简短的语言来提炼的话有两点：一是对待世界的心态平和；二是能够看到别人的优点。这些优点隐藏在作者的只言片语之间，如果你有一定的阅读积累，许多文字都会激发你的感受。比如：书中讲到俄罗斯的知识分子和中国知识分子的区别，有一句就让我感受特别深，大意是“中国的知识分子更善于批判社会，而俄罗斯的知识分子更多地批判自己”。你们看，龚先生能够看到不同，能够看到优点，而这正是一个大国国民应有的心态。表面上，这是一本很优美、很文学化的关于行走的散文书，实际上它可以给我们带来很多思考。

李伟长：真正的旅行是勾连起历史与当下

主持人：《满世界》推出之后，有评论家称这本书是新世纪原创散文创作的重要收获。在知名的评论家当中，作为非常年轻的80后，伟长老师的视野和品位都是非常独到的。所以我很想请教您：以您的专业评价者的眼光来看这部作品，它和当下的同类作品相比有哪些独特性？

李伟长：刚刚祝勇老师批评一部分游客，我还真的就属于这部分人。我到故宫不但问“甄嬛住哪儿”，我还问“小燕子住哪儿”。这其实说明了一个问题：我们其实很容易被文化符号所吸引甚至误导。所以当一本书出现在我们面前，而它能够清晰地告诉我们这里发生了什么，为什么会发生，当年的人们如何生活，甚至如何在文化中完成这种生活时，我们会对这样的书抱以厚望，并被深深打动。龚老师的这本书就是这样的一部作品。

为什么大家对当下中国的原创文学写作总不满意？一个很重要原因就是：我们对于世界的经验，对于当下的经验，对于他者的经验都太小了，而中国传统文学的容器是巨大的，从歌赋到散文到随笔，有无限的承载力。当小的经验放到大的容器里，组合而成的就会是非常奇怪的东西。我们老觉得自己在文字中看不到厚重，看不到深度，这实际上跟写作者的能力密切相关。这种能力包括两个方面：一是本身的文字能力；二是行走的能力。不是所有的游玩都能称得上旅行，80% 真的只是瞎走。

究竟什么样的行走才能称得上真正的旅行？在这里和大家分享一段我自己的经历。我以前特别不明白，为什么英国人会如此沉迷戏剧？为什么像毛姆这样的人，最大的梦想是成为剧作家而不是小说家？当我非常偶然地路过牛津街，这个谜底一下子就揭开了：这个街区全都是剧院，每天都在上演各种各样的剧目，在整个伦敦的辐射力是如此之大。这个故事表明，一方面，如果你不曾行走，你可能永远得不到想要的结论；但另一方面，如果一个人没有充实的理念，他也很难把他的想法与当下产生联系。

所以，龚老师书中有两点我觉得特别棒。

第一是他的广阔视野和丰富的人生经历，可以让他看到普通人看不到的东西。比如他到瑞士写了这样一小段话：“‘靠山吃山’，这是普天之下公认的道理，只是瑞士人的吃法，与众人不同：据险不设卡，过路不收捐，反而拓山口，铺道路，修教堂，建旅馆。远道跋涉、精疲力竭的旅人，提心吊胆地爬上山口，意外地遇上了不派捐、不越货、不砍头，反而好酒好菜、热水热炕候着的瑞士山民。”从这个现象中，龚老师拓展出的问题是：为什么瑞士会成为瑞士？为什么瑞士的服务、金融、酒店管理业在全球有这么大的影响力？他非常犀利地发现其背后的商业逻辑，那就是“山口经济”，“筑巢引凤、做过路人的生意”。

我觉得这恰恰说明，当一个写作者拥有了如此广阔的视野时，他不仅能够重新读懂一个民族、一个国家，也会重新解构某一种具体的商业行为、生活行为。所以我觉得龚老师是一个有故事的男人，除了有文化的故事，还有商业的故事。只有一个杰出的出版人或者一个经验丰富的企业家，在面对这样的场景时，才会洞察和联想到事物背后如此之深的逻辑。

第二是他笔下的历史感。《满世界》中，龚老师用不小的篇幅写到了海德堡。“二战”中，美国空军几乎把整个德国夷为平地，唯独海德堡躲过一劫，为什么？龚老师写道：“‘二战’前，在海德堡大学留学的美国学生很多。他们中的一些人，爱上了当地的德国姑娘。及至战事爆发，美国学生离德返美，有人还将入伍参战。临别的那个晚上，美国小伙与德国姑娘会聚大学广场，相泣而吻，相拥而歌，生离死别直至天明。后来盟军反攻德国，美国空军将法兰克福等城市炸成了一片瓦砾，只有海德堡得以幸免。究其原因，一说美国空军高层有人曾就读于海德堡大学，不忍炸掉自己美丽的母校；另一说飞行队中的飞行员，就是‘二战’爆发时离去的美国学生，不忍将自己初恋的记忆埋葬于一片火海，更不忍误伤自己心中忘不掉的恋人。我更愿意相信后者，因为大学广场上的那一夜爱情诀别，足以让他们超越任何战争仇恨。”

这样的文字给了我们非常多的思索。面对这样的历史事件，一个散文写作者能不能够勾起自己的文化积累和生活积累，把现场捕捉到的经验放到自己的大脑中不断追问，是非常重要的一种能力。当你一个问题接一个问题地问下去，问到最后，便会有豁然开朗的感觉。因此这本书对于我而言不仅仅是一本散文集或随笔集，而是一个有故事的男人的思考。我认为龚老师的这部作品，包括他之前的作品《日子疯长》，真的给中国当下的散文创作、叙事创作提供了一种独特而新鲜的经验。

附录

朱自清散文奖授奖辞与获奖感言

授奖辞

祝勇多年来致力于散文的探索创新。他以当代人的视角重新照亮历史，关注历史潮流中的幽微人性，考察一个人与他所处的时代的关系。这使得他的历史叙事有着极强的命运感和温度感。凭借开阔的文学视野、深厚的学术素养、独到的发现能力，以及非凡的语言才华，其作品获得人类学、民俗学、历史学、艺术学等诸多相关学科的滋养，层次丰富，意蕴深厚，辞采丰赡。

获奖感言

感谢评委会把第三届朱自清散文奖颁发给我。刚刚听到《人民文学》邱华栋副主编讲述了评奖的过程后，更是让我吓出一身冷汗。昨天记者问我，得知获奖的消息后，第一反应是什么？我当时没有反应。我现在回忆起来了，当时第一反应就是惊讶，因为我写散文二十多年，基本上和各个奖项无缘，所以没有想到会得到这个神圣的奖项。第二个反应是，我觉得这个奖非常公正——我经常以我能不能获奖来衡量一个奖项是不是公正。当然，这是玩笑。

在所有文艺形式中，写作是最寂寞的一种，也是最不具有表演性的一种。其他文艺形式都有一定的表演性，比如书法和绘画，挥毫泼墨的过程就会让人感到美的享受，更不用说唱歌、舞蹈、表演这些艺术形式，创作过程更是在人们的关注下进行的。然而，一个写作者，更多是在一个小房子里面，把自己封闭起来，面对一台电脑，独自工作。所以一个写作者更多的时间不是面对大众，而是面对自己。写作者要忍受、面对很多人无法想象的孤独和寂寞，很多人的写作历程，都是一部孤独史。前几天，文学大师马尔克斯刚刚离开我们①，他觉得我们这里不好玩儿，所以去参加莎士比亚的生日派对了②。他有一部非常著名的作品《百年孤独》,《百年孤独》写的是拉丁美洲的历史，我认为这也是每个作家自身的历史——假如一个写作者活得够长，他就必须面对差不多一百年的孤独。

写作就像一场汽车拉力赛，参赛者面对着各种意想不到的挑战，以及漫长的甚至是令人绝望的孤独。对于一个写作者来说，

① 马尔克斯逝世于 2014 年 4 月 17 日。

② 莎士比亚的生日是1564年4月23日，1995年，联合国教科文组织宣布 4 月 23 日为“世界读书日”。

获奖意味着抵达了一个加油站。那辆筋疲力尽的破车不仅有了加油和修理的机会，我们自己也回到了人间，甚至可能得到一个热情的拥抱、一个善意的微笑。在漫长的旅程中，它只是一个无比微小的瞬间，转瞬即逝，但是在此后很长的时间内，那些友好的交流和鼓励都会成为我回忆的内容，让我更有信心地面对剩下的旅程。

再次谢谢大家。

根据录音整理，2014 年 4 月 26 日于扬州

在场主义散文奖获奖感言

感谢评委会把这一奖项授给我。我的写作没有主义，而在场则是必需的。真正意义上的文学写作都是在场的，没有不在场的写作。这个在场，不能只理解为写作者身体意义上的在场，而更应当是精神意义上的在场。没有精神的在场，写作这事就不能成立了，就成了隔山买牛、隔靴搔痒、隔岸观火，就不是写作。

因此，关于一个人的写作是否在场，不是依靠题材来区分的。比如我的历史叙述，同样是在场的——我是站在当下的精神立场，对历史进行反刍的，因此，我把现代性，当作我写作的一个不可或缺的基点。否则，在过去的史籍中，所有的历史都被表达过了，而且表达得淋漓尽致了，我们写不过司马迁，写不过欧阳修，写不过张岱，写不过林语堂，我们当下文学，尤其是历史写作，就没有存在的必要了。如果每一代人都这么想，大家就都可以洗洗睡了，也就没有文学史了。梁启超说，一代有一代之文学，每一代人的表达都是不可或缺的。我们写作，就要写出此时对历史的认识与思考，因为所有的认识与思考，都是与我们当下的处境密切相关的。历史没有过去，它就存在于我们的现实中。因此，历史永远不只是过去时，还是正在进行时。写历史，就是写出我们的在场。

这些年的写作，我一直朝着自己认定的方向在走，不撞南墙不回头，撞了南墙也不回头。我认为一个写作者要有自己的主见，那份顽固是藏在心里的，或许，这就是传说中的宠辱不惊吧。我认为对于一个写作者而言，宠辱不惊如同精神在场一样，是一个基本的素质。在我的写作历程中，受到的讥讽和赞美一样多。批评有中肯的，也有不客观的，甚至是没有读过文本的；赞美有诚恳的，也有过誉的。这些都不是最重要的，重要的是我几乎每天都能打开电脑，从容地写下我想写的文字。在那一刻，我觉得自己的天地是那样的开阔，没有什么事情能够阻碍我内心的驰骋。

再次感谢评委会对我作品的肯定。我也知道任何奖项对获奖者来说都是一次性的，只有写作是长久的。就像一位体育冠军说的，自你走下领奖台的那一刻起，你就不再是冠军了。我将永远成为自己的评委，有一天，当我真正对自己的写作感到满意（但愿有那么一天），我会毫不客气地给自己挂上一枚勋章。

谢谢大家！

2015 年 6 月 21 日

花地文学榜2016年度散文奖获奖感言

说实话我不太擅长发表获奖感言，因为对获奖这事我不太熟悉。此次获奖，算是一个意外事件，比川普选上总统还意外。

我写故宫、写历史，好像跟文学没啥关系，因为许多文学朋友说我写的东西归史学会管，但史学会也不认账，因为我写的东西文学性太强，应该归作协管。我的写作，就这样成了故宫里的流浪猫。我不知道是不是这个原因，这反而让我得到了某种自由，在历史与现实间奔波，在白纸黑字间疯跑。我一直在寻找表述历史的恰当方式，其中也包含着冒险的因素。所以来自《羊城晚报》的这份鼓励，对我十足重要。

前天《羊城晚报》的年轻朋友问我，故宫闹不闹鬼？我可以明确地答复，我不知道，因为我从来没见过。但有一点我相信，那些逝去的人，他们都有话没有说完，留在他们的尸体里，被时间吹散了。其实，那些未曾说出的话，是最真实的，尽管它无法实证，却可以体会。我想，体会一个人内心的声音，不是史学家要干的事，而是文学家要干的事。假如那些说出来的话变成了史料，那么没有说出来的就留给了文学。我把我的文字，当作逝者的内心独白。我相信人心是可以体会的，经验是可以分享的——历史中积累了那么多经验，不分享白不分享。这正是文学的神奇之处。说完了，谢谢大家！

2017 年 4 月

孙犁散文奖获奖感言

感谢评委会把这个奖项授予我。这个奖项对我有不同的意义，因为它是以孙犁的名字命名的。孙犁是我热爱的作家，少年时就受到他的影响，2004年人民文学出版社出版《孙犁全集》，我就全套端回了家，时时翻读。从他的文字里，看得见“五四”新文学的传统，也能感受到古典文学的唯美深厚。更重要的，是他的写作与这块土地水乳交融。刚才孙犁先生外孙女儿张璇女士致辞，提到孙犁先生晚年还在土地上捡拾起被农民遗漏的玉米粒，先生的形象，如在眼前。我想起前不久参加文化部一个活动，摄影家解海龙先生的一句话让我感到很震撼，他说一个艺术家距离土地、百姓的距离是近还是远，有一个具体的标准，就是他的身上是否曾长过虱子。我已近天命之年，但我身上从来没有长过虱子。当然现在的农村条件早已改善，想找一个虱子已经不那么容易了，但我理解他的意思——一个艺术家，要与大地贴得无限近，要更加深刻地理解吾土吾民。

孙犁先生对土地的态度，就是他对文学的态度。孙犁先生作品里所呈现出的宽广与深邃，源于他对土地和人民伟大的爱、对生命价值的深切关怀与尊重，尽管这一切都是通过节制和朴素的方式表达出来的。他不只用他的文学回馈世界，更以其伟大人格滋养后人。我辈有幸，在孙犁的文字滋养下长大，他的文字，也将照亮我未来的文学之路。谢谢大家。

2017年9月16日于孙犁故乡河北安平

《当代》文学拉力赛2017年度散文总冠军获奖感言

感谢《当代》杂志，感谢人民文学出版社，我心目中最神圣的文学殿堂，给我的这份殊荣。很多年中，这个殿堂都属于我崇拜的作家，而与我无关。所以，对于《当代》杂志和评委老师们的宽容与厚爱，我格外感谢。

写作是作家面对自我，同时也是面对世界的一种方式。精神世界的深入，不意味着一个写作者与世界脱离关系。我们在写作中完成自我，构建自己的精神版图，同时也以写作的方式处理着和世界的关系。因此，写作是写作者自己的事，跟别人没什么关系，但，写作，又不只是自己的事，和全世界都有关系。历朝历代的文人艺术家，其实都是在处理自己与时代的关系。他们的作品，也是他们对各自时代所做的回应。在《故宫谈艺录》这个专栏中，我谈李白、苏东坡、赵构、赵孟頫、黄公望、柳如是，不只是谈他们的艺，更谈他们的人、他们与他们所处时代的关系。在当下，我们谈论得比较多的是文学所受的冲击之强大，往往忽略了写作自身的虚弱。我们应当知道，在自己所处的时代，我们该留下何样的文字。

我在香港的大街上，一个与文学没什么关系的世界，听到获奖的消息，一种时空穿越的感觉油然而生。文学是照亮现世尘埃的那束光，让我们眼里的世界有了美感，也让我找到了此生的意义。再次感谢这个奖项对我文字的认可，感谢石一枫兄，不仅给我当了一年责编，还要替我朗读这篇索然无味的受奖辞，实在难为他了，在此对他深表同情。给大家拜个早年！

2018年1月23日匆匆于香港

图书在版编目（CIP）数据

万卷如雪：祝勇谈散文 / 祝勇著. -- 北京：中国工人出版社，2021.3
ISBN 978-7-5008-7543-7

Ⅰ. ①万…　Ⅱ. ①祝…　Ⅲ. ①散文—创作方法 Ⅳ. ①I056

中国版本图书馆CIP数据核字（2021）第038801号

万卷如雪：祝勇谈散文

出 版 人	王娇萍
责任编辑	宋　杨
责任印制	黄　丽
出版发行	中国工人出版社
地　　址	北京市东城区鼓楼外大街45号　邮编：100120
网　　址	http://www.wp-china.com
电　　话	（010）62005043（总编室） （010）62005039（印制管理中心） （010）62379038（社科文艺分社）
发行热线	（010）62005996　82029051
经　　销	各地书店
印　　刷	北京盛通印刷股份有限公司
开　　本	880毫米×1230毫米　1/32
印　　张	12.125
字　　数	300千字
版　　次	2021年6月第1版　2021年6月第1次印刷
定　　价	68.00元